西夏之眼

转轮古石 2

神秘,是掩盖西夏千年的面纱

龙飞 ◎ 著

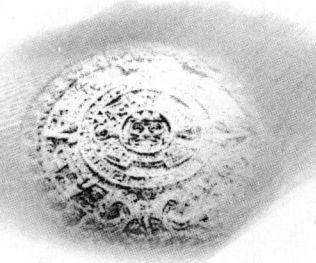

新世界出版社
NEW WORLD PRESS

西夏之眼

转轮古石 2

神秘，是掩盖西夏千年的面纱

龙飞 ◎ 著

壹 001 功亏一篑	贰 铜牌的秘密 019
叁 039 生死之间	肆 消失的入口 055
伍 071 无名圆盘	陆 另类拍卖 087
柒 107 秘密	捌 大乱 125
玖 141 坑中爬出的生物	拾 铜门 157
拾壹 175 致命的错觉	拾贰 迷失 193
拾叁 215 猫腻	拾肆 船 237

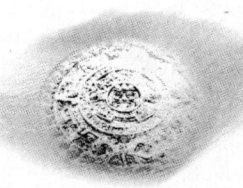

西夏之眼

转轮古石 2

壹

功亏一篑

四書之辨

胡念耘 著

功亏一篑 壹

就在我深深为马上能洞悉真相而感到兴奋时，事情在最关键的时刻猛然间出现了巨大的转折。

出发前两天，喝酒和玩牌这种娱乐方式就被禁止了，所有人都要保持清醒的头脑，并且养足精神，贺老海做的这种事情一般不会遇到什么麻烦，不过一旦遇到麻烦就是大麻烦，过去的行动一直非常顺利，没有出过差错，但贺老海的警惕性始终很高。

这天晚上九点多钟，人都钻进屋子准备睡觉，小元去给贺老海搞热水洗脚，楼下突然传来一阵很大的动静，似乎是有人破门而入，贺老海的反应极为迅速，我还没从床上爬起来，他就一个箭步冲到门口，探头朝下看。下面不知道是什么情况，但贺老海只看了一眼，就跟中邪一样，二话不说，硬拖起我往窗户那边跑，一把拉开窗子，沉声对我说："跳！"

我反应不过来，贺老海就急了，这时候下面的动静越来越大，人的低喝声、噔噔的上楼声、玻璃的破碎声此起彼伏，好像是房子里进了人。这地方只有两层楼，人进了正屋，顺楼梯几步就能上来，身手麻利的只要几秒钟时间，贺老海等不及了，一咬牙，翻身从窗户跳下去。我也蒙了，不知道该怎么办，思维稍一停顿，紧闭的房门就被人砰的一脚踹开，我顿时看见个油光发亮的光脑袋。

"和尚!"

"这儿很乱,先出去!"和尚拉着我出门,立即就有人挡到我身边保护着下楼,我看见和尚带了很多伙计,把楼上楼下的房间全踹开了抓人。

刚走下楼梯,外面隐约传来凌乱的枪声,和尚一边走一边说:"这帮狗日的反应倒快,翻窗户就跑,咱们在外面也有人,估计是干上了。"

"你们不是在南京吗?怎么跑这儿来了?"

"过来救你出火坑。"和尚嘿嘿一笑,"外面有车,上车再说。"

整个院子连同周围都乱了,我怕被流弹伤着,急急忙忙拉开车门就钻了进去,小胡子正平静如水地坐在车里闭目养神。

"大哥!你们这搞的算是哪一出?"

"救你。"

"你真扯淡!"我怒道,"早不来晚不来,偏偏这个时候来,你知道不知道,再过两天我就能跟贺老海进山洞了!两天!就两天!马上就要成功了!你们不能再等等吗?"

"我不知道会不会成功,只知道再等等你就该成仁了。"小胡子一边发动车子一边说,"这儿有人料理,咱们先走。"

路上我一个劲儿地埋怨,小胡子也不理,等我牢骚发够了,他才慢条斯理地说:"你知道不知道贺老海背后的老板是谁?"

"是个老头儿!"我没好气地说,"几天没见,不知道现在咽气了没有。"

"这个老头儿叫许晚亭,据说他年轻的时候在国外住过一段时间,解放后去了香港,一直到八几年才开始在内地做生意。自己搞货,也给港台还有一些外国人当掮客,不过从十年前他就开始洗家底,基本已经洗白了,很少参与圈子里的事,如果不是你提供的线索,真想不到贺老海是跟他做事的。"

"老头儿家底白不白跟你来捣乱有一毛钱关系没有。"

"有件事你可能不知道,外面已经露出点风声,我也自己查过,卫长空翻船,就是许晚亭派人做的。"

"是他干的?!"

功亏一篑 壹

我一怒，狠狠抽了口烟，开始骂那个老不死的老头儿，骂了几句，突然就想到小胡子他们来黄陂的原因。

我对江北熟悉，所以混到贺老海这里时说自己以前在老头子手下做事，如果老头子出事是许晚亭指使的，那么我的身份肯定早就被他们识破了，因为搞垮老头子那帮人不但事先计划周密，手里有详细的名单，而且他们抓了不少老头子的人，想要印证我的真实身份，根本不用费什么力气。

"明白了吧，我估计你的身份早就暴露了，他们不拆穿你，可能是因为你有用。"

小胡子千里迢迢从南京带人赶到黄陂，就是怕我出意外，这时候我知道错怪了他，心里很承他的情，但嘴上还不肯服软："他们既然忍着不拆穿我，那就不用这么急嘛，至少等我进了山洞以后再说，要不这么多天工夫不是全都白费了。"

"这样太冒险，你继续呆下去，等没有利用价值的时候，马上会被灭口，况且，你对他们到底有没有用还不敢确定，事到临头再来救你，那就迟了。"小胡子一笑："山洞这件事真搞不清楚就算了，但你要挂到这里，我会做一辈子噩梦。"

我也忍不住一笑，刚要说话，又想到老头子，于是问小胡子铜牌的事办得怎么样。

"很难，你说的阴沉脸到现在也不知道他的真实身份，没地方去找。雷英雄那边倒是接洽过了，我说用两块铜牌拓本换他一块，这毕竟不是普通买卖，两边都很谨慎，一直在协商，不过雷英雄对交换铜牌还是有兴趣的，前几天已经谈得差不多，他的地头在长沙，我们暂时不回南京，先带人去长沙会会雷老板。"

我和小胡子驱车回到他在黄陂市内的落脚地，驼叔一个人正等得心急，看见我后才长长舒了口气，我见他的样子好像很替我担心，胸口顿时一暖。

驼叔就开始数落小胡子跟和尚，说这俩人没良心，瞒着他把我往火坑里送。

我说没事，这么多天好吃好喝，还攒了十几万的工钱，毛都没掉一根，驼叔乐了，刚想开口，我后面跟着补了一句：走得急，钱没来得及带回来。

"哎呀！"驼叔赶紧就去捂头："你存心要把老子气死是不是，十几万哪！带上又不会累死人……"

小胡子泡了茶，我们一边坐着喝，一边等和尚回来。贺老海的人不算多，但有几个跳窗子跑了，跟外围的人发生枪战，打死打伤的都要做善后处理，可能会浪费些时间。

我们一直等到凌晨三四点钟，和尚才带着小元赶回来，见面一问，和尚说贺老海跑得快，没抓到，只按住两个伤兵，嘴硬得和石头一样，问什么死都不肯说，没办法，只好开车扔到野地里。

"可惜！没抓到贺老海，否则一审他，什么事都弄明白了。"

听完和尚的话，我顿时有点疑惑，按照和尚的作风，抓到人之后，足足有一百种方法能让对方开口说实话，但和尚说什么都问不出来，这就很奇怪了，难道贺老海手下的人全是钢铁战士？

不过人都已经放了，现在再说这些也没什么用。

驼叔上了年纪，瞌睡劲一贯很大，硬陪着我们等和尚，到这时候实在熬不住了，自己去睡觉，小胡子把小元打发走，我们就开始商量跟雷英雄做交易的事。

雷英雄这个人在传闻中一直都是风风火火，胆子大得无边无际，什么样的娄子都敢捅，什么样的人都敢得罪，但传闻到底是传闻，跟实际情况有差别，这一行里没有傻子，也没有愣头青，特别是混到雷英雄这份上的人，你说他四肢发达头脑简单，连鬼都不信。

雷英雄并不是世家，他这一代才开始进圈子混，十几年时间风生水起，基本没有吃过什么亏，这就是最好的证明。

小胡子是个低调的人，过去一直窝在南京悄无声息地赚钱，在外面的名头不响。

如果是普通买卖，一个无名之辈带着件硬货找到雷英雄，没准他就收了，但西夏铜牌完全是另外一个概念。

最关键的是，我们只有一块西夏铜牌的实物，何况小胡子还不打算把这块换出去，问题也就随之而来，直接拿两块铜牌的拓本去找雷英雄，人家连听都没听说过这几号人物，又见带来的是拓本，脑子潮了才会同意。所以小胡子刚跟雷英雄接洽的时候颇费了番周折，想来想去就打着我的旗号跟雷英雄谈，我也不是什么大人物，不过头上有个老爹，当时老头子已经失踪，雷英雄找不出什么破绽。

原计划中我是没办法露面的，因为正在从事谍报工作，但现在情况不同了，我被提前救出火坑，自然也要以主事者的身份去跟雷英雄谈事情。当初在半边楼雷英雄给我留下的印象非常深刻，这人虽然不怎么讲道理，完全就是暴力至上主义者，不过很奇怪，我对他的印象却不错，倒不是我欺软怕硬，究其原因，可能还是因为雷英雄当时对付的是阴沉脸。

敌人的敌人就是朋友。

我们商议了很长时间，把乱七八糟的细节全部敲定，第二天好好休息了一天，然后就动身赶往雷朋友的地头。

到了长沙以后，小胡子跟雷英雄的人联系，说我们少东家已经到了长沙，那边很爽快，没多长时间就传来话，说明天在大红门茶楼碰面，雷英雄会亲自到场。

小胡子先派人去找这个大红门茶楼，嗅嗅味道，这里是人家的地头，必要的防备措施还是要做的。

派出去的人回来说大红门茶楼位置很偏僻，几乎没什么生意，我们怀疑这里是雷英雄的一处盘口，不过人家没有明说，专门挑了这个地方，我们也不好推诿。

湖南菜实在太给力，我们都无福消受，就找了个广东人开的馆子吃了两顿客家菜，第二天早上喝过早茶，提前跑到大红门去等，现在道上已经不讲究那么多礼数，不过既然我出面谈事情，就算是雷英雄的晚辈，况且是主动找到人家做交易，些许过场还是走一走为好。

一坐进包间我就不行了，莫名其妙地紧张，端杯子的手也直打晃，这就好比一个CBA的板凳球员，约乔丹来喝茶，大家都是同行，但一个天上一个地下，除了心里对对方的仰慕以外，还有种惶恐不安的情绪在里面。

和尚就站在后面扶住我的肩膀："卫大少，你现在是当家主事的，给我们长点脸气好不好。"

我不爱听和尚的话，稳稳自己的手臂，转头呵斥道："退下！"

"这才有点意思。"和尚低声说，"雷英雄过来以后，你就按我们昨天说好的跟他谈，别动不动就跟尿急一样坐不稳，他也是个人，你手怎么还在抖。"

"你站着说话肯定不腰疼，要不我们换换，你来当少东家，我手抖不是因为害怕紧张，是因为兴奋，马上又要弄来一块铜牌，我很欣慰。不要看不起人，也别以为我没见过世面，告诉你，江北本来就是个藏龙卧虎的地方，高人很多……"

"驼叔后继有人。"

我们俩嘻嘻哈哈地斗了会儿嘴，情绪倒真平稳了不少，想想也是，雷英雄怎么说也就是个人，不会比我见过的那些不是人的东西还令人紧张。

正说着，小胡子低声道："人来了。"我跟和尚赶忙摆正自己的位置，包间门一开，茶楼老板满脸堆笑地让进来两个人，雷英雄到了。

当初在半边楼的时候，我完全被这个人的气势所震撼，对他自然非常在意，许久不见，雷英雄还是老样子，算算他的年纪，大概就是四十七八岁的样子，平时可能注重养生之道，保养得极好，比想象中要年轻得多。不知道是不是心理作用，雷英雄进门尚未开口，我就觉得包间里的气息猛然一滞。

芸芸众生中有这样一种人，他们不见得多么高大魁梧，不见得生有异象，但浑身上下无时无刻不透出一种无形的引力和气势，无论走到哪里，都是众人关注的焦点，无论干什么，甚或举手投足间就会让人不由自主地感觉到溢于言表的大气、霸气和威严，这种人只是异类，数量极少，雷英雄无疑就是其中之一。

功亏一篑 壹

雷英雄的手下可能都留在门外，身边只有一个小姑娘，我对她同样有印象，这丫头精灵古怪，把阴沉脸玩得几乎要吐血，也是很扎眼的一个人物，只不过雷家大小姐气场没有她爹那么强，所以她爹一出场就把她给盖过去了。别说，这么近距离一看，雷家妹子真如当时驼叔所说，不折不扣的美人坯子，尤其那双眼睛，简直如同波光闪动的两汪泉水，在乌黑细密的睫毛下眨巴眨巴就看得人骨头发酥，再大两岁，不知道得迷死多少男人，唯一的瑕疵就是有颗小虎牙，破坏整体美感，却又平添出几分乖巧可爱，我心说这样的女儿，怪不得她爹宠得要命。

这行里的人谈正事的时候很少有人会带家眷，一个是不方便说话，另一个会让人觉得怠慢，老头子虽然疼我，但跟人谈事情就把我赶出来，我特淘，有时候好奇去偷听，这边刚扒住门框，那边大棍子携裹着风雷之声就抡过来了。不过雷英雄百无禁忌，他自己不觉得丫头碍事，我们也说不出什么。

江湖中那些老套的礼节早就过时了，双方点个头寒暄两句就算完事，小胡子这时候充当的是狗头军师的角色，开始互相介绍，雷英雄很客气，完全没有半边楼里那种做派，端起茶杯在嘴边沾了沾，说："我跟八爷过去打的交道不多，十几年前在江北见过一面，那时候老爷子正跟薛金万斗得火热，我也不好乱套交情，后来一忙，就没机会再见。"

其实老头子垮台的消息早就传得沸沸扬扬，雷英雄只字不提，是顾全卫家的脸面，单凭这一点，就知道他不是那种二杆子，因为二杆子是从来不给人留面子的。

跟这种人打交道其实很难，如果我太热，就掉价了，人家会觉得我是在求他什么，交易的时候肯定要使劲压我，如果太冷，又会让人误以为我傲气，不甩我这一套，所以一些措词我提前就背得滚瓜烂熟，尽量让雷英雄觉得我不亢不卑，大家才会在一个平等的环境下去谈事情，场面工夫我们已经做足了，之所以两块换他一块，是因为卫家失势，雷英雄是明白人，什么都懂。

关于交易的许多情况小胡子事先已经跟雷英雄谈过，现在碰面就是两个主事人决定是否拍板，所以多余的闲话没怎么说就直奔主题，以一换二，雷英

雄绝对是沾光的，如果我们带的是真品，当面拓下来交给他带走，这桩交易可能会很顺利，但我们只有拓本，没有真品，这是个要命的硬伤，我就对雷英雄解释道："两块铜牌本来是有的，前段时间江北那边出了点意外，结果把铜牌搞丢了，拓本是真的，绝对没有掺水，您是我的前辈，又是行家，我不敢拿打眼货来糊弄。"

雷英雄嘴角露出一丝不易觉察的笑意，刚要开口，茶馆老板轻轻推开门，对我们歉意一笑，然后附在雷英雄耳边说了句话，雷英雄不动声色地点了下头，说了句稍候，就跟茶馆老板离开包间。

雷家大小姐一直闷不作声地玩手里的钥匙扣，她爹一走，她就活跃开了，眼睛一眨，笑着对我说："卫家大少爷，我见过你，在半边楼，还有这个胖哥哥。"说着一指和尚，然后又学驼叔塌肩膀的样子："还有个模样笑死人的驼背大叔，你们坐在二楼的东面，对不对？"

我心说这丫头记性倒真是好，半边楼里那么多人，我们又不扎眼，她竟然还记得清清楚楚，简直是过目不忘。

和尚嘿嘿一笑，说："雷小姐学得真像，驼背大叔是我们少东家的叔叔，别看其貌不扬，名头是很响的……"

我看和尚埋汰我，就轻轻咳嗽一声，拿眼一斜他："我跟雷小姐说话，哪有你插嘴的份，无尊无卑，站到后面去！"

和尚想还嘴，猛然醒悟过来自己现在扮演的角色，悻悻地往后退了一步，雷家的小丫头笑得更欢了，那双水灵灵的美目勾魂夺魄，弄得我不敢直视，一口接一口地喝茶，雷大小姐笑够了，才问道："你叔叔这次为什么没来？上次你们不还在一起的么？"

"这个这个……这个塌肩膀的大叔是我父亲的一个老伙计，我敬重他忠厚可靠，所以平时一直称呼叔叔，雷小姐你不要误会，我和他其实并没有什么血缘关系。"

又是一串娇笑，我也只好陪着干笑两声，小丫头还要再说什么，雷英雄就推门进来，一脸歉意地告罪。

我们坐下顺着刚才的话题继续往下谈,其实话说到这份上,已经非常明了,我们这边没什么问题,只等雷英雄同意,他想了想,说:"我做买卖喜欢干脆利索,但铜牌的分量,大家心里都有数,容我考虑一天,明天这个时候,一定给你们答复。"

他既然这样说,我也不好再纠缠,临走前雷英雄问我老头子现在身体可好,我说身体还好,就是不如前几年了,他意味深长地一笑,上车走人。

今天这桩生意谈得算是比较顺利,虽然没有当场拍板,但雷英雄的态度却很好,看上去也有诚意,我就觉得外面传闻他如何如何霸道的话都不怎么靠谱,小胡子却淡淡地说:"人,都有两张脸。"

反正明天就会有消息,不管交易能否成功,我们都要打道回府,这次小胡子跟和尚的人都一起来了长沙,可能是我们认识以来人数最多的一次,和尚让他们收拾好东西,准备明天动身,这家伙还记得我今天当面挤兑他,一个劲儿地没事找我的事,我就教育他,说在那种场合下,不要老记着自己是谁,只需要记住,你是一个演员。

和尚不以为然,晃着脚丫抠鼻孔:"论演戏也轮不到你,这里演得最好的是小元,在那种地方一呆呆两年,换成是你,别说演戏,憋都憋死了。"

"你说这个我倒不否认,小元是个人才。"

说到这里,不知道为什么,和尚的表情突然就有点沉重,张张嘴却没说话,继续低头抠脚丫子,我追着他问,他盘起腿,想了一会儿,一脸严肃地说:"你知道小元怎么熬那么长时间的吗?"

和尚嬉皮笑脸惯了,他一严肃,弄得我很不习惯,也收起笑脸说:"我也很奇怪,贺老海招的六指都给打发走了,就把小元留下来,又不让他做事。"

"贺老海有点毛病,他不喜欢女人。"

我一下子就明白了,怪不得别的人都是三人一间房,只有他和贺老海住在一起,而且当初我询问他的时候,他脸上马上就露出很苦涩无奈的表情。我心里顿时涌动出一股说不上来的感觉,感觉很憋屈,又感觉有点悲哀。

"这事你就烂在心里,跟谁都不能说,如果传出去,小元就没法做人了。"

和尚从鼻孔里粗重地呼出口气,"告诉你这个并不是我喜欢背后说闲话,只不过想让你知道,有的时候,人不想去做一件事,却不得不做,因为这件事要比他自己重要得多,如果因为达到目的而做出一些牺牲或者强自忍受不能忍受的痛苦,这个人就是勇士,值得钦佩。"

我默然,小元所做的并不是什么利国利民的伟绩,但和尚说的话好像又有道理,一件事总要有两个不同的对立面,飞蛾扑火舍身取义,同样也能理解为自取灭亡。

我没什么文化,一谈这些富有哲理性的东西就大脑缺氧,和尚也不想继续讨论这个话题,正无语间,驼叔在外面敲门,说有人找我。

"谁?"

"雷英雄的人。"

我心里猛地高兴了一下,第一反应就是雷英雄想通了,提前派人告诉我们答应交易,一边想一边回自己的房间,雷英雄派来的是个四十岁左右的男人,猴瘦猴瘦的,跟他一说话,这家伙两只眼睛就滴溜溜的转,显然是个八面玲珑一身机灵眼的人物。

"雷老哥派你来的?"

那家伙恭恭敬敬说:"我们家小姐今天生日,恰巧卫老板正在长沙,所以想请您赏脸吃顿便饭。"最后他又补充道:"家宴,没有外人。"

他一说完,我就有点激动,雷英雄虽然还没拍板交易,但这是个很友好的信号,道上的人都知道,一顿饭并不算什么,关键是看在哪儿吃,星级酒店里摆上一桌,看着气派,其实只是场面活,家宴就不同了,人家肯把你请到自己家里吃饭,本身就是一种信任的表现,说明没把你当外人,而且直接派人来请,显然是很有诚意的。

我想去跟小胡子商量一下,但转念一想,我是主角,况且这也不是什么大事,如果去找小胡子说,他又要翻来覆去地分析半天,于是我爽快地答应下来,说换换衣服就去,那人很识趣,跑到房间外面去等。

我这边换衣服,驼叔就一脸猥亵地在旁边说:"雷家那个小丫头模样倒是很标致，虽然家世长相比老子当年那个省长女儿要差一些，也算说得过去，你好好下点工夫，入赘到雷家，抱得美人归不说，以后也能借你老丈人的势力在长沙混碗饭吃，老子当年在这上头吃了好大的亏，你要引以为戒……"

"驼叔，"我拿起外套边走边说，"你干吗不去写书？"

我叫上小胡子还有和尚，跟瘦猴一起下楼，小胡子悄悄跟我说，雷英雄主动示好可能不止吃顿饭那么简单，他估计有话会说，让我小心一点应付，不能漏我们的家底，也不能得罪对方。

雷英雄跟老头子一样，住得很偏，而且也是自己盖的院子，门口竟然还有两只镇宅狮子，我心说这都什么年代了，还搞这些，猛一看跟清宫戏里的藩台衙门一样。

"三位，这边请。"

院子里非常安静，几乎看不到人，我觉得雷英雄大概是太自信了，吃这碗饭的人不可能不结仇，这里虽然是他的地头，但不做防备是不行的，真要被别人盯上，暗中过来打他闷棍，躲都躲不过去，江北是老头子的地头，不照样让人把老窝给抄了。

"你们这儿人不多嘛，挺清静。"

瘦猴不愧是个人精，我随口一说，他就听懂我话里的意思，笑笑说："我们家小姐喜静，所以院子里的人不敢喧哗，不过，这儿也不是谁想来就来想走就走的地方，要是真有不开眼的趁黑捡漏子，好进不好出。来，三位，这边，马上就到。"

快到正厅的时候，已经能看到雷英雄和雷家姑娘在酒席旁边坐着等候，我正想迈步往里进，瘦猴伸手虚拦了一下，带着歉意说："卫老板，这是家宴，一个外人没有，您自己进去就行，旁边也准备了上好的席面，这两位就委屈一下。"

这要求其实并不过分，人家说了是家宴，就是跟我亲近的意思，我带人进去，确实有点说不过去，回头一看小胡子，面无表情，我就摆谱道："你们俩去吧，有事了我叫你们。"

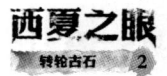

迈步走进正厅，雷英雄欠欠身子示意欢迎，雷家丫头也露着小虎牙笑，我客气了两句，说不知道今天雷小姐过生日，仓促间没准备礼物，小丫头就跟着说不要紧的，明天补上也不算迟，最好把明年的一起带上。

这时候的气氛和在大红门茶楼完全不一样，小丫头叽叽喳喳说个不停，倒是雷英雄被挤得没机会插话，雷家大小姐真是个勾人的主儿，两杯酒下肚，我就寻思着驼叔的建议其实挺不错，可以考虑考虑。

吃饭只是个过场，半个小时一过，就没人再动筷子，又过了一会儿，雷英雄叫人撤掉酒席，接着上了茶。我端起茶杯，心说如果雷英雄真有话要说，大概该开口了。

没想到雷英雄始终不提一句正事，茶喝了一半儿，瘦猴跑进来跟他咬耳朵，雷英雄一皱眉头，转头对我说盘口上有点急事需要赶过去处理一下，我心想着饭也吃了，两边面子都给足了，趁着他还没开口问什么让我无法回答的问题，还是提前走了的好。

我刚要开口，雷家丫头就对她爹说你赶紧去忙你的，我在这儿请卫少爷吃水果，雷英雄慈爱地一笑，匆匆忙忙跟瘦猴离开正厅，屋子里就剩我跟雷家丫头两个人，我也不知道说什么，只能喝着茶时不时傻笑两声。

"卫大少爷，我带你看样东西，你要不要看？"

"东西可以看看，不过能不能把少爷两个字去掉，别扭。"

"那你也不要叫我雷小姐，我叫雷纯。"丫头嘻嘻一笑，站起身冲我神秘地眨眨眼睛，"跟我来。"

雷英雄住的这套院子当初在设计时显然下了工夫，虽然面积不是太大，但里面的格局却很复杂，尤其在夜里，没有熟悉的人引领，肯定要迷。我俩一边走一边聊，我对她说了自己名字，她就夸这个名字好，大气。

说着，雷纯带我进了一个套间，我闻到一股极淡的香味，很好闻，等进到里间，这股香味就浓了一些。雷纯打开房间内的灯，我一看，这里似乎是她的卧房，本来布置得简洁淡雅，但满满一屋子各式各样的洋娃娃，床上地上到处都是，几乎连下脚的地方都没有。

功亏一篑

我站在门边犹豫了，雷英雄邀请吃饭，我趁机在他家来回走动走动，这倒没什么，不过趁他不在混到雷纯的香闺里，况且是在晚上，就有点说不过去，万一给他撞见，我想我会很尴尬。

我朝后退了退，满脸堆笑地说："夜了，我先回去……"

"你不看这件东西了？可千万不要后悔哦，我保证你看了就不想走了。"

本来我已经打算要走了，她这么一说，我又拿不定主意，雷纯笑眯眯地拉我，我也只好半推半就，进门时不小心被门槛绊了一下，身子就不由自主地往前扑倒，一下子把雷纯压在满地洋娃娃上，满鼻子都是她身上散发出的淡淡体香。

夜晚，香闺，柔光，美人……雷纯那双勾人的大眼睛离我只有两厘米，一时间我就差点幸福得晕过去。

"你好重。"

雷纯的俏脸上闪过一片红晕，屋子里的气氛顿时就变得有点暧昧，我匆匆忙忙爬起来，暗自埋怨自己脸皮还是太薄，不敢乘胜追击。

我拘谨地在屋子里找地方坐，天气不热，却满头都是大汗，雷纯拉开床头的抽屉，手一翻，在我面前晃了晃，说："你看，这东西好不好？"

西夏铜牌！

我小小地吃了一惊，原以为姑娘家能拿出来的无非就是小猫小狗花手绢红裙子之类的玩意儿，没想到竟然是这东西。

"卫天哥哥，你跟我爸爸谈的，就是它吧？"

这四个字几乎把我浑身骨头都叫酥了，眼前一花，就感觉血压明显偏高，雷纯接着说："我爸爸把这东西看得和宝贝一样，我问他这是什么，他不肯说，我就偷偷藏起来，让他急上几天。"

"这个这个……确实是很重要的东西。"

"卫天哥哥，那你告诉我，这东西有什么用？"

"我也不是很清楚，总之肯定有点用处。"

"你也不肯告诉我？好，等下我就把它丢到河里去，你们都不要后悔。"

我一听就急了，腿一软，差点跪下："千万别！小姑奶奶，你先把我丢河里吧！"这种人家娇生惯养出的小姐胆子比天都大，什么事都敢干，她真把东西丢到河里，她爹跟小胡子都要去上吊。

"那你说嘛，就当人家求求你还不行？"雷纯眼睛一眨，我就又没招了，只好编了通瞎话，我以为这就能蒙混过关，但雷纯后面的话题老是围着西夏铜牌转，一句两句没什么，问得多了我就警觉起来，心说该不是雷家父女有意设的套吧。

再一想，这个可能性相当大，雷英雄顾忌身份和规矩，很多话不方便问，雷纯就没有忌讳，看我涉世不深，大晚上把我引到她的闺房，只为了套话。

我的任务一下子就艰巨起来，雷纯问话，我不能不回答，真要一个字不说，就可能把交易搞砸，但又不能说实话，需要编造点似是而非的谎言，这丫头很精明，一般的谎话估计骗不过她。

最高明的谎言就是虚虚实实假假真真，七分假的掺进去三分真的，打定主意后，雷纯再问什么我也不搪塞，拣着无关紧要的真话裹到谎话里一股脑地告诉她。

丫头听得很认真，等她问完了，我就顺便拜托她跟她老爹说两句好话，成全这笔交易，雷纯笑笑，说："卫天哥哥，谢谢你告诉我这么多，不过，你的话我最多只信百分之三十，这也不错了，起码还有点真话。"

一出香闺我就暗自感叹起来，这种漂亮又猴精的丫头，再长大点可怎么得了，谁以后落她手里，那绝对没个好。

前脚刚回到正厅，雷英雄也就很"适时"地忙完了，大家心照不宣，客套了几句，他派人送我们回去，等回了酒店，我跟小胡子他们讲述刚才的经过，驼叔骂我败家子，说趁机把生米做成熟饭是最好的，可惜了这么好的机会。

这些都是次要问题，我们所期盼的是第二天雷英雄的答复，他的态度很友好，但说明不了什么问题，在圈子里笑着拒绝人的情况多的是。

第二天我们醒得很早，在酒店的餐厅吃早点，吃完后坐电梯回房，刚出电梯口，就看见昨晚那个瘦猴在我们房门口徘徊，我心说这次不会是再请我去吃饭，肯定要说正事，于是赶紧把瘦猴让进屋。

"卫老板，我们雷爷愿意交您这个朋友，这就请您带东西过去一趟。"

听了瘦猴的话，我心里一阵高兴，心说这趟总算没有白跑，但面子上还得稳重些，不能显得那么热切，客气地点头答应，然后让小胡子带上拓本，跟瘦猴去见雷英雄。

见面的地点还是昨天去过的大红门，这次雷英雄多带了两个人，我们把拓本递过去，这东西做出来是什么样就是什么样，如果没有原件，根本分不出真假，雷英雄随意一看，就交给手下的伙计，然后当着我们的面做他们那一块的拓本，雷纯在旁边说："卫天哥哥，我可是替你说了不少好话，雷老头儿才肯跟你做交易的，你怎么谢我？"

这个称呼照例把我弄得身子一麻，眼神就迷离起来，顿时想起昨晚在她闺房里的一幕。

"想要什么只管说。"我指指小胡子，"这是我们账房先生，现金不够了还有支票。"

"明年春天我想到内蒙去玩儿，路过你们江北的时候，你可要好好尽尽地主之谊哦。"

"没问题，妹子你要真去江北，我把江北所有宾馆酒店全包下来，专为你一个人服务。"

雷英雄带来的是老手，很快就把东西弄妥当了，我们不想久留，场面话一说就告辞回去，雷纯还提醒我要说话算数，我使劲点头。

一出门我就乐了，得意洋洋地跟他俩说："怎么样，这次算我立了一大功吧。"

"我说少东家，你得了驼叔真传了是不是？为了泡妞可真舍得说啊，你当凯子包宾馆还得师爷买单。"

"施以小恩谋巨利，眼光不要太短浅。"

我们返回酒店，马上就召集人从长沙启程回南京。这一趟驼叔算是跟着免费旅游了一圈，回南京以后就接着过他的悠闲日子，和尚去照应盘口，我和小

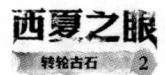

胡子则研究起已经到手的铜牌拓本。

说实话,从我开始接触西夏铜牌以后,就没有正经地看过拓本,现在静下心仔细一看,特别是五块铜牌的拓本放在一起的时候,就觉得这些拓本有点奇怪。

西夏之眼

转轮古石 2

铜牌的秘密

铜牌的秘密

但凡一件文物做拓本，那就说明上面有需要拓下来的东西，例如铭文图案这些，但西夏铜牌的拓本让人看不懂，该有的东西统统没有，整页拓本上全都是很模糊淡化的小点，看上去乱糟糟一片，小胡子背地里估计已经把拓本翻烂了，他耐心地在桌子上拼了半天，然后让我过去看。

虽然现在还缺少一块铜牌的拓本，但现有的五块经过小胡子一番拼凑，看上去就有点模样了。

很像一只眼睛。

"这里还缺了一块。"小胡子指指空缺的部分说，"不过大体也就是这样了，缺少的那一块应该不会有独立的信息。"

其实从曹实在元山和阴沉脸做交易的时候我就猜测到，西夏铜牌的拓本中包含着一些很隐秘的信息，可能一块铜牌是其中一部分，然后六块铜牌凑齐，这条信息就比较完整了，至于信息的内容，在破解之前很不好说。

这种东西非常让人头疼，因为根本就没有任何可供参考的破解线索，如果当初铸造这些铜牌的古人再缺德一点，是用自己首创的加密方式留下这些信息的，那就算真把我们给坑住了，翻烂全天下的古籍也不一定有用。

铜牌上没有用来排序的序号，不过根据现在拼出来的那只很模糊的"眼睛"看，排列顺序应该就是这样，上下两行，每行都是三块，我们缺少的是下行

中间那块，本来一件很完整的东西，好端端地少了一部分，就让人感觉有点别扭。

这个缺憾估计很难弥补，因为阴沉脸一向神行无影，关于这个人的来历，我们早就做过很多推断，首次接触阴沉脸是在元山脚下的小破屋里，紧跟着我们就在元山深处发现了曹双的尸体，所以最开始的时候我一直认为阴沉脸跟录像里那批人是一伙的，但是小元到贺老海身边去当内线以后，自始至终都没有见过阴沉脸。

如果阴沉脸和贺老海根本就不是一伙人，那曹双的问题就有点解释不清楚了，我只能认为，曹双倒霉，本来已经顺利从阴沉脸手里逃脱，结果逃进山里以后恰好被游荡在这里的贺老海遇见，贺老海也不认识他，顺手就把他给搞老了。

这个推断有点滑稽，不过我实在是想不出别的理由。

阴沉脸跟贺老海之间没有关联，这条线也就完全断掉了，中国这么大，要想刻意去找某一个人，基本就是一千零一夜，可能性几乎为没有任何可能。所以说，我们目前只能靠已经得到的这五块铜牌拓本来做文章。

小胡子弄了一些拓本的复印件，我们俩脸对脸地分头进行工作，他专门搞来一些古密码学的资料查阅。如果说到下坑打架，小胡子是把好手，但这方面他和我一样，也是门外汉，只不过拓本对他来说极其重要，不到非请人帮忙的时候，他不会展露给不相关的人。

那些密码学的资料一小会儿就把我搞晕了，我觉得其中任何一种都无法套到拓本拼出的眼睛上来用，心说最早铸造铜牌的人该不会真是用自己首创的方式加密信息的吧，如果真是这样，要破解拓本就非常非常困难了，他首创的东西完全是根据自己的思维模式搞出来的，别人不可能看得懂。

越想越觉得没有指望，正无语间，啪嗒一声，手里转动的圆珠笔掉在复印件上，笔尖就在上面留下一道痕迹，我一看，心里猛然迸发出一个小小的灵感。

拓本上满篇都是那种模糊的小点，而圆珠笔留在上面的那一道痕迹恰好

铜牌的秘密

把其中两个圆点连接在一起,小点这么多,如果把它们完全用线条连接起来,会勾勒出一幅什么样的东西?我一下子来了兴趣,换了支铅笔,从最顶端的那些圆点一笔一划地开始连。

连了很久,拓本上所有的点都被我一个一个地串连到一起,看上去非常抽象,很像一张杂乱无章的大蜘蛛网。

"这像个什么东西?"我问道。

小胡子绕过桌子到我身旁看了半天,似乎对我这种以点连线的方式很感兴趣,后来回到自己的位置也按这样的方法去连,但是他连出来的图和我得很不一样。

小胡子的图没有我的复杂,我就纳闷,一模一样的拓本,为什么连出来的图会不一样?再仔细一看就明白了,小胡子只用线条连接了其中一部分圆点,他的图看上去也是乱七八糟,不过如果离远了看,好像有点意思。

"我好像知道是怎么回事了。"小胡子拿过来几张干净的复印件拼到一起,然后指着上面那些模糊无序的圆点对我说,"拓本上的这些圆点看上去没什么不同,其实还是有区别的,你看,有一部分点是浑圆的,有一部分圆得不是很规则。"

我看了看,确实是这样,但是这些点之间的区别不是很大,再加上混淆到一起,密密麻麻一片,很容易影响人的判断力,不仔细看是看不出来的。我正赞叹小胡子细致,突然间想起什么,猛地一拍自己脑袋,拿过他连好的图:"你连的全都是不太规则的圆点?"

"对。"

我们俩极为默契地一点头,没再说话,各自拼出一套干净的复印件,重新拿笔开始去连,小胡子刚才连好的那张图看上去有点意思,但我总说不清楚到底什么地方有意思,现在才明白,他把那些不太规则的圆点连出来,剩余的就是规则的圆点,也就是说,两种混在一起的圆点经过连接,就产生了不太明显的对比,如果单独把所有规则的圆点连接起来,会是什么样子?

我和小胡子都连得很认真,一丝不苟,连完以后,每个人面前就出现一张

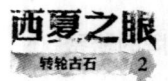

几乎完全相同的图,而这张图,顿时就让我们惊喜交集。

整张图的最上方,是几个复杂的西夏文字,下方,则隐约是张残缺的地图。小胡子把图上几个西夏文工整地描下来,然后找掌上珠翻译,最后得到五个字的译文:圣山云坛峰。

到这里,拓本中包含的信息已经非常明了,圣山云坛峰无疑是一个地名,而文字下面十有八九是和这个地方相关的地图。

"圣山云坛峰是什么地方?"

"我知道圣山,但是从来没听说过这个云坛峰。"

西夏铜牌究竟是什么人留下来的,现在已经无从考证,不过可以确定就算他不是地道的西夏人,也应该和西夏有密切的关系,所以,拓本上所说的圣山几乎可以认定为贺兰山,因为贺兰山是党项人建国前主要的活动区域,被奉为圣山。

我一下子就兴奋起来,这个云坛峰具体位置不明,但肯定位于贺兰山,而且拓本上有地图,铜牌所谓的秘密就是暗藏的地图,而地图的中心重点就是云坛峰。只不过我还是不太明白,所有矛头都指向云坛峰,那个地方究竟隐含着什么秘密?或者藏放着什么东西?

这件事里所有出现的人无一例外的全力寻找这种西夏铜牌,说明铜牌的确是非常关键的一环,就目前情况来看,只有身临其境,才能知道云坛峰到底是怎么回事。

关于铜牌的所有环节基本上都敲定了,唯一让我吃不准的,就是缺少的那一页拓本,没有这页拓本,整张地图就不完整,万一顺地图的路线走到关键时刻卡壳,会很麻烦。一般来说,像这种有明确指向的地图,目的地会在地图上有比较明显的标示,以便和其他地方区分开来,但是我们连起来的地图上就没有这种标示,分析一下,很可能缺少的那页拓本恰好是最关键的一部分。

小胡子的意思是按地图去找,就算地图不完整,但现有的这一大部分能把我们引领到离目的地相对较近的地方,而且,我们还知道明确的地名,到当地找一些经验丰富的向导,说不定他们本来就知道云坛峰这个地方。

铜牌的秘密 贰

算起来我和小胡子他们一起经历了不少事，有顺利的也有不顺利的，有天灾也有人祸，但这一次无疑是最重要的一次。

紧接着，我们进一步完善地图，小胡子花了很大力气，把手边能够调动的人手全部调到宁夏去做准备工作，一方面要保证行动中的绝对安全，另一方面要把所有能够接触到的情况事先全部打听清楚，两天后，我们也从南京出发北上。

宁夏也不是第一次来了，小胡子在这里还有几个生意来往的朋友，我们安顿好，就开始跟提前派过来的人联系，这次的活儿至关重要，所以尽管那些都是经验丰富的伙计，但小胡子还是打算亲自看看。

小胡子的伙计在本地并不熟，所以过来以后就很低调，找了个僻静的地方安身，一边采购装备，一边打听消息，我跟小胡子还有和尚在他们住处附近下了出租车，猛地就跟一个迎面走来的人打了个照面，那人抬头看见我们，不知道为什么，突然改变方向，朝旁边走去，如果不是这样，我还真不注意他，但这一注意，就想起点问题，下意识地停住脚步，觉得刚才那人似乎有点面熟。

在这方面，我的记性确实很差劲，但是我可以确定，刚才那个人，过去绝对见过，只不过一时间实在想不起是在哪里见过。眼见那人越走越快，我脑海中猛地闪过一点灵光，这人，是江北的，而且是老头子盘口上的人。

我虽然以前经常在盘口上混着玩儿，但并不是跟所有的人都有交情，脑子里有印象的，主要是盘口上主事的人，还有些比较出众的伙计，剩下那些小角色，实在认不过来。如果老头子不垮台，在外地偶遇上他的人，也不会引起我这么大反应。

一想起这人的身份，我就下意识地低声说了句：追！立即拔脚追过去，小胡子跟和尚搞不清楚发生了什么事，都跟在我后面跑，前头那人也有了反应，跑得飞快，一转脸就折进路边一条胡同。

我后脚一跟进去，就知道坏了，因为这条胡同又是那种七绕八拐的民居入口，我们不熟悉地形，绕一会儿就东南西北分不清，很难追到前面的人，于是我憋着一口气拼命提高速度，想在被绕晕之前按住那人。

出乎我意料的是，前面那人好像显得有点慌不择路，遇见胡同分岔就乱钻，双方虽然隔着一段距离，但始终被我们跟得很紧，我一下子就明白过来，他也对这里不熟。

想到这儿，我心里更有底气了，调整好速度在后面追，和尚他们体力好，过了一会儿就跑到我前头，这种小胡同很窄，人多了不能并排跑，不过我很放心，那人路不熟，被和尚和小胡子这样的人盯住，绝对跑不掉。

最多十分钟，那人体力就跟不上了，累得牛喘，被和尚一把按倒在地，事实证明，我确实没有认错人，这家伙还没从地上爬起来，就哆哆嗦嗦叫了声："天少爷。"

我所认识的人里，除了老头子的手下，没人会叫这个酸溜溜的称呼，我在周围环视一下，觉得这里不是问话的地方，就把他架出胡同，和尚拿着匕首，伸到外衣里面顶着他的腰，这家伙看起来是个很明事理的人，知道自己一旦不老实，腰上就会多个血窟窿，所以乖乖地被我们押到存放装备的地方。

我只问了两句，那家伙就很诚实地说自己原来在江北大孔桥盘口上做事，叫孙海生，我又问了一些关于大孔桥盘口上的事，他一回答，我脑子里对这个人的印象就逐渐清晰起来。

这个孙海生是大孔桥盘口盘头罗毅的小舅子，为人很滑，而且贪念特别重，他自己没什么本事，靠着罗毅的关系暗地里黑盘口的货，开始几次做得很隐秘，可能是因为内部分赃不均，后来事情就被捅到曹实那里，罗毅跑去求情，加上曹实也不是那种落井下石的人，上下其手就帮他瞒了过去。

我问他为什么会到宁夏来，孙海生的回答就有些支吾，说是江北出事以后很多人都在躲，他到宁夏来是为了避风头。

这种话如果放在前两年，说不准我也就信了，但从去年开始，我让人坑得这么惨，再不长点记性，真是一把年纪都活在狗身上。不过我并没有急着拆穿他，接着问他，前段日子江北出事时的详情，这次这家伙回答得更干脆，直接就说出事的时候他没在盘口，什么都不知道。

和尚看他不老实，弄了个盆，接满水端过来，硬把孙海生的脑袋按进水里，孙海生要挣扎，不过他那二两小劲儿还没和尚两个手指头气力大，被按得纹丝不动，和尚看着表，足足一分钟，才松手放他出来。

孙海生名字里虽然带着海生两个字，但水性却不怎么样，仓促间被和尚按进水里，遭了老罪，我就又问他一遍，孙海生哭丧着脸，说刚才自己说的都是真话。

话音一落，和尚又抓着他脑袋按进水里，一边还对我说，像这种软骨头，最多闷他三次，你不想知道的事他也会一股脑吐出来。

这次闷的时间更长，我看孙海生的两条腿都蹬直了，怕搞出人命，赶紧让和尚松手，孙海生脑袋一出水面就开始咳，好像是被呛到了，咳得鼻涕眼泪横流，跟水珠子混在一起顺着下巴往下滴，我再一问，他几乎哭出声来："天少爷！我姐夫做的事跟我没关系啊！"

等他一说完，我才知道，老头子手下确实出了内鬼，里应外合，才把他彻底搞沉了。

江北出事前几天，一切还都很平静，孙海生在曹实手下逃过一难，所以老实了不少，每天在盘口上混日子，罗毅悄悄跟他说，让他在家里呆几天，别到盘口上露面，孙海生问为什么，罗毅却不肯说。孙海生对他姐夫又敬又怕，心想罗毅既然这么吩咐，一定有他的道理，就没再多问，乖乖回家呆了两天。

紧接着，江北出事，档口盘口上的人被一扫而光，闹得满城风雨，孙海生因为一直躲在家里，所以无惊无险，等到事态稍稍平息，孙海生发现，很多盘口上的人都消失了，而自己的姐夫罗毅似乎在这场灭顶之灾中没有受到什么波折，只不过罗毅手下的人全部更换了一遍，有的是别的盘口上的伙计，还有一小部分陌生人。

孙海生很鸡贼，已经察觉到罗毅肯定是变质了，像他这样的人无法接触到高层机密，看待问题都是从自己的经验角度出发的，他很清楚老头子的能力，害怕总有一天老头子翻盘以后搞大清洗，所以在江北越呆越觉得不妥当，恰好罗毅需要派人到宁夏来，孙海生巴不得早点离开江北这个是非之地，于是把这个活儿给抢了下来。

除了孙海生，罗毅派到宁夏的还有另外两个人，他们都有各自的分工，孙海生的任务是照罗毅列出的单子去采购一些物品。

让我吃惊的是，罗毅列的单子几乎和我们采购的装备一模一样，也就是说，他们可能也要在宁夏附近做活儿，而且做活儿的大致环境跟我们没什么区别，因为去什么地方就要准备相应的装备，这就有点耐人寻味了。

问到这里，孙海生就再说不出什么，和尚不信，又灌了他两次，搞得他痛不欲生，却始终没有新口供，我就觉得这家伙可能只知道这么多。

说起来倒很巧，孙海生他们临时住的地方跟小胡子的伙计离得不远，因为附近就有一个古玩市场，很多店里都做装备生意，采购起来比较方便。孙海生一咳完，就开始悔过，表忠心，发誓跟他姐夫势不两立，我听着想笑，却不知道该怎么处理这家伙，和尚跟我说，如果今天不是侥幸遇到也就算了，既然跟他照了面，就绝对不能再放他走。我说那怎么办，也不能好端端地把他做掉。

我们商量了一下，只能暂时把他扣下来，让人看着，免得出去走漏消息。孙海生一被带下去，我就对小胡子说是不是许晚亭那个老不死的也把手伸到这里来了，因为是他幕后操作搞沉老头子的，江北的内鬼肯定也是和他接的头，老头子一失踪，那些伙计都被姓许的收编，转投到他门下做事。

小胡子沉吟一下，说不会，许晚亭这种人，老得快成精了，他不会用临时收编来的人去做大事，不可靠，而且容易窝里斗，最有可能的，就是江北的内鬼把人暗中收拢到手下，继续沿老头子原来那条线做事。

我的心一沉，立即就想到曹实，从理论上讲，他把老头子打倒以后取而代之的可能性很大，因为曹实在江北的地位很高，而且知道许多内情，他要自立门户，是有这个实力的。但从我们相处这么多年来看，我始终还是不相信他能做出这种事，正沉思间，突然想起小胡子说过的那句话，人，都有两张脸。

接下来再一商议，我们觉得事态比想象中的严重，不管罗毅孙海生这帮人现在是跟谁做事，总之江北那股新势力已经开始移师宁夏，而且采购跟我们一样的装备，这就不能排除一个可能：他们也洞悉了关于云坛峰的情况。如果我们跟他们真在途中遭遇，火拼是肯定的，谁都不会放过谁。

这些还不要紧，最怕的就是他们如果真为云坛峰而来，并且提前找到了这个地方，我们哭都来不及。我和小胡子都不是爱惹事的人，但现在想来想去，觉得不下狠手是不行了，至少要把他们在宁夏的先遣站给抄掉，等他们的队伍过来，起码要被乱七八糟的情况绊住几天，有这几天时间，我们就占了先机，很多事情也许都会改变。

这样一想，越发觉得时间紧迫，和尚带人根据孙海生供出的地址过去，抓了人，又运走他们已经购置好的装备，我跟小胡子就挑选装备和人，随时准备出发。驼叔自己收拾了一个大背包，干粮占了百分之八十，我心想他也毕竟是五十来岁的人了，一路跟着我们翻山越岭，恐怕吃不消，于是就劝他留下等我们。

"不行。"驼叔摇摇头，趁着身边没人，悄悄对我说，"上次在开阳老林子里的事，让老子放不下心，和尚他们的门户也不干净，老子闯荡多年，路上跟着你也好提点提点，你千万不要拦着，本来小胡子就觉得老子拖他们后腿，耽误事，如果你再一说，他就更有理由。"

我没再多说，感激地拍拍驼叔，老家伙又丑又刁又抠门又爱吹，但心还是很善的。

打点好行装，我们立即动身，那张从拓本里分解出来的地图经过我们核对分析，应该是在贺兰山北麓，我们可以先赶到巴彦敖包，然后以那里为出发点，向南进入贺兰山脉。很多细节情况事先已经搞清楚了，最接近贺兰山北麓的地方，有一个叫做乌兰布浪的小村子，能找到向导。

这一路过去，我们都有些紧张，本来好好的计划，突然就冒出抢生意的，逼着我们不得不赶进度。还有一点，拓本里隐含的云坛峰好像是个很孤僻的地名，事先找人打听，所有人都表示听都没听说过这个地方，我也觉得，云坛峰这三个字应该不符合当时西夏人对地名的称呼习惯，万一又是铸造铜牌的人玩个性，自己给这座山起的名字，那就糟糕透了。

我们以最快速度找到那个叫做乌兰布浪的村子，然后小心地在村子里挑选向导。贺兰山脉是近南北走向，如果要从东往西走，可能只有三四十公里宽，

很多当地人都认识路,但要从北向南走,就不是那么简单了。

在寻找过程中,很多村民都说一个叫巴图的人可以准确无误地带人走完整条贺兰山脉,我们很高兴,就去找这个巴图。

巴图是个魁梧的蒙古族汉子,青须须的络腮胡子,我猜想他肯定一脱衣服就能露出一巴掌宽的护心毛。双方一交谈,巴图表示做向导绝对没问题,只要在贺兰山脉,无论我们去哪里,他都能把我们带到,看着他岁数也不算大,我就有点怀疑,在我印象里,要是头发胡子都不白,就没资格说这样的大话,巴图可能看出我的顾虑,也没有隐瞒,告诉了我们一些事情。

巴图家祖辈都生活在乌兰布浪,所谓靠山吃山,巴图家也靠进山打猎采药为生,巴图的父亲是个经验丰富的猎人,据说单臂持枪就能打中峭壁上的岩羊,在附近很有名气,他三十三岁的时候才生下巴图,所以对这个独子爱惜得不得了。

不过自从巴图一降生,厄运就一直缠绕着他,体弱多病不说,还经常无缘无故地昏迷,一昏迷就是两三天,而且在昏迷中,家里人都能听到已经失去意识的巴图会突然尖着嗓子笑,那种笑声很怪异,就好像什么东西掐住他的脖子,又挠他胳肢窝,迫使他发出这样奇怪的笑声。巴图的父亲心急如焚,把能想到的办法全部想了一遍,但是没有一点作用,一个月里面,巴图总会昏迷两三次,被折磨得骨瘦如柴,村里的人都认为这个孩子活不长,肯定要夭折。

在巴图十二岁的时候,村子里来了一个汉人老头儿,跟村民打听一种乳白色的石头,巴图虽然常年被怪病折磨,但总归是个人,不犯病的时候也会出门遛遛弯儿,结果就遇见这个老头儿,老头儿看见巴图马上大吃一惊,巴图的父亲觉得奇怪,过去跟老头儿搭话,老头儿张口就说出巴图平时所犯的症状,然后说,这个孩子,活不过二十岁。

巴图父亲一看老头儿这么神,以为他是医生,当时差点给老头跪下,央求他给巴图治病,无论需要什么药,花多少钱,自己都愿意出。老头儿沉吟了半天,才说,巴图并不是得了什么病,但其余的话,他就不肯再说。

巴图父亲认定这个老头儿是高人,跪下不肯起来,苦苦哀求,老头儿精不

铜牌的秘密 贰

住他求,就说给他指条路,能不能救巴图,要看老天肯不肯照顾,而且这个办法会很麻烦。巴图的父亲本来几乎对儿子的怪病已经绝望了,眼见有点希望,立即表示就算再难,自己也会去照做。

老头儿用自己带来的一种红色的粉末加水调和,然后拿毛笔蘸着在巴图后背上画了个奇形怪状的图案。说到这里的时候,巴图脱下身上的上衣,露出宽厚的脊背给我们看,他后背上果然有个类似于符的东西,颜色殷红,就像刚刚拿血画上去的一样,我吃了一惊,心说这是什么玩意儿,这么多年都消不掉。

然后,老头儿告诉巴图的父亲,让他亲自带上巴图,按贺兰山脉纵向的方向,把整条山脉走一遍,途中要给巴图放三次血。而且这个过程每两年进行一次,一共需要进行四次,八年下来,巴图正好是二十岁,如果熬得过二十岁,那他就没事了。

这种事情如果放在我看来,根本就是胡扯淡,但是巴图的父亲却照做了,因为他没有别的办法去救巴图,而且另一个很大的原因就是老头儿临走前对他说了一句话:祸是你惹的,却要后辈去承担。

巴图父亲没过几天就带着十二岁的巴图开始穿行贺兰山脉,并且遵照老头儿的吩咐,给巴图放血。用巴图自己的话说,那几年什么都没干,净跟他爹爬山玩了。

父子俩一次不少地在贺兰山穿行了四次,等到巴图二十岁,那种奇怪地昏迷病症竟然真的消失了,而巴图也平安地熬过了二十岁,但是第二年,他父亲就去世了,死的时候年纪还不大。

说着,巴图就有些伤感,我也说不上相信不相信这种民间野史,不过巴图在整个贺兰山来回穿行了几次,做向导是绰绰有余的。

我们跟巴图谈好价钱,正式雇佣了他,接着,我跟巴图说,我们不需要把贺兰山全走一遍,只要到云坛峰就行。巴图一愣,反问了一句,什么云坛峰?

我心里不由得叫苦,搞不好云坛峰这地名真是当年那位铸造铜牌的爷自己给起的名字,小胡子拿出从拓本上照描下来的地图让巴图看,巴图倒不含糊,一眼就看出这是贺兰山北麓的地图,不过他还奇怪,说这地图怎么会缺了

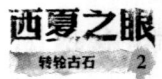

一块。

"我们就到缺了一块的这个地方去。"

巴图想了想,说:"云坛峰绝对是没有的,不过,地图上空缺的这一块,是贺兰山脉山眼的位置。"

"山眼?"

巴图点点头,接着对我们解释了一番。他所说的山眼并不是普通意义上的山眼,和风水地脉也没有任何关系,而是自然形成的一种奇特的地理景观,巴图连比带划地说了半天,我们还是搞不懂他的意思,他就说,其实形容也形容不出来,总之,那个地方让人看过一眼以后就永远都忘不了,非常震撼。

当天我们就住在巴图家里,村子里的人基本上不放牧,所以各类奶制品还有炒米都是从外面买回来的,巴图招待我们喝酒,还讲了些关于贺兰山的事,他说贺兰山周围在古代打过好几次大仗,死了非常多的人,特别是成吉思汗灭西夏的时候,贺兰山是西夏抵御蒙古的一道天然屏障,估计因为民族情感的原因,巴图嘴里的蒙古铁骑都是正义之师,在长生天的庇护下成功地突破贺兰山防线,杀掉昏庸无道的西夏末帝,解放了西夏各族劳动人民,说得大家都是一乐。

在我印象里,贺兰山是个很神奇的地方,特别是西夏历代帝王的王陵,据说很神秘,德国人首次航拍到遍布在五十平方公里内的一座座大土包一样的东西时,还不知道下面竟然躺着十几个古代的皇帝。

贺兰山另一个很出名的东西就是岩画,这些岩画可能都是西夏建国前若干年内活动于此的土著人留下的遗迹,八几年的时候,一幅被偶尔发现的岩画轰动了整个考古界,我在一本杂志上见过这幅岩画,虽然岩画的内容有点夸张抽象,但线条简单流畅,正常人都能看得懂,画的竟然是一个穿着宇航服的宇航员,而且这幅岩画的创作时间被确定为七千年前。

我们一边聊天一边喝酒,当晚大家睡得都很沉,第二天,巴图替我们雇了马匹,他可以尽量驱赶马匹沿着能走的路纵深进去,我们带的装备很多,一直靠人背着走下去会吃不消,巴图还从自己家里拿出一杆看上去很新的猎枪,一

铜牌的秘密 贰

摸猎枪，巴图就又想起自己的父亲，唏嘘了一阵。

早上九点钟，准备工作就绪，我们在巴图的带领下向南出发，这次小胡子带了三个伙计，其余的都留在了宁夏，我在开阳林区吃了大亏，心里总结着个疙瘩，和尚私下对我说，这次选的人绝对可以放心，跟了他们很多年，底子很干净。

我们都换上了登山装，人看上去一下子精神了不少，只不过驼叔穿上这身行头后怎么看怎么别扭，巴图有点羡慕我们的装备，我当时就做主说从山里回来的时候，这些装备任他挑，算是奖金，巴图乐了，说他们家有一坛药酒，珍贵得紧，里面泡的药材都是上品，回去后给我弄一瓶子，很见效，壮阳效果特别好，喝两口就和抱着小火炉子一样，光身子躺雪地里都不觉得冷。我心说那你昨晚怎么不拿出来，真是世风日下人心不古，连山里的汉子都学市侩了。

整条贺兰山脉是温带荒漠和温带荒漠草原的分界线，植被带有很鲜明的地域特色，开化度也比较高，煤矿盐场保护区都有，巴图告诉我们，解放以后国家就开始在贺兰山北麓找煤矿，成立了矿区，听村里的老辈人讲，当年挖矿的时候是出了很多稀奇事的，六六年，石嘴山那边的工人在挖掘中就出现过一个非常令人震惊的情况，据说地下十七八米的地方挖到一座宫殿，来了一些专业人员勘察，刚开始的时候以为是座规模巨大的古墓，但勘察下去就发现不是这么回事，宫殿里那些包括日用品之类的东西明显是给活人用的，而且整个地宫里没有找到一具尸体。在当时那个年代，没有什么事情能比搞国家建设还要重要，结果矿就继续打下去，把整个宫殿全部毁掉了，回头想想，确实很可惜。

巴图真不愧是连着钻了很多年山的人，刚出发之后的那段路程简直和在家门口遛弯一样轻松，在前面牵着马还有精神唱蒙古的民歌，我们的装备都由马驮着，跟在屁股后头走得也很惬意。再往后，路就不好走了，有的时候坡度太大，马走上去几乎站不稳，后面还要人使劲抽着，好在这种路段不是太多，勉强能对付过去。

总之这一路上我们是没有遇见什么怪事，这天晚上睡觉之前，巴图有点兴奋地告诉我们，明天就能够看到山眼，他说那种景观走遍天下估计都不会再有

第二处,我们的好奇心被撩拨起来,都暗自心想巴图说的究竟会是什么样子的地理奇观。

不过,第二天继续上路以后,我们就知道见识这种景观是要付出代价的,山势一下子变得险峻无比,巴图努力找那些地势相对较好的路,但我们手脚并用走过去都有难度,更别说那些驮着装备的马,有几处地方简直就是大家一起动手硬把马给抬了过去,这还不算,可能蒙古人天性对马这种动物有着溢于言表的亲密,因为路走得不顺,我们都有点急,加上条件制约,几个人抱着马的四条大腿就往上使劲抽,弄得巴图很心疼,在一旁连声说着慢点慢点,别弄伤了马。说的次数一多,就把驼叔给说烦了,眼睛一瞪:"那你说怎么办,要不然就让它们骑在老子身上,老子一匹一匹把它们带过去。"

和尚哈哈一笑,作势招呼人把马抬到驼叔背上,大家也跟着笑,把那一丁点不和谐的气氛顿时冲淡了,再动手的时候都加了小心,巴图就没再说什么。

等走到两座山之间一条不太深的山谷跟前时,我们就知道,马匹肯定是走不过去了,巴图指着前面对我们说:"从这里直穿过去,最多三四里以外有个山口,过了山口,爬到第一个山头上,就能看见山眼。"

"路不远了?"

"直线距离是很近,这条山谷也不要紧,就是爬第一个山头的时候会费些力气。"

大家一听马上就能看到山眼,精神都是一振,巴图把马拴在原地,问我们看过山眼以后还要不要继续往南走,如果还要继续,那就得绕路走,因为到了山眼那里,不光是马过不去,连人都过不去,我说到时候看情况,如果还要走的话,会给你加钱。

大家一起动手拔了大堆的荒草给马匹吃,巴图第一个往山谷下走,我们随后跟了过去,山谷不深,不多久爬到对面,那个山口遥遥在望。

走到巴图所说的第一个山头时,我抬头一看,顿时就倒抽了口冷气,爬这样的山,并不是巴图所说的会费些力气,而是非常费力气。

"这是人爬的山?"驼叔问道。

"没有问题的。"巴图回头对我们说,"看着很陡,但走近了就觉得没那么可怕,我十二岁就爬过。"

"老子不能跟你比,老子裤衩子是穿在里面的,又不是超人。"

"我说驼叔,按你这把年纪算下来,当年抗美援朝、大跃进、上山下乡、唐山大地震都应该赶上过,怎么一遇到点困难就你喊得高。"

"抗美援朝的时候老子还穿开裆裤,你别扯这些没用的,都躲开,老子走前头,免得你们谁站不稳摔下来把老子也捎带上。"

众人嘻嘻哈哈闪开一条路,驼叔就拿出登山镐,吃力的把背包背到肩上:"这么沉,是头驴也只能扛这么多东西。"

一开始爬山,就没人说话了,这座山不但陡,而且很高,中间连个歇脚的地方都没有,只能一口气爬到山顶,攀爬过程中腰根本就直不起来,用手比用脚的时候都多,驼叔倒是找到用武之地,腰杆子本来就是弯的,爬得很带劲。

接近山顶的那段路坡度猛地就缓了下来,而我的体力基本上已经消耗殆尽,和尚时不时就得回身拉我一把,等真正爬到山顶的时候,大家都累得一屁股坐在地上不肯起来。巴图的状态要比我们好一些,他指着前方,兴奋地对我们叫道:"看!贺兰山眼!"

我们强撑着一口气,疲惫地爬起来,朝前走了走,放眼远望,顿时,远处一个几乎像竖井一样的巨大盆地就映入眼帘。

贺兰山脉位于地壳运动频繁区域,出现一些地理上的奇观也并不反常,但是我们看到的这个所谓的贺兰山眼,确实很独特。

整个盆地大致呈一个梭状,估计有两公里长,八九百米宽,在远距离高空俯望下去,既像一枚枣核,又像一只眼睛,盆地四周的峭壁几乎是直上直下九十度得直角,就好像在整条山脉上拿凿子工整地凿出来的一样。

最为奇特的是,在整个盆地正中间的位置上,竟然孤立着一座高峰,非常显眼夺目。从常理上讲,一般的山都是底大头尖,偶尔会有笔山或者笋山这样的奇山,但归根结底,再怎么奇,也都逃不出固定的自然模式,但山眼中的这座孤峰,恰恰逆天而生,远远望过去,就好像盆地正中矗立着一只巨型火炬。

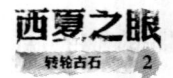

当时我的第一反应就是,这座山,有搞头。

我几乎有点急不可耐,只休息了一会儿,就催促巴图带我们到山眼附近去看看。从山顶到山眼这段路程没什么可说的,反正是把我们折腾得够惨,等大家灰头土脸来到山眼跟前时,大略看了看,盆地估计有一百来米深,中间的山峰也不高,只有一百二三十米左右,微微从盆地里冒出个头,现在这个月份,贺兰山脉的绝大部分植被已经枯了,但山眼的底部仍然一片翠绿。

这个也很好解释,一百多米深的地下,气温比地面要高一些,再加上山眼基本是一个密闭状态,一旦下雨,底部的沟壑里会积存一些水,总体的自然环境比较好,否则,下面那些植被也不会长得那么茂盛。

我把小胡子拉到一旁,兴奋地对他说:"山带异象,其中有宝,你看这里会不会就是那个云坛峰?"

"不管是不是,都要去看看。"

我用力点点头,刚想说话,随即意识到一个问题,兴奋劲一下子就消退掉大半:"咱们怎么上这座山?"

孤峰矗立在山眼的正中,就算站在山眼最窄的地方,离我们也有三百多米的距离,没翅膀的东西绝对过不去,东方不败来了都没辙。

"先想办法下到山眼的底部再说。"

我跑去跟巴图说打算在这里呆两天,巴图倒没什么意见,就是惦记留在山那边的马,我一想,干脆给他分了一些给养,让他回拴马的地方等我们,巴图犹豫了一下,嘱咐我们小心,然后带着给养走了。

他一走,我们这边也开始干活,先是围着山眼绕了一大圈,希望能够发现一条下去的捷径,但整个山眼整齐得就像模子里铸出来的一样,不得已之下,我们只好用最笨也最原始的办法,用绳子把人吊下去。

装备足够用,质量上也没有任何问题,关键是,绳子一垂下去,马上就被风吹得几乎飘起来,可以想象得到,如果再绑上个人,说不定就能当风筝放。

但是,这是目前能想到的唯一的办法,如果弃之不用,估计也没有其他路可走,我们接了一百五十米长的绳子,全部放下去,然后小胡子叫一个伙计

铜牌的秘密 贰

先下，这伙计胆子很大，面无惧色地扣好安全扣，准备下去，驼叔在旁边支招："你带上两个最沉的背包，免得下了一半又被风给吹上来。"

那伙计一听，确实有点道理，就去挑背包，和尚说驼叔其实岁数还是小，如果再练个二三十年，估计一张嘴就把整个山眼给吹平了，也不用这么费力靠绳子下去，驼叔不理他，坐到一旁吃东西。

两个背包加上伙计自身的体重，最少也有二百斤靠上，但是刚下去十多米就被风吹得找不到北，幸亏这伙计性格很悍，不管三七二十一，自由落体一般地继续滑下去。落底之后，下面好像没什么问题，和尚也带了背包开始下。

老天爷总算是照顾了我一次，轮到我下去的时候，风一下子小了许多，勉强能固定住身体不会晃得太厉害。稳稳落到底部，先下来的伙计跟和尚正坐着抽烟，见我到了，他俩个就起身去前面开路。

我拿掉身上的背包，点了支烟抽，一支烟尚未抽完，就看见头上远远地有个龙虾般的身影正慢慢顺绳子往下滑，我心说驼叔怎么也勇敢了一回，这么高的峭壁都敢滑下来，没想到我刚扔了烟头，就看见身旁那些树的树冠猛然剧烈地晃动起来，同时还感觉一阵劲风呼啸而过。

地面上的风和半空中的风完全是两个概念，如果在地面上感觉风很大，那半空中的风几乎能把人刮残废，我抬头一看，驼叔相当之惨，抓着绳子简直真成了风筝，等他九死一生落到地面，脸都绿了，一屁股坐下来，捂着心口皱眉不语，十多分钟才缓过这股劲儿来，心有余悸地说道："老子看你刚才下来得那么顺溜，也想下来玩玩，谁知道运气这么差，差点被拍死到石头上。"

"大难不死必有后福，驼叔，并不是每个人都有这种机遇的，放过风筝的人数不胜数，被放的寥寥无几，以后拿出来跟人说说，这也是种资本，试问，有几个人能靠一根绳子就上天的？"

我们俩说着话，小胡子也顺着绳子下来，正好和尚开出了路，派伙计过来叫我们，我整了整背包，一路跟过去，地面上非常潮，而且很松软，踩下去两脚都是泥，走得很不舒服，驼叔又开始骂娘，估计是后悔不该下来。

和尚正琢磨着怎么上这座山，当初来的时候考虑到要跟山打交道，所以搞

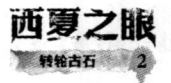

了一些登山用的技术装备，关键是每个人都操作不熟，又没有这方面的经验，可能会有点难度。小胡子这次带的这个伙计胆子真的是很大，一声不响地就穿上高山靴，又装上冰爪，整理出一套技术装备，看样子打算打头阵，和尚鼓励了两句，说回去不会亏待他，那伙计劲头更足了，一脚踩到山体上，开始往上爬。

这山一百多米高，就算不出意外，爬到山顶也需要不少时间，我们一直抬着头，注视伙计慢慢上升的身影，爬了大约一半的时候，他就突然停了下来，和尚说坏了，会不会是装备上出了问题，我说应该不会，所有装备都是我们自己要用的，所以检查得非常细致，性能质量上可以放心。

正说着，那伙计传来消息，说发现了一个洞。

西夏之眼

转轮古石 2

叁

生死之间

情况一说明,我们才知道,伙计在山体上发现一个直径一米多一点的洞,从洞的外观来看,可能是天然形成的洞,洞内的空间很狭窄,而且曲折幽深,光线照进去就被吞噬了,看不清楚里面的东西。

　　虽然还不能确定山眼内的山是不是我们要找的地方,但我和小胡子都感觉这山大有文章,所以他要伙计小心一点进洞看看。

　　过了没多久,上面的伙计又传来消息,洞实在太深,不知道通到什么地方。我们在下面迅速地商量了一下,打算上去亲自勘察勘察,只不过攀爬到那么高的地方不是件容易的事,等我们一个一个钻进山洞的时候,天几乎都黑了。

　　这个洞很像山体中间自然形成的缝隙,很窄,人钻进去就直不起腰,只能依次在里面爬行,因为洞体不是一个正直的通道,手电的光柱几乎没有什么作用,最多照亮眼前几米远的地方。爬了半个小时,人就受不了了,加上肚子也饿,大家暂时停下来休息。

　　"你们发现没有,这个洞的走势是慢慢向上的,而且洞体曲折得很有规律,全部是朝同一个方向转弯的。"

　　"老子听不懂你说的什么意思。"

　　"驼叔,"和尚边吃东西边说,"你总是说自己年轻的时候浪迹江湖,见多识广,不会没有见过盘山公路吧。"

"盘山公路?"驼叔不屑道,"老子走的路比你听过的路都多,说起这盘山公路,那又要扯得很远了,老子过去有一个朋友,是从西藏出来的,有一次闲来无事,恰好这朋友要回西藏,老子就跟他一路同行,那雪山上的路……"

"知道就好,知道就好。"和尚赶紧打断他的话头,免得一说下去又无边无际,"你不觉得这洞里的通道就跟盘山公路一样?是一圈一圈盘旋着通向上面的?"

"这鬼地方又深又窄,还不知道要爬到猴年马月,万一爬到最后,是个死洞,什么东西都没有,那就很不划算了。"

驼叔说的也不是没有可能,这种天然形成的山体缝隙很难预料会通到什么地方,但是放在眼前的洞不把它走完,又很不甘心,所以说了半天,我们还是决定走下去。

吃过东西继续爬了一会儿,周围的环境渐渐就发生了变化,洞慢慢变宽了一些,有时候还能直起腰,不过走向却越来越明显,肯定是盘旋着一路朝上的,走在最前面的那伙计还真是个人才,胆子大,心也很细,时常就会亮出明火去测试一下空气质量,这可能也是长年累月积累形成的习惯。我一直在看着表,从我们进洞到现在,用了两个多小时的时间。

路越走越宽,一个人单独通行已经很宽松了,正走着,伙计突然一下子停住脚步,望着前面发愣,和尚问他怎么回事,他回头对我们说:"这个洞好像进过人啊,你们看。"他用手电朝前一指。

前面的路在离我们不到十米的地方出现一个小小的落差,可能两米多高,如果要继续走的话,我们得爬上去,但仔细一看,这个小落差好像人为地修了几个台阶。台阶修得很工整,一看就不是天然形成的,所以那伙计才会说这里好像进过人。

等走得近了,已经可以确定,这台阶绝对是人为修出来的,伙计试着爬了上去,露头一看,身子就不由自主地晃了一下,神色顿时变得紧张而且兴奋:"快上来看看。"

我们一个挨一个开始往上走,等我爬过这道台阶,一看眼前的景象,也吃了一惊，洞体猛然宽了许多，可能七八米都不止，地面和洞壁几乎被整体打平了，形成一个四方的通道，通道两旁紧贴着墙壁的地方甚至还两两对称地放置了一些灯俑。

"真他娘的见鬼了！"驼叔有些紧张："怎么突然就变成甬道了！"

"驼叔，出丑了吧。"和尚笑道，"先不说你老人家下没下过坑，我就问你，你见过这么宽的甬道？"

驼叔脸一红，又不肯服软："就说你们没见识，你去十三陵看一看……"

一听驼叔又扯到十三陵上，众人纷纷无视之，打着手电开始慢慢往前走，我也奇怪，这个山洞本来出现的位置就比较蹊跷，爬了这么久，突然被人为地改造成这个样子，让人无法理解。在古代，因为科技和生产力的制约，各种资源都是宝贵的，不可能浪费人力物力去做无用功，既然花大力气去建造什么工程，那就一定有它的用处。

这条通道的长度并不长，站在这边，手电都能照到另一端的出口，除了通道两旁的灯俑，没有其他东西，这些灯俑是就地取材用石头凿刻出来的，呈半跪状，背上驮着用来放置灯油的大缸，可能根本就没有用过，大缸里面还有大半凝固的灯油，黄黄的一大块，很像奶酪。驼叔看了一会儿就忍不住了，拉住和尚问道："和尚，这种石雕如果我们拉回去一个两个，你说会不会出什么麻烦？"

"驼叔，你想干吗？"

"老子年纪越来越大，以后可能就跑不动了，好歹从这里弄点纪念品回去，没事的时候看一看，追忆一下往事，咱们有马，这灯俑其实并不重，把里面灯油倒出来，很轻的……"

"你就留在这里做梦吧。"

走在这条通道上，心里就产生一种形容不出来的感觉，感觉很奇妙，山体内部有一条绵长曲折而且盘旋而上的缝隙就已经够神奇的了，何况还出现一条被人改造过的通道，那些古人真不知道是怎么想的，钻到山的内部来搞工程。不过这样一来，更加印证了我最初的预感，这座山，很不平常。

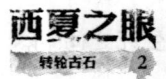

　　走完这条不长的通道，出口那边的洞体又恢复了天然的状态，不过比前面走过的路要宽一些，如果仔细看，还能从上面发现一点人为的痕迹，可能是把洞壁上那些凹凸不平的岩石给凿掉了，方便人通行。手电往前照过去，黑乎乎一片，光线也扩散淡化，明显是一个比较大的空间，一路走一路测试，空气质量始终不错，没有普通山洞那种积尘的味道，我就猜想，这肯定是个活洞，最少有一个或者两个出口保持空气流通。

　　这条山体缝隙通往一个石室般的小空间，虽然也不大，不过比前面那些地方宽敞得多，人一进去，胸口间那种很堵并且很压抑的感觉就消失不少。石室最多八九十平方，很明显也被人整修过，我们一路走过来，山体的缝隙始终只有一条，但到了这里，就开始分岔，石室四面的墙壁上多了好几个入口，有大也有小，几乎已经认不出哪一个才是主道的入口。

　　这个地方和前面那条被改造的通道略微有点不同，除了面积大小不一样，石室的墙壁上多了很多壁画。壁画中承载的信息量有时候会很大，很多懂行的人都喜欢研究这些，能从里面发掘出不少有用的东西，特别是那种连续性的叙事壁画，可能不少史料里都失传的事件全隐含在里面。

　　壁画保存得相当好，也没有很严重的褪色现象，明显是工匠把画做完以后又在表面涂了一层保护性的油料，隔绝空气以及水分和壁画间的接触，这种技术是北宋人发明的，正所谓科技无国界，虽然西夏一直跟宋打仗，但科技和文化间的交流还是无法阻断。

　　我对壁画不是太感兴趣，主要因为自身文化沉积浅薄，看不懂这东西，不过只当看个新鲜，大家都在看壁画，驼叔一个劲儿地嘟囔这地方有点邪，我问他怎么个邪法，他也说不上来，自己嘟囔了一会儿，见没人理他，就跑到旁边去研究那些灯俑。

　　"能看出壁画的实际内容吗？"我问小胡子。

　　"内容很杂，不过肯定不是叙事性的壁画，没有什么实质性意义，作壁画的人可能当时就是信手挥就。"

　　"没有实质性意义，壁画风格总该有个大致的范畴吧，起码得知道是什么年代留下的东西。"

小胡子正要说话,驼叔在那边突然就发出一声狼嚎,把我吓了一跳,赶紧用手电去照,驼叔两步就蹿到我们跟前,脸色惨白,喉结艰难地蠕动一下:"有东西!"

"什么?"

"老子没看见。"驼叔紧张地回头看看自己刚才身处的位置,"不过肯定有东西!老子就说这地方邪。"

"驼叔你搞什么飞机,不要蛊惑人心,看都没看见,你怎么知道有东西。"

驼叔一向老不正经,又爱吹牛,他说的话起码要扔掉一半,剩下的一半里还有水分,但这时候我发现驼叔的表情神态以及语气并不像开玩笑,也不像信口胡说,因为他的样子确实好像被什么东西吓到了。

"老子后脑壳给什么鬼东西舔了一口。"

"那就更扯了,驼叔,你别自己吓自己好不好……"

"不信就算了!"驼叔也有点急,"非要等到全都遭了殃才肯信老子的话?"

不管别人怎么说,驼叔一口咬定这里有什么东西,并且在自己后脑壳舔了一口,我忍不住走到他身后拿手电去看,看了几眼,心里顿时一沉。

驼叔脑袋后面的头发被什么东西粘成一缕一缕的,摸上去还有些湿黏,肯定不是汗水,我也有点慌,叫人过来看,这下大家都不开口了,知道驼叔没有胡说。气氛一下子就紧张起来,和尚跟那伙计都伸手掏出家伙,在四周来回地看。我问了问驼叔刚才的具体情况,驼叔说他正蹲着看那些灯俑,后脑勺突然就一凉,隐隐约约感觉是条舌头在上面舔了一下,驼叔随手一摸,发现头发有些湿,马上吓得叫了一声,回头去看,却什么都没看到。

我听了觉得有点玄,因为驼叔说被什么东西舔了一下,而且后脑勺是湿的,如果这些事情不是他的幻觉,那就说明这东西有舌头,还有体液,也就是说,东西是活的。

这就更说不过去了，山眼里的这座山地势奇特，山顶上光秃秃的一片，既没有植被也没有水源，这种情况下，连最简单的食物链都无法构成，要说有什么大一些的动物，简直就是胡扯。

我把这个分析一说，驼叔更加理直气壮，说既然没有活物，那肯定就是什么不干净的东西，小胡子的伙计是下过坑的人，对这种乱七八糟的东西很信，开始不安起来，驼叔算是遇到知音，皱着连心眉在那里不停地说，弄得我也有点虚，因为从小到大，老头子跟我讲了不少他知道或者遇见的怪事，这些事根本无法用常理或者所谓的科学理论往上硬套。

小胡子想了一下，说先离开这儿再说，伙计问他退回去还是往前继续走，小胡子不动声色道："往前。"

"还要往前？"驼叔一下子就急得跳起来，"赶紧退回去保住命才是正经事，老子死都不会再往前走。"

"那好。"小胡子淡淡说，"我们分成两路，一路继续往前走，一路先退回去。"

"这就对了嘛。"驼叔松口气说，"分开走，有了意外也不会被包圆，退回去的人还能想办法营救营救，我们一共五个人，怎么分？"

"我们四个人一路，继续往前走，你自己一路，退回去。"

"这他娘的是什么狗屁主意……"

小胡子也不给他反驳的机会，只对我说了声："真有什么意外，你先找地方躲起来。"说完，带上自己的背包就去四面墙上的岩缝里寻找主道，驼叔嘴里骂得凶，见机还是很快的，匆匆忙忙就挤到中间，免得再被什么东西舔上一下。

石室墙壁上的岩缝入口有六个，我们分头去看，因为岩缝不直，所以手电伸进去照不了太远，看不出到底是不是正确的主道，这就有点棘手了，一时间都僵在几个入口前，不知道该走哪一条。驼叔知道我说话小胡子或许会考虑考虑，所以跟我商量，想让我去说一下，先从这个鬼地方退回山下，从长计议。

我知道小胡子找东西的心正热，不得到点结果恐怕很难说服他，看着驼叔哀伤的眼神，我也拿不定主意，正犹豫间，那伙计猛然在身后发出一声惊叫。

我和驼叔立即回头去看，凌乱的手电光柱中，一条黑影以肉眼几乎无法分辨的速度扑向不远处的小胡子，和尚一扔背包，冲我大声喊了句：快跑！

我目光一晃，看到那伙计已经就地滚出去好远，肩膀上全是鲜血，似乎是受了伤。

这时的场面一下子混乱起来，说实话，我真没有看清楚那条黑影是个什么玩意儿，但种种迹象表明，肯定不是小猫咪小白兔那类东西，驼叔反应极快，和尚的话音刚落，他嗖地就钻进面前的岩缝里，顺手把我也给拉了进去。

我俩一前一后在岩缝里往前跑，至于这条岩缝通向什么地方，暂时也没工夫考虑，正跑着，身后的石室里传来两声枪响，我心里一惊，停下脚步，驼叔见我没跟上，赶紧退回来拉我。我突然觉得钻进岩缝是个非常愚蠢的决定，这里空间太小，万一有什么东西从后面追上来，我跟驼叔必然要归位。

想到这儿，也顾不上那么多了，必须先从这里跑出去再说。驼叔跟兔子一样，在洞里蹿得那叫一个快，根本看不出是这么大年纪的人，我们俩最多跑了三十来米，前面的驼叔一下子就冲到岩缝外面的一个大空间里。

我跟过去一看，这里比刚才的石室要大得多，就好像整座山体中间一个巨大的气泡，被人巧妙地改建成了现在的样子：空间的四个角上各雕出一根半凸出的大石柱，上面满满的都是看不清楚的图案，四根石柱的最上端有四根同样半凸出的横梁，是用两根原木拼接在一起搭上去的，四面的墙壁上到处都是色彩鲜艳的壁画，不过这时候也没时间去细看，这里的灯俑明显要比前面所遇见得多，隔几米就有一个，几乎把整个空间满满围了一圈，和上个石室一样的是，周围的墙壁上也有若干个岩缝的入口。

驼叔一直跑到这里还觉得不安全，随便找个洞口就要继续钻，我一把拉住他："驼叔，不能再钻了！你没有发现吗，岩缝的分岔越来越多，钻多了肯定会迷路，还有，岩缝里那么窄，人在里面跑，万一后面追过来的东西速度比我们快，那就死定了。"

驼叔急得直甩手："怎么办？总不能站在这里等那鬼东西来舔吧？老子还

没活够本，不想死在这里……"

我左右环视了一圈，眼睛一亮，跑到离我最近的石柱子旁边比划了一下，顿时有了主意。石柱上刻满了花纹，受力面大，只要顺柱子爬上去，然后呆在横梁上会比较安全，即便有什么东西过来，我们居高临下也好对付。我一说，驼叔觉得可行，抢着就往柱子上爬，我在下面抽着他，爬到一半，驼叔看样子爬不动了，很吃力，我就喊了一声：那东西来了！驼叔一听，有如神助，三两下就爬到顶端，横坐到横梁上，挪动屁股，一点点磨蹭到横梁中间。

我也跟着爬了上去，和驼叔并排坐在一起，伸手一摸，满头都是汗。

"刚才那个鬼东西你看清楚了没有？"驼叔问道。

我摇摇头，仓促间遇到变故，一下子就慌了，而且那东西的速度很快，光线又不明朗，驼叔摸着下巴说："老子倒是瞄到一眼，不过看得也不是很清爽。"

"是什么？"

"黝黑黝黑的一团，个头很大，有点像狼。"

"狼？这里如果有狼，是喝西北风长大的？"

"现在说这个有什么用。"

我和驼叔商量了一下，决定还是在横梁上忍耐忍耐，免得刚一下去，那鬼东西猛地跑出来，到时候再想爬到横梁上就没那么容易了。

洞顶的横梁很窄，最多一屁股宽，人坐上去就没富裕，连脚都没地方搁，只能悬着。我一直在猜测驼叔所看到的究竟会是什么东西，按他比划出来的大小，那东西简直都有小牛犊子大了，在这种环境里，绝对生存不下来，还没想出头绪，驼叔连忙拍拍我，指着下面说："看，亮了！"

我顺着他手指的方向一看，是一个岩缝的入口微微透出一丁点亮光，不到两秒钟，亮光逐渐变强，紧接着就从岩缝里冒出个油光发亮的大脑袋。

"是和尚。"

我跟驼叔还没来得及叫他，和尚就噌地蹿出来，身后像是有什么东西在追，驼叔说糟了，和尚把那鬼东西引到这里来了。

岩缝里果然钻出来一条黑影子，我忍不住打开手电去照，这东西确实很像狼，浑身上下的皮毛黝黑发亮，体形比狼要大一些，动作非常灵敏，和尚可能在岩缝里吃了亏，看见洞口也不敢再钻，绕着石室跟那东西兜圈子，驼叔赶紧把双脚使劲朝上缩，一边叫道："和尚！你行行好，快把这鬼东西引走！"

其实我打开手电的时候和尚已经发现我们躲在横梁上，只不过被追得说不出话，驼叔一喊，和尚也急了，断断续续地说驼叔没人性。

"和尚！算老子求你！赶快引走！你要真挂了，老子给你披麻戴孝。"

我使劲捂住驼叔的嘴，对和尚叫道："和尚！找机会踩着灯俑爬上来！"

石室里的构造都隐没在黑暗里，手电光照范围有限，和尚一时半会之间也看不清楚，我跟他说了石柱的位置，和尚绕着又跑了一圈，大概摸清情况，跳上灯俑一发力，就抱住石柱，三两下爬到顶端。下面那鬼东西也扑到石柱上人立而起，看得我一身冷汗，幸好它爬不上来，扑了几下就在原地绕圈子。

和尚喘口气，骂了一句，朝下面的东西吐口水，我发现他背后的登山服被抓出条长长的口子，好在天气冷，里外穿了几层，否则这一下子就得见血。

那东西在下面绕了几圈，钻到旁边的洞口里不见了，和尚大汗淋漓，驼叔也算松了口气，我问怎么就你一个人跑过来了。

"别提了，这鬼东西差点把我们弄死。"

在刚才那个小石室里，最先被袭击的是小胡子的伙计，我跟驼叔钻进岩缝以后，和尚他们也看清了那东西似乎是条狼，虽然当时顾不上考虑这里怎么会有狼，但和尚心里倒不那么慌张了，觉得三个人玩一条狼，怎么也得把它玩残。

谁知道这鬼东西极难对付，爪子和牙齿都锋利无比，动作又快，极其灵敏，和尚连开两枪都没打到它，伙计受了伤，一只手使不出力气，躲闪得稍微一慢，腿上又挨了一爪子，小胡子找机会让他先躲到岩缝里去，自己在后面顶着，和尚怕他们跑不利落，就引着那家伙往岩缝里钻，背上被抓了一下，连枪都搞丢了，而且，和尚当时钻的是另外一条岩缝，但也跟我们一样，跑到这里来，说明这些岩缝四通八达，弄不好会被绕迷。

"闲话留到后头再讲。"驼叔往下仔细查看了一圈，"趁那鬼东西不在，咱们先跑，和尚，你下去探探路，万一有情况，老子跟卫少爷在上面接应你。"

"你使唤我怎么跟使唤你们家通房大丫头一样。"和尚也朝下看了看,"真他娘的有情况的话,你在上面怎么接应我?"

"快去吧,老子在这里求九天十地的神仙都保佑你。"

和尚白了驼叔一眼,从横梁朝柱子那边挪动,然后一点一点地爬下去,我和驼叔当时太紧张,一迷糊,就犯了个致命的错误,俩人生怕和尚看不到东西,一起拿手电照他,在那种一团漆黑的环境中,和尚整个人都成了一大坨很明显的目标。

和尚这边还没下到底,黑暗中悄无声息地扑过来一条影子,一口就咬住和尚的屁股,和尚胆子再大这时候也毛了,又怒又怕,腾出一只手,抽出刀子反手就刺,那东西没躲开,身上吃痛,嘴巴马上就松了,和尚抓住机会,飞快地重新爬了回来。

"这东西这么狡猾!"和尚伸手在屁股上摸了一把,都是血,"一直在下面躲着!"驼叔也随声附和:"老子料定它没这么容易就死心,幸好屁股上肉厚,不碍事的,上些药,几天就好。"

我们的药都在背包里,背包又丢到小石室,和尚无奈,只好忍着,我也安慰他,人的屁股没有动脉血管,只有毛细血管,屁股破了也不要紧,流到无血可流的时候自然就止血了。

这下子把我们弄得一点办法没有,跟小胡子他们又接不上头,三个人坐在横梁上大眼瞪小眼,想不出脱身的办法,整个石室里一团漆黑,那东西随便找个洞口藏着,我们就发现不了,冒冒失失下去,又要被它摆上一道。驼叔就发狠,说跟这鬼东西耗上了,拼着几天不下来,鬼东西没食物,饿也把它饿昏过去。我跟和尚拿看白痴的目光一齐看向驼叔:"驼叔,它没东西吃,请问你有么?"

"老子只是说句狠话,何必当真。"

小胡子和那伙计这么久都没有一点动静,让我非常担心,按道理说,鬼东西是被和尚引走的,他们那边应该没什么危险,好歹该回来找我们会合,但一直不见他们人影,这就说明一个问题,他们或许被这些四通八达的岩缝绕晕了，找不到出来的路。

　　三个人就这么牢牢地被困在洞顶的横梁上下不来，屁股坐得发麻，因为丢失了食物和水，潜意识里觉得又饿又渴，我心说这样下去可不行，必须要想个办法安全地下去，驼叔在旁边突然就开口说话了，而且语气变得很亲切："和尚，你的屁股不碍事了吧，卫少爷，你们俩饿不饿？"

　　看着他这时候了还想吃，我跟和尚也实在没什么话好说，驼叔就赶紧解释道："你们不要把老子想成饭桶，老子的意思是说，呆在这上面不是办法，要赶紧下去。"

　　"驼叔，到底是我傻还是你傻，要是有办法，能不下去吗？你以为三个人挤在这里并排坐着很写意是不是。"

　　"不要急，老子倒有个办法。"

　　"什么办法？"我跟和尚异口同声说道，"快说说。"

　　"事到如今，这也是没有办法的办法。"驼叔小心翼翼地看了我们两个一眼说："而今之计，只有把下面躲着的那个鬼东西给弄走，我们才能安全走出去，你们也看见了，现在只要有个饵去引，那鬼东西就会跟着饵跑。"

　　"驼叔，你什么意思。"

　　"一个人牺牲一下，总好过三个人都死在这里。"驼叔语重心长道，"舍一保二，对咱们来说，还是很划算的，老子年纪最大，本来应该给你们做个表率，但是你们也知道，老子手脚不伶俐，下去做饵的话，跑两步就要被鬼东西撵上，没有作用，你们两个，是不是商量一下，随便下去一个，我们这边脱了身，再想办法来救他，和尚，你觉得……"

　　"驼叔？这就是你想出的办法？还有没有人性了。"

　　我也摇摇头："丢下一个人，就算剩下的人安全了，跑也跑得心不安。"

　　驼叔还想做思想工作，诠释集体利益高于一切的理论，我跟和尚就轮番讨伐他，最后把老家伙说得没一点面子。

　　"好了好了！"驼叔恼怒地挥挥手，"你也不想先下，他也不想先下，那大家都一起死在这里好了！为什么你们私心总是这么重，和尚！你别说你没拜过关

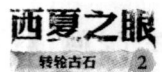

二爷,关二爷的风骨你就算学不全,至少也得有两分吧,否则你拜他干吗,老子记得一个洋人说过,人,从他娘的生下来到死,都是自私的动物……"

说到这儿,驼叔猛地闭上嘴,与此同时,我也感觉屁股下的横梁微微一动,好像朝左边倾斜了一点点,心里立即生出个很不好的预感。

"横梁要塌!这次他娘的不用再推来让去的了。"

话没说完,横梁左边那一头就完全塌了下去,荡起一大片浮灰,我们三个根本就没有任何缓冲的余地,横梁塌下去的一头跟地面碰撞,震感传过来,把人全甩了出去,都摔得非常惨,我的右脚被崴了一下,痛得站不起来,驼叔也呻吟着说自己的骨架好像散了。

正说着,那条隐没在黑暗中许久都没有任何动静的影子势如闪电般地扑了过来,我甚至能听到它带出的一阵劲风,和尚绕着只塌下来一头的横梁躲避了一下,咬着牙对我们说:"卫大少,快!你们顺岩缝走!我们斗不过它!"

驼叔这时候也不说骨头散了,嗖地就钻进岩缝,我不忍心抛下和尚一个人,在石室里和他一起兜圈子,和尚急了,骂着让我走:"你非要两人一起死!快走!走得越远越好!"

我艰难地踌躇了几秒钟,一狠心,转身钻进离自己最近的岩缝,正在跟和尚纠缠的鬼东西不知道为什么,突然丢下和尚,朝我这边扑过来,我一下子就慌了,拼命往前跑,岩缝很短,跑了几步就出现一个九十度的转角,那东西在后面追得很紧,我看见眼前出现两个入口,来不及多想,一头扎进其中一个,玩命一般地狂奔,三两分钟时间,岩缝的入口就密集起来,到处都是,我心里暗暗叫苦,明知道再乱跑下去肯定要迷路,但当时那种情况真的是身不由己,只能不停地在各个入口之间钻来钻去。

我一口气跑出去好远,也记不清楚中间转了多少个弯,经过了多少个入口,身后那鬼东西好像被甩掉了,我不敢大意,又跑了一会儿,确定它没跟过来以后,才慢慢停下脚步,一边喘息一边打量自己周围的环境。

这次彻底玩大了,四面的岩缝入口就像城市里复杂的下水道系统一样,置身在这里面,完全分不清楚方向,也记不清楚自己走过的路,我定了定神,掏出匕首，在一个入口那里画了个十字作为标记，然后钻进去，每经过一个路口，我都会留个记号，但这个办法好像不怎么管用，走了很长时间，我还是找不到一条脱离困境的路线。

刚才逃命的时候还没什么感觉，现在就觉得右脚肿得厉害，几乎把高山靴的鞋帮都撑满了，身上没有一点可以补充体力的食物和饮水，指北针也丢在背包里，口袋里唯一的东西就是匕首、打火机、半盒香烟。一两天内不吃不喝还不至于把命丢掉，但意志一倒塌，后果就非常严重，所以我强打精神，一边安慰自己，一边瘸着腿继续在数不清的入口之间来回地摸索。

渐渐地，那些入口基本全被我划上了记号，也就是说，走了这么长时间，其实我一直都在一片并不算大的区域内绕来绕去，到最后，只有寥寥几个入口上没有记号，我觉得如果再把这几个入口都划上标记的话可能我会更晕，所有的入口全是标记，简直就等于没有任何标记。我收起匕首，尽量挑选没有标记的入口去走。

这一次，情况似乎有点好转，接连走了很多没有标记的岩缝入口以后，好像离刚才置身的那片区域越来越远，而且入口的数量大幅度减少，岩缝的宽度也逐渐扩宽，本来我的体力已经消耗得差不多了，右脚又肿得走不成路，每一步几乎都是强撑着走出去的，感觉累得不行，但情况一好转，心里就感觉走出困境的希望大了许多，人就是这样，只要心里还有希望，就不会那么容易地倒下去。

大概二十分钟以后，那些乱七八糟的入口就不见了，只剩一条路，但不知道通到什么地方，这时候我基本上到了山穷水尽的地步，不但没一点力气，手电的电池也即将消耗殆尽，几乎是爬着把这条通道走完的，当通道尽头的石室出现在眼前时，我两眼一黑，差点昏过去。

这个石室跟前面两个没有什么区别，只有壁画和灯俑，我勉强爬到墙角，靠着墙壁半躺下来，连手指都没力气再动一动，我就想着在这里暂时休息上一两个小时，最起码要恢复一些体力才能继续去找路。

我摇摇晃晃站起身，走到一个灯俑跟前，掏出打火机去点灯，按我的想

法，驼叔他们这时候估计也都在岩缝里面兜圈子，如果凑巧从这里经过，看见灯火，肯定会被吸引过来。灯俑背上的大缸里有大半缸凝固的灯油，点燃灯芯以后，火苗挣扎着燃烧了一会儿，两分钟就变大了，烧得劈啪作响，把周围照亮了一小片。我一低头，就发现大缸的灯油里好像埋着什么东西，黑乎乎地露出一点，看不清楚。

我用匕首刮掉一部分灯油，把里面的东西清理出来，还没清理到一半，就吓了一跳，手里的匕首差点掉进缸里。

灯油里蜷缩着一具黝黑的尸体，已经扭曲得变了形，从体形上看，应该不是个成年人，我赶紧朝后退了几步，身上的鸡皮疙瘩瞬间就冒出来一层，埋怨自己手为什么那么贱，非要把东西清理出来自己吓自己一跳才舒服。

我跑到石室另一端的墙角，整个人缩成一团，其实这种东西我也不是没有见过，只不过身处在这样的环境里，还是忍不住会怕。

精神和身体都疲惫到了极点，但我不敢就这么睡过去，想着随便休息一两个小时以后继续去找出去的路，就算一时半会找不到，能碰上其他人也是好的。

心里虽然这么想，但眼皮子实在不争气，坐着坐着就犯困，不由自主地就进入那种浅睡眠状态。过了不知道多久，突然觉得好像有只手在我头顶轻轻摸了一下，这一下顿时把我吓醒了，睁眼一看，差点忍不住叫出声来。

在我面前只有一米之遥的地方，静静矗立着一条漆黑的身影，跟周围漆黑的环境几乎融为一体，一时间，我简直分辨不出这是人还是其他什么东西。

"跟我来，我会带你走出去。"

说实话，这是我经历的众多怪事中最邪门的一次，说它邪门，并不单单因为这条突然出现的黑影。

让我感觉邪气森森的原因，其实就是来自我自己。

西夏之眼
转轮古石 2

肆

消失的入口

消失的入口

在我听到那句话的同一时间，心里就升腾起一股极为强烈怪异的感觉，相当邪门，而且这种邪，来自我自己。

不可否认，在过去经历得很多事中，我的表现都不怎么样，几乎全要靠小胡子还有和尚替我解围，但我对危险的抵触和躲避意识还是有的，有时候虽然心里很慌乱，也会因为事情的突然性而导致手足无措，不过总体来说，我知道我该怎么做，知道该怎么样离危险越来越远。

但现在，情况完全变了，我听到黑影所发出的声音以后（因为当时那种情况下，连我自己都不敢确认这句话是不是从它嘴里说出来的），竟然不由自主地想跟它走。

这种感觉真得相当奇怪，不知道该怎么形容，我明明告诉自己这条突然冒出来的影子似乎不是什么菩萨天使之类的角色，但潜意识里产生的那种跟它走的冲动几乎无法抑制。

这样的情况就好比我置身在一道深邃的断崖前，明知道掉下去会很惨，但还是想往下跳，整个人好像已经不受大脑的控制。

这种"想"跟它走的意识越来越强烈，我勉强扶着墙壁站起来，跌跌撞撞地往前迈了一步，那黑影就转过身，顺着石室的另一个出口走进去，我跟在它后面，整个人都很机械，生硬地迈着步子一步一步沿着黑影走过的路前行。

　　黑影好像知道我的体力和身体状况都不算太好，在前面走得很慢，我脑子里像是塞了一团棉花，意识越发混乱起来，昏昏沉沉的和一具木偶一样，这种意识和身体都不受自己控制的感觉让我不寒而栗，全身上下的力气都集中在双脚上，除了麻木地一步一步跟着黑影走，几乎已经做不出其他任何动作，甚至连张口说话都很难。

　　真他娘的见鬼了！

　　可能还是前面接连发生的险情让我体力消耗过大，走着走着，眼皮子又开始发沉，很想睡，就像人呆在高寒地带所犯的那种低温症一样，没有别的念头，就想狠狠地睡一觉。过了一会儿，昏沉的感觉完全把我打败了，眼睛一闭，立即就陷入一片恍惚中。

　　接下来的情况就更加奇怪了，按我这种状态，闭眼之后肯定会就地瘫倒在岩缝里，但模模糊糊又恢复了一点意识之后，我发现自己已经莫名其妙地从刚才所走的那条岩缝中间脱离出来，重新回到石室。

　　但是很快我就察觉到，这个石室并不是刚才我呆过的那个，而且离自己不远的地方就有几道手电打出的光柱和人的身影，那个黑影却不见了。

　　不远处的几个人背对着我站在石室左边的墙壁前，手电的光柱全都照在墙上，我感觉自己好了很多，只是脑袋还很晕，浑身也没有力气，不过感官好像已经恢复正常，一看那几个人，激动得差点叫出来，是小胡子、和尚，还有驼叔，虽然他们背对着我，但我绝对不会看错，尤其驼叔那种造型独特的背影，想看错都很难。

　　对我来说，现在这个时候能和他们相遇，简直就是天大的惊喜，甚至比我独自找到出路还要令人振奋，我扶着墙站起来，张嘴就喊道："驼叔！"

　　这一嗓子喊出来，我的头又大了一圈，自己的声带好像出了什么问题，就像嗓子里堵了一大团黏糊糊的东西，虽然喊驼叔的时候用尽全力，但声音含糊得连自己都听不清楚，我一边摸着脖子，一边想朝他们那里走，但又看了两眼，目光就定住了。

　　好像有点不对劲。

不远处的四个人肯定就是驼叔他们，这个我绝对不会看错，但不知道为什么，现在看着他们，总觉得很怪，四个人始终保持同一个姿势站在原地，动也不动，跟石化了一样，连照射在墙壁上的手电光柱都好像凝固了。

这么一来，我就有些犹豫，脚下的步子也不由自主放得很慢，我那只手电早不知道丢到什么地方去了，只好在非常昏暗的光线里一点一点接近他们。

双方距离一拉近，我发现他们四个人似乎一直在注视着墙壁上的什么东西，我也顺势看了一眼，墙壁上还是连篇的壁画，只不过距离和光线的原因，站在我这个位置看过去，花花绿绿的一大片。

我的嗓子还是很难受，就有意地加重自己的呼吸，在这种针落可闻的境地里，小胡子跟和尚绝对能够听到我的呼吸声，但是我连着喘了很多口气，他们还是站在原地一动不动，仿佛被什么东西吸引了所有的注意力，以至于深陷其中不能自拔。

一种很不祥的预感就在我心里蔓延开来。

伸手一摸，匕首还在腰间的刀鞘里，我顺手抽出来，重新迈动脚步，开始朝他们慢慢靠拢过去，这时候我已经嗅到了一种很危险的气息，那四个人肯定是不对头了，但我不能放下他们不管，如果别的人都出现意外，挂到这里，我也很有可能被活活困死，与其那样，还不如死得干脆一点。

渐渐地，我就走到离他们三四米远的地方，蹲下身子，用匕首在坚硬的地面上敲了两下，这种声音可以说是非常地明显，但面前的四个人真的就像被石化了一样，紧紧盯着墙壁，没有一丝反应。

我的注意力全都集中在他们身上，至于墙壁上画了些什么，一直都没细看，这时候抬眼扫视了一下，头皮就猛地一紧。

一整面墙上全都画着刚才给我引路的那种黑影子！驼叔他们就是站在原地一直看着这些墙上的影子壁画！驼叔先前说的话好像一点没错，这地方果然很邪！

我丝毫不怀疑这四个人中了招，至于因为什么中招，现在也看不出来，我努力压制住自己剧烈的心跳和恐慌的情绪，下意识地把匕首握得更紧。四个人都

中招了，只有我一个清醒的，如果我再惊慌失措，局面就更加不可收拾。

紧张地思考了几秒钟，我产生了一个判断，从驼叔他们的样子来看，可能是到达这个石室以后发现了墙壁上的壁画，因为这些壁画是一幅接一幅的黑影子，非常奇怪，所以他们才会围过来看，也许就在观看壁画期间，发生了些什么，结果导致几个人和雕像一样定在原地。

如果这个推断成立的话，那么蹊跷肯定出在这些壁画上。

想到这儿，我就觉得，应该采取点什么措施，让他们远离这些诡异的壁画，但几个人可能已经失去了独立意识，否则不会傻乎乎地站在这里一动不动。我咬咬牙，决定把他们一个一个硬拉回来。

我把匕首交到左手，一边告诫自己千万不要再看墙上的壁画，一边迅速靠近驼叔，伸手抓住他一只胳膊就往后拽。因为他们四个已经失去意识，跟木头桩子似的，估计硬拖回来会很费劲，我几乎把全身的力气都集中在右手上，但出乎意料的是，驼叔的身子似乎并不怎么沉重，刚伸手一拉，他就慢慢转过身。

一看到驼叔的脸，我简直就要崩溃了。

驼叔整张脸笼罩着一层诡异的黑色，而且是那种很沉重很压抑的深黑色，在我印象里，这种黑色只能拿去做黑板，如果出现在一个人的脸上，那种感觉就很难让人接受。

而且，驼叔的眼神完全变了，空洞，漠然，没有一丝温度和情感，象两汪结了冰的墨水，直盯盯地注视着我。我狼狈地后退了几步，驼叔弯着腰紧跟过来，还冷冰冰地说不让我走，让我陪他一起看壁画。

如果我现在面对的是一个素不相识的陌生人，也许还不会惊恐得想发疯，但这几个恰恰都是我最熟悉的人，猛然间发现他们变成这个样子，我真恨不得自己赶紧再昏过去。

我不停地后退，驼叔不停地逼近，他塌肩膀的模样本来很滑稽，可是现在看上去却说不出地怪异，我的嗓子依然发不出声，只好挥舞着手里的匕首，试图能让他停下脚步，但驼叔根本没有停下来的打算。我一下子就被逼得没有办法,因为不管怎么样,我都不想伤害他。

很快,我就被逼到石室的一角,驼叔一直喃喃地说让我陪他一起看壁画。我觉得实在没有办法的话,只能重新钻进岩缝,把驼叔慢慢引到别的地方去,说不定离开这个石室,离开壁画,他还有可能恢复常态。

正想着,冷不防就退到一个灯俑的旁边,我总感觉余光好像瞟见了什么东西,下意识地一转头,顿时傻了,大缸里伸出一双漆黑如墨的手,猛地掐住我的脖子,越掐越紧,我一挣扎,竟然从缸里带出一具蜷缩的漆黑尸体,和我在上个石室里看到得几乎一样。

我突然就意识到有些不对,但脖子上的那双手却逐渐加大力量,扼得我喘不过气,眼前的景象和意识逐渐模糊,终于再次昏了过去。

等我苏醒过来的时候,第一眼看到的就是驼叔那道浓重的连心眉,我吃了一惊,条件反射似的就想躲避他,但几乎就在同一时间,我发现他脸庞上那种诡异的黑色已经完全消失了,而且表情也恢复正常了。

"你总算是醒了,老子提心吊胆在这里守了你半天。"

驼叔一说话,小胡子他们也围拢过来,我转头看了看,我们身处的地方还是石室,虽然光线依然黯淡,但我看得出几个人都很正常,心里就奇怪他们是如何恢复过来的。

我试着咳嗽了一下,嗓子好像已经没什么问题,这时候和尚递过来一瓶水,我嘴巴干得要冒火,接过来大口地喝,驼叔显得很欣慰,跟旁边的人说:"卫少爷估计是没事了,等下肯定还得要东西吃。"

"怎么还呆在这里。"我擦擦嘴说,"那边的壁画有问题,你们几个就是因为壁画中的招,还留在这儿干什么?驼叔,你知道不知道自己刚才的样子吓死人。"

"你脑壳还在发昏吧,应该说你刚才的样子吓死人才对,拿着刀乱挥,差点捅到老子。"

我刚要说话,心里却回想起自己昏倒前所看到的那一幕,当时就觉得不对,石室里的灯俑已经是几百年前的东西了,里面浸泡的尸体不可能钻出来掐

我的脖子，但当时那种情况下，没时间细想，现在一琢磨，觉得事情好像不是那么简单。

我心里有一种先入为主的概念，总认为这个地方有点邪，导致他们中了招，但几个人相互一说，我才发现自己先前的经历和他们所描述的简直就是两个版本。

在第一个石室里，和尚引走了那鬼东西，小胡子和伙计钻进岩缝，不过两个人确实是迷路了，在错乱的缝隙中间晕头转向地绕了很久，我跟和尚驼叔三个人因为横梁倒塌而陷入困境，那鬼东西粘上我以后，和尚不放心，就在后面尾随，但也被绕迷了。

小胡子那边情况稍微好一些，绕了很久后回到第一个石室，在那里尽量拿了些补给，他们沿着我和驼叔走过的岩缝钻进来找人，接着就发现了我们刚才藏身过的石室。不得不说驼叔确实很鸡贼，他知道岩缝会把人绕晕，所以根本就没走多远，一看那鬼东西被引走了，马上钻了出来，跟小胡子他们碰上头。

和尚没追上我，又迷了路，一时间手足无措，幸好他走得不深，一直徘徊在外围的区域，小胡子他们没办法，只好在石室里空放了两枪，希望能引起我们的注意，和尚倒是听到了，几经周折又回到石室。

这时候我已经走出去很远，正手忙脚乱地在岩缝里乱划记号，小胡子他们开始集中起来找我会合，不过纵横交错的岩缝太复杂，几个人摸到再次出现的石室时就感觉这样不是办法，效率很低，于是小胡子跟和尚分成两路去找，留驼叔照看那伙计。

小胡子在刚才乱绕圈子的时候已经摸索出一些经验，他只沿着自己走过的路留标记，这样的话就算找不到人，也能安全地返回出发点。据他说，找了一个多小时，就发现石室里的火光，然后看见我缩在石室的角落里，好像在睡觉，他喊了我几声，但我没反应。

小胡子又伸手拍我，这次倒是醒了，但他说当时我的表情很茫然，小胡子问我走不走得动，我一直没回话，过了一会儿就摇摇晃晃站起来，慢慢跟着他走。

"你先等一会,这肯定不对。"我打断小胡子的话,"我记得很清楚,是一个黑影子把我带出来的,就是那边墙上壁画中的那种影子。"

"屁的影子。"驼叔插嘴道,"这一点老子可以证明,确实是这家伙把你背回来的。"

"把我背回来的?"

"走在回来的路上你就昏了,这些都无关紧要,你先听我说完。"

小胡子把我背回石室,大家一看我没事,都松了口气,过了一会儿,和尚也回来了,几个人就暂时呆在石室里,打算等我苏醒以后再说。

听到这儿我就觉得非常扯淡了,但小胡子后面的讲述更加扯淡。

因为和尚和那伙计两个人都受了伤,路上可能留下了比较明显的气味,在我昏迷期间,那鬼东西中途又溜了过来,把大家恨得牙痒,合力打断它一条腿。对于这些,我当然无法知道,在石室里躺了大概两个多小时,我总算醒了,但小胡子说我当时的举动很古怪,稀里糊涂不知道在干什么。

说到这里的时候,我忍不住插了两句嘴,告诉他们当时我所看到的情况,驼叔可能嫌小胡子讲得不够生动,指手画脚地跟我演示起来:"当时老子就站在这里,你溜过来拽老子胳膊,老子一跟你说话,你突然就像见了鬼一样,拿着刀子来回乱挥,老子想先把你刀子夺过来,谁知道你退到墙角那里,自己伸手去掐自己的脖子,真把老子吓了一大跳,手劲儿还特别大,拉都拉不开。"

"然后呢?"

"没有然后,你自己把自己掐晕了,他们几个都不长心,只有老子心眼好,一直守在你身边,怕你醒了之后再自残。"

我疑惑地看看驼叔,心说这事情怎么会让他们解释成这样,明显跟我所经历得不是一码事,但几个人又不像是开玩笑,大家众口一词,我的讲述就显得很苍白无力。

"你肯定是中招了。"小胡子提示道,"那盏灯有问题。"

说完,他递给我一截拇指粗细的东西,很干硬,刚开始我还没认出来这是什么,驼叔就朝旁边的灯俑指了指。

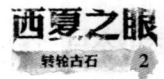

"这是灯芯?"

"嗯,是灯芯,灯俑里的灯油加了料,我觉得应该是致幻的幻药,只要点燃以后,这些幻药就会随高温挥发,你在石室呆了那么长时间,吸进去很多药气。"

我想了想,也不知道该不该认同这个观点,不过石室里的灯俑确实和普通的长明灯不一样,透着一股邪气,古代研究幻药的人很多,一些方士还有巫卜比较热衷搞这些东西,西夏人原来信奉的苯教和原始萨满教中有一些重要的仪式,巫师在进行这些仪式的时候需要服用致幻剂,他们认为只有通过这种方式才能跟神沟通。

事情讨论到这里就没有什么意义了,总之知道蹊跷是出在那些灯俑上,我们不可能为了验证真理临时再点盏灯,趴过去闻闻,我能捡条命回来已经算是不幸中的大幸,其实连我自己都说不清楚刚才所发生的那些事能不能拿幻觉去解释,因为那种感觉实在太真实。

我喝了水,又吃了点东西,头依然很晕,右脚踝肿得几乎和小腿一样粗,虽然没什么大碍,但也没有特别见效的药物,只能暂时当两天瘸子。和尚的屁股不怎么要紧,就是那伙计的腿被抓得很厉害,已经上了药,不过这人非常硬气,拖着条伤腿还一直跑来跑去。

几个人在一起商量下一步该怎么走,驼叔皱着眉头说:"依老子的意见,咱们还是稳妥一点的好,这个地方除了石头就是石头,转来转去的也没有什么意思,不如……"

"我说驼叔,这种动摇军心的话你能不能少说两句。"

"既然是商量,凭什么不让老子说话,老子也是常委。"

"好好好,驼书记,大家在商量正经事,你能不能支持一下工作,我屁股成这样了都不说什么,你毛也没掉一根,老是想着退回去退回去,早知道这样,还不如把你留在下面。"

两个人又开始争执,我真没力气再管这些,坐到一旁抽烟,小胡子可能也被驼叔搞得没脾气,看了看表说:"再待十个小时。"

消失的入口

我和那伙计的情况有点麻烦，一时半会是不可能完全恢复过来的，只能尽力休息，积攒些体力。又待了快一个小时，我们带上身边的东西离开石室。其实到了这个时候连我心里都很清楚，十个小时的时间可能什么也做不了，因为这里的路太复杂，如果没有准确的路线图，鬼知道会走到什么地方去。

再出发以后，情况就时好时坏，那些岩缝的入口仍旧没有任何规律地到处出现，走着走着，路面的坡度趋于平缓，我觉得我们现在身处的位置应该在山体内部达到了相当的高度，已经慢慢终止了那种盘旋而上的状态。

走了大约四五十分钟，周围的路越变越窄，几乎到了只能勉强容人通行的地步，估计胖一点的人走过去会很困难。正走着，在前面引路的小胡子突然就停下脚步，他身后的伙计也伸手掏出家伙，我意识到可能发现什么情况，连忙回头让和尚停步。

路本来就窄，驼叔又背着一个大背包走在我前面，把我的视线完全给挡住了，好在驼叔海拔低，我踮着脚往前看去，立即就看到前面的通道里堵着个人形的东西。

"什么玩意儿？"

"好像是副骨架。"那伙计回头答道。

小胡子在前面慢慢靠拢过去，仔细看了一会儿，然后示意没什么问题，我们一个接一个跟上去，离得近了我才发现，狭窄的通道里一前一后放着两具人的骨架，相隔四五米，第二具骨架不知道因为什么原因，被拆得七零八落，第一具倒很完整，可能是人死了以后一直没有遭到外力影响，保持着死前的姿势，驼叔琢磨了半天，对我说："卫少爷，你看这个人是怎么死的？"

"你能看出来？"

"老子又不是万事通，不过，你看他像不像是跪死在这里的？"

这具骨架的姿势确实有点奇怪，双膝跪地，两只手低垂下来，额头紧贴着岩壁，猛看上去，很像是跪在那里。

"老子就说这个地方邪，人死得都这么怪，你们还不信。"

骨架身上的衣服朽得不像样子，手一碰就成了碎片，身边散落着一些乱

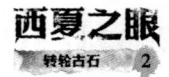

七八糟的东西,有武器、水壶、火把,还有干粮袋,那伙计就说这人估计是被错综复杂的岩缝给困死的。

"恐怕没这么简单。"驼叔翻了翻地上的东西,"就算被困死,跪在这里干吗?你们看看,水壶还有水,干粮袋也有吃的,好歹是条命,不到山穷水尽的时候谁会舍得去死。"

我不由自主地点点头,在那种走投无路的绝境中,人的求生欲望其实相当强烈,只要随身携带的补给还能维持生存,就会一直不停地寻找出路,除非出现特殊情况,否则绝不会在弹尽粮绝之前就死掉。

漆黑幽深的山体岩缝里,一具尸骨就这么直挺挺地跪在过道里,感觉很别扭,小胡子跟那伙计戴上手套,小心翼翼把骨架抬起来平放在地上,只不过遗骨的两条腿骨已经固定成蜷曲的形状,那种姿势看上去让人脊背发凉。从尸体随身携带的这些东西来看,他死亡的时间已经距离现在很久,最早也得在解放前。

小胡子蹲在骨架旁边看,大概是想查验死因,但他毕竟不是专业的法医,骨架除了姿势怪异,从别的方面倒暂时看不出异常。观察了很长时间,小胡子伸手轻轻抹掉尸骨额头上的一点浮灰,对我们说:"看看。"

尸骨颅骨的正额头部位有几条线状的细小裂痕,其实这么说可能不太恰当,在正规的医院里,这种情况称作线性骨折。看到这些,驼叔碰碰我,咽了口唾沫说:"这人难道是跪在过道里,自己把自己给撞死了?"

我也觉得这个分析好像有点道理,还没顾得上细想,小胡子又用匕首在骨架的颈骨间挑出一根很细的绳子,然后叫我去看,等我看清绳子末端吊着的东西,顿时吃了一惊。

又是一块虎威牌!

小胡子把银牌取下来,随手递给我,驼叔跟那伙计都不认识这是什么东西,在旁边问,我也不理他们,用匕首把银牌撬开,银牌内部刻着这样一行小字:卫长义,戊申年,丁卯月,甲子时,从。

这绝对是一块货真价实的虎威牌,也就是说,这个死者是卫家人。从名字上看，无疑又是老头子七个哥哥中的一个。

我已经意识到，老头子的家族和这件事的关系真的很深，而且，他们洞悉的隐情远比我想象的要多得多，因为在几十年前，卫家人已经知道了开阳山和云坛峰。

卫家和这些事情之间的瓜葛可以以后慢慢考虑，面前这副遗骨却真让我为难了，不管怎么说，死者是老头子的哥哥，虽然我连他照片都没见过，但仍然算是我的长辈。要是看见自己长辈的遗体放着不管，于情于理都说不过去，上次在开阳山还好一些，好歹把遗骨埋葬了，现在这种境地，没有一点办法。

想了半天，我还是决定把遗骨带出去，就找旁边的人帮忙，让他们把骨架想办法绑在我背上，那伙计不明情况，以为我疯了，和尚知道内情，没多说什么，弄绳子结了个简单的网套，然后把骨架兜在里面，背着就可以走。

弄好这些以后，小胡子又去看前面那具已经散乱的骨架，我心说别是两个伯伯死在一起的，那我只好让和尚帮忙也背一具。背上背着这东西实在很不好受，其实沉倒是不沉，关键是心理上让我受不了，明知道只不过是几根人骨头，但总是有种它在背后盯着我的感觉。

第二具骨架已经完全被外力破坏得七零八散，和死者生前随身携带的各种物品混在一起，乱糟糟地铺了一地。过道非常窄，两个人并排站着都困难，所以小胡子蹲下来看这些骨头的时候，别的人只能站在后面。

"两具遗骨不是一起的，相隔的时间还很长。"他这么一说，我松了口气，不是卫家的长辈，就没必要把这具骨架也带出去。

小胡子伸手在一堆骨头中扒来扒去慢慢地看，我以为又发现了情况，但他一直不说话，不知道在搞什么飞机。沉默了最少几分钟，小胡子招呼身边的伙计把散乱的骨头全部收拢起来，拿绳子扎了一捆，剩下那些零碎的骨头连同颅骨竟然塞进自己的背包里，看样子是准备带出去。

"这些骨头都带走？"那伙计可能被我和小胡子的举动搞得莫名其妙，满脸诧异，我心里也有点纳闷，我背着骨架那是没办法的事，他弄一堆糟骨头出去有什么用？小胡子这种人不会闲着没事胡闹，他要这么做，肯定有这么做的

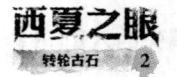

道理，碍着人多，我也不好意思张口去问。

等处理完这两具人骨再次出发后，我心里就不平静了，小胡子曾经说过的话一点没错，这件事从时间跨度上来说已经超乎我的想象，最起码，卫家从几十年前就开始接触这件事，而且一直延续到现在，就我所知，老头子的哥哥里至少有两个把命搭了进来，但老头子还是锲而不舍地沿着这条路不停地走下去，我搞不明白，这件事背后究竟隐藏着什么秘密，吸引力竟然如此之大。

后面的路好像越走越顺了，那些杂乱无章的岩缝入口逐渐减少，而且我们身处的这条通道一点点变宽，跟其他弯弯曲曲的小道有明显区别，不过也是九转十八弯，很幽长。大概一个小时后，所有入口完全消失，只剩下我们正走的这一条路。

在这种地方行进虽然速度不快，但也很费力气，可能主要还是环境和心理上的原因，让人觉得时间过得很慢，体力消耗特别大。我看见通道在前面又转弯了，不知道还得走多久，所以就提议休息休息，驼叔也在旁边帮腔，说三个人身上都带着伤，一下子把人累垮就不好办了。

这时候小胡子正好走到通道的转弯处，刚要回头跟我说话，目光顿时被通道另一侧的什么东西给吸引了，拿手电照了照，说："通道好像到头了。"

我们挤过去一看，通道在转弯之后变得笔直，离我们十几米的地方有个很小的洞口，手电照过去看得不很清楚，也感觉不到一丝空气对流，说明还是个死洞。

看见这个洞后，我们暂时打消了休息的念头，都想过去看看，这时候通道已经算是比较宽了，走在里面感觉不那么压抑。随着距离拉近，那个洞口也越来越清晰，很小很圆的一个洞口，直径一米多一点，里面的空间可能是我们在山体内所见的最大的一个，而且和以往那些石室不同的是，这个巨大的空间四周没有任何岩缝的入口，也就是说，通道延伸到这里好像已经到了尽头。

小胡子让我们原地休息，他跟和尚先进去看看，两个人一前一后钻进去，我跟驼叔还有那伙计就靠着石壁坐下来喝水。我的脚脖子肿得厉害，从背包里翻出红花油去抹，那伙计也卷起裤腿看自己的伤口，几个人里就驼叔最鸡贼，到现在连毛都没掉一根。

"这才两个多小时,老子就累得要死,真他娘的有点受不了,这种鬼地方有什么可看的,早知道这样,老子死都不会进来,你们两个该说话的时候也要说说话嘛,别总让老子一个人跟他理论。"

那伙计笑笑不说话,他是小胡子的人,肯定不敢多嘴。我看看表,现在正是后半夜,就算退到出口那里,摸黑从几十米高的地方下去也并不安全,就劝驼叔再忍忍,熬到天亮出去也不迟。

驼叔叹了口气,表情看上去有点不安:"本来老子就被前头那个鬼东西给搞毛了,刚才又看见两具骨架,心里更不踏实。"

老头子的哥哥死得是很奇怪,我就想着他会不会也是在后面的石室里点了灯以后中招了,但石室跟他身亡的地方相隔得并不近,一路上地形又很复杂,如果真是中了招,在神志不清的情况下,估计很难走远。而且,两个死者死亡时间差得太多,骨架却偏偏都在同一个地方,拿巧合来解释,那么这种巧合实在有点离奇。

驼叔可能也被折腾得够呛,不安的神情中又带着几分萎靡,无精打采地靠在石壁上。我跟那伙计各自处理完自己的伤,然后点了支烟抽。一支烟刚抽了一半,伙计无意中朝洞口那边扫了一眼,手里的烟不由自主地一哆嗦,慌忙站起身,拿手电照过去,转头对我们说:"洞口怎么没了?!"

我跟驼叔都吓了一跳,赶紧也拿手电去照,黑乎乎的洞口真的是不见了!

这种有悖常理的现象一下子就把我搞得思维短路,洞口离我们最多七八米远,几分钟之前,小胡子跟和尚还钻了进去,一支烟工夫,洞口竟然不见了,实在很难让人接受。我跟伙计扔了手里的烟,就往洞口那边走,驼叔也急忙跟了过来,一直走到跟前,我们才发现,洞口并不是突然消失,而是从里面凭空多了块厚重的石板,把洞口堵死了。

"什么时候多了块石板?"驼叔问道。我跟伙计都摇了摇头,刚才只顾着自己说话,根本没注意洞口是如何被堵的。

这么厚一块石板,不可能是和尚跟小胡子进去以后搬过来的,我感觉里面

肯定是发生了意外，张口叫了声：和尚！

那伙计也慌了，跟着一起喊，还拿东西在石板上敲，希望能收到对方的回应，但几嗓子喊过去，石板那边始终寂静无声，我心说坏了，和尚他们就算被堵在里面，最起码也得给个回应，然后大家想办法，我们弄出这么大的动静，他们还没反应，很可能情况比我想得更加糟糕。

这两个人是队伍中的主力，他们真要出事，我们三个的处境也非常不妙。驼叔就招呼我们一起用力去推石板，看能不能把它推倒，但洞口直径太小，三个人挤在一起用不上力，推着石板就像推一堵墙一样，纹丝不动。

伙计皱着眉头想了想，说："石板太厚，我们又不好用力，可能推不开，真不行的话，就用炸药。"

"炸药？"

"嗯。"伙计转身去翻自己的背包，一边对我们说，"以前做事也用过炸药，不过用的次数不多。"

"我们现在是在山间，用炸药炸开洞口，会不会把这个地方全炸塌？"

"不会，这种洞又低又窄，我卡住量，问题应该不大。"

"好像不妥，现在洞里面的情况不明，万一和尚他们就在洞口附近，炸药一炸，本来没死也得被炸死。"

那伙计匆忙间可能没想到这一点，顿时愣住了，我就让他放下炸药，再想想别的办法。驼叔看样子比谁都急，估计是怕小胡子跟和尚出事以后把我们也陷在这里，不管三七二十一，拿着折叠铲就在石板边缘的缝隙里用力撬，一边撬一边喊和尚，但石板很厚，铲子禁不住那么大的力，一下子把铲柄给撬断了，驼叔骂了两句，一低头，突然咦了一声，弯腰从地上捡起张字条。

"哪儿来的字条？"

"老子也是刚看见。"

我在出现字条的地方仔细看了看，发现石板和地面扣合得并不严密，留下一条只有一指宽的缝隙，字条就是从缝隙里传过来的。

打开字条，上面歪歪扭扭写了几个字：千万不要乱动！不要出声！

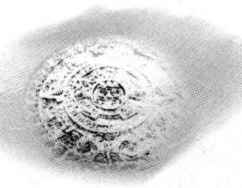

西夏之眼
转轮古石 2

伍

无名圆盘

看到这张字条，我第一个反应就是附近有危险，和尚在向我们示警。

但转念想想，和尚和小胡子被堵在洞里出不来，有危险也应该是他们而不是我们。我从背包里找出一支笔，在字条上写了"怎么回事"这四个字，然后顺着石板下面的缝隙塞了过去。

小胡子他们又没有回应了，字条塞进去很久也不见动静，驼叔俯下身体，把脸都贴在地面上，想透过石板下端的缝隙看看那边的情况，但缝隙只有一指头宽，根本看不到什么。

"这两个人又搞什么花样？"驼叔满脸疑惑道。

我分析，他们两个肯定能听到我们在外面的呼喊声，甚至知道我们正在想办法把石板弄开，否则不会写张字条递过来。尽管洞内的情况还不甚明了，但我觉得应该没有什么大问题，如果形势特别险恶的话，这俩人没时间写字条过来通风报信。

"既然字条都递过来了，说明他们还能自保，咱们就先等等，这么厚的石板，又没有合适的工具，除非用炸药才能炸开，不到万不得已，还是不用为好。"

"老子不怕等，就是无声无息地搞得人心里发毛，既然他们俩都没事，报声平安能死么，让咱们在这边提心吊胆的不安生。"

"是不是他们在里面被什么东西绊住手脚了?"

我们三个就在外面东猜西想,越等心越急,驼叔忍不住了,又开始喊,过了两分钟,石板下的缝隙里传过来一张字条,我连忙捡起来,上面只有五个字:噤声!有机关!

我捂住驼叔的嘴,把他朝后拽了拽,这次的字条写得很清楚,洞里肯定有什么难缠的机关,驼叔一听有机关,神行无影般地缩回去七八米,一脸戒备,我跟那伙计也稍退了几步,大气都不敢出。

"这到底是什么地方?"驼叔轻声问道,"怎么还有机关?"

"谁知道这是什么地方,修得和下水道一样,还要安机关,心理真他娘的阴暗。"

我们再也没敢大声说话,站在离洞口七八米的地方等,手电偶尔扫到墙根处的两堆白骨上,再联想现在的处境,就不由自主觉得浑身上下乱冒冷气。过了很久,洞口处好像隐约传来一阵敲击声,我急忙凑过去听,声音是和尚他们敲打石板发出来的,很有节奏。我也试探着在石板上敲,以示回应,接着,那边就传来说话声,但是隔着很厚的石板,听得不清楚。

石板下又出现一张字条,字迹明显要比前两次的工整:没事了,你们先退后。

看见字条的内容,我招呼驼叔还有那伙计一直退到通道的转弯处才停下来,最多几分钟以后,洞口堵着的那块大石板轰隆一声朝内倒下去,手电光柱一闪,小胡子跟和尚随即就钻了出来。

"石板怎么倒了?"

和尚满头都是汗水,伸手抹了一把:"石板两边有卡槽,已经不结实了。"

"我以为你们让堵着出不来,直接出来不就得了,还跟我们递字条。"

"哪有那么简单。"和尚回身指了指洞口,"刚才差点就把命搭进去。"

"洞里是什么机关?"

"来吧,让你们开开眼,见识一下老祖宗的手段。"

和尚要带我们重新钻进洞里,我跟驼叔都有点心虚,和尚说现在没事了,洞里的机关总枢已经被破坏失效。对他的话我还是比较信的，只犹豫了一下就跟着钻进去，驼叔不干，呆在外面不肯进来。

这个石室并不是特别大，因为受条件限制，山体内就不可能有特别宽阔的空间。洞里的人为痕迹依然很重，而且影影绰绰有些别的东西，我不敢乱走动，就站在原地左右地看，和尚指着头顶说："看上面。"

石室的高度大概和普通民居的高度差不多，抬头一看，洞顶上遍布着一个又一个直径一米的碗状坑，而且坑内部也全是同样形状的小坑，猛地看上去，很像密布在一起的莲蓬。

"和尚，这是什么东西？"

"机关，这种机关真是防都防不住。"

和尚详细地给我解释了一下这种机关，听得我目瞪口呆。

古代人对自然科学的认知度没有现代发达，但总会有极少数超越自己所处时代的奇人异士，石洞内这种机关不知道具体是谁设计的，不过我敢肯定，这绝对是中国古代奇技淫巧繁衍发展到巅峰的产物。

石洞顶部那一个个莲蓬状的石坑其实就相当于一个个声波震感的收纳器，石洞内进了人，他们自身所发出的声音或者震感都会无形中被莲蓬石坑如数接受，然后通过一根根喇叭状的铜制导管集中到机关枢纽位置，那里有四片极为轻薄的小铜片，会随着导管传送过来的震感而发生上下起伏并且频率很快的振动，当这种频率达到极限的时候，就会激活精巧的机关触发系统。

人说话或者咳嗽时产生的分贝微乎其微，但通过这么多莲蓬石坑的收集以及导管的扩大，是能够导致铜片振动的，特别是连续性的发声，对铜片产生的影响比较大。这种几百年前所发明的机关，其精巧性已经达到了令人匪夷所思的地步。

无论多么厉害的机关，总要有一个触发装置，这种触发装置可能是单一的，也可能是连锁的，但必须有一个触发点，经受足够的外力之后才会发生反应，比如说那种很常见的阴阳砖，触发装置是在室内的某一块砖头下面，人只要不留神踩上去，就会触发机关。这种触发方式中间要有个连锁或者缓冲的

过程,一些经验丰富的老手完全有能力趁着这个极短的过程全身而退或者想出应对的办法。

但要防备这种通过声波震感触发的机关就很难了,谁都想象不到说两句话的工夫就会触发机关,没有任何躲避的余地。

因为前面一路走过来都没有遇到什么机关陷阱,所以和尚多少有些大意,进洞之后不小心触发了第一道机关,就是那块堵住洞口的石板,这块石板设计得也很精巧,开始下落的速度很缓慢,快接近地面的时候才会猛然加速,等人发现的时候已经逃不出石洞,而厚重的石板落地的那一刹那,产生的声音和震动就足以激发洞顶的莲蓬石坑,人困在里面必死无疑。

可能是时间太久的原因,石板下落的某个环节出现故障,导致石板没有彻底地落到底部,而是留下一条狭窄的缝隙,和尚他们才侥幸捡了条命。

紧接着,小胡子就发现了洞顶的莲蓬石坑,可能他过去对这种精巧的机关有所耳闻,马上提高了警惕,而我们在外面毫不知情,发现洞口被堵以后就慌了,扯着嗓子乱喊,把和尚急得一头大汗,又不敢出声制止我们,只好写了张字条传出来,然后跟小胡子一起想办法破坏机关总枢。

这种机关对于不熟悉的人来说确实很难防备,也很难破坏,因为在破坏的同时,说不准就会触发。但只要洞悉了机关的设计原理,把那四片轻薄的铜片破坏掉,整个机关也就等于失效。

一直到搞定机关,和尚他们才敢敲敲打打地吸引我们的注意。听完和尚的解释后,我也捏了把汗,心说多亏是小胡子这种见多识广而且心思很细密的人,如果换个人进去,说不定已经死了几次了。

"这个石洞到底算是什么地方?"我问道。

"这里没有别的入口,一个都没有,按道理说应该是通道的尽头了,不过山体里的岩缝太复杂,我们只是顺着其中一条一路走过来的,别的通道通向什么地方,现在暂时还不知道。"

这时候我才认真地用手电打量整个石室的布局,目光刚刚扫视一半,立即就被正前方的景象吸引住了。

正前方快接近洞壁的地方，整整齐齐用大块的条石铺出九级台阶，台阶之后，是很多石块叠加修砌的一个平台，面积不算大，四周有石雕的栏柱，在平台的最里端，有一个类似神龛的东西，看样子也是石头雕出来的，不过距离稍有些远，看得不清楚。

"那是个神龛？"

"我们刚才只顾着找机关的总枢，别的地方还没细看。"和尚顺着我的手电光柱扭头看了两眼，"不过还真有点像神龛，过去看看。"

小胡子跟和尚刚才差点没命，现在就更加小心，狐狸过冰河似的一点一点走过去。石头台阶铺垫得很整齐，所用的条石也很厚，踩上去让人感觉心里踏实，等登上台阶以后，面前的东西就看得比较清楚了，果然是个神龛。

这个神龛应该是道教用的神龛，虽然是石头雕刻的，但雕工之精美，令人叹为观止，圆雕的滚龙抱柱，狮子背柱，下半部以及边缘部分是平雕的祥云瑞兽，最外层的高处是道祖的浮雕，除此以外，还有二层镂空的二龙夺珠和三层镂空的站牙。

神龛的正中，端端正正摆放着一只一尺见方纯黑色的盒子，不知道什么材料做成的，盒子四周密密麻麻刻满了蝇头小字，我们三个围着盒子看了半天，小胡子蹦出一句话："墨玉盒子。"

"墨玉？"我顿时小小地吃了一惊。

墨玉是一种软玉，色重质腻，纹理细致，从颜色上能分成墨玉白玉底、墨玉碧玉底、墨玉墨底几个大类，还根据玉色分为点墨、聚墨、全墨。这种玉非常珍贵，只有陕西富平和新疆和田出产，但和田墨玉的品质要优于富平墨玉。

我过去只见过几次墨玉玉器，而且器型都很小，眼前这只盒子如果真像小胡子说的是墨玉，那确实让我开了眼界了，玉色上佳的墨玉比黄金还贵，是要论克卖的。

小胡子又看了看，很确定地说："是墨玉，墨玉墨底的和田墨。"

真没想到在这里还能见到一整块和田墨雕琢成的盒子，我跟和尚相视一笑，都乐得直咧嘴，但刚笑到一半，我脸上的笑容就凝固了，像这样完整而且品

相极好的和田墨是可遇不可求的东西,那些天天跟玉打交道的采玉人或者玉匠说不定一辈子都见不到一块,说是神器有点言过其实,但绝对是极为罕见的珍品。

盒子只不过是种容器,主要作用是用来装东西的,拿这么罕见的和田墨雕成盒子,我简直不敢想象,里面所装的该是什么样的东西?

"这里面装的东西会不会和西夏铜牌有关?"

"还不敢确定,不过这个石室是通道的尽头,又布置了精巧的机关,我觉得盒子里最起码是件很重要的东西。"

"打开看看。"

小胡子跟和尚把放置盒子的那一小块地方前后摸索了好几次,确定没有问题以后才慢慢搬起盒子。

一整块墨玉雕琢的盒子分量很重,但这只盒子重得有点超乎我的想象,在搬动过程中,我大概看了看上面所雕刻的小字,全是汉字,基本上也都认识,但密密麻麻的一大片,一时间就搞不懂其中的含义。

盒子上没有搭扣,也没有锁,只要拿掉盒盖估计就能看到里面所装的东西,我几乎已经有点迫不及待,催促小胡子赶紧把盒子打开。这时候洞口那边照进来一束光柱,驼叔探进来个脑袋,询问我们在干吗。

"机关很神奇,我们研究研究。"

"吃饱了撑的。"驼叔又把脑袋缩了回去。

这只盒子雕琢得非常精细,盒盖跟盒体之间严丝合缝,但只要轻轻一用力,就能把盒盖取掉。盒盖取掉之后,一个半透明的圆盘状的东西就出现在眼前。

这东西有点泛白,但绝对不是玉,就好像蒙着一层雾气的厚玻璃,整体看上去是个很规则的圆盘,正中间有一个凹陷的眼睛状的洞。

圆盘上有若干条若隐若现淡红色的笔直线条,把它均匀地分成十二格。因为圆盘是一种半透明的材料雕成的,所以隐隐约约能看到每个小格的内部似乎包裹着什么东西,不过手电的光线不强,导致圆盘内部那些东西看上去模模糊糊一团。

我几乎把眼睛都贴到圆盘上去看，想看清楚里面包裹的那一团团东西，小胡子拍拍我的后脑勺，说："先出去，以后慢慢看，这件事不要乱说。"

小胡子盖好盒盖，把盒子从洞口搬出去，然后腾出一个背包里面的东西，把盒子装进去。驼叔倒真有点眼力，就这一会的工夫，竟然看出盒子是墨玉做的，当时嘴巴就合不拢了。

"卫少爷，这盒子是洞里找出来的？"

"废话。"

驼叔眼珠子都红了，拿着手电要往洞里钻，说碰碰运气，看能不能再找到点别的东西，我把他拽回来，告诉他洞里就这一个盒子，别的什么都没有。驼叔不死心，转脸又去跟和尚套近乎，说我们几个人同呼吸共命运，找到什么东西应该见者有份。

尽管还不能确定墨玉盒里装的究竟是什么东西，但有些情况是明摆着的，我们根据铜牌隐藏的地图找到贺兰山眼，又在山眼里找到这件东西，说它们之间没有关系，傻子都不信。所以小胡子果断地决定撤退，我们按他留下的标记回到第二次出发的石室，又费了很大工夫才找到出去的路，这时候天已经亮了。

我顺着绳子下到山眼的底部，然后去找合适的地方掩埋尸骨，这么大一具人的骨架，总不可能带到卫家祖坟去埋。驼叔跟伙计在旁边帮我挖坑，小胡子身上带着墨玉盒，所以先行一步。

等我们挖了坑，把老头子哥哥的遗骨埋葬之后，驼叔趁着那伙计不注意，悄悄跟我说："卫少爷，山洞里那两具骨架是怎么回事？"

"既然在山洞里遇见了，就顺手带出来，只当做做善事。"

"那你觉不觉得奇怪？"

"什么奇不奇怪？"

"一共两具骨架，你埋了一具，另一具，被他们带上去了。"

"带上去了？"

驼叔不说，我还真没注意，当时在山洞的时候就觉得有点纳闷，现在想想，更搞不懂小胡子的用意，带走山洞里一具骨架，能有什么用？不过现在也没办法跟驼叔深谈，我就说找个机会问问小胡子。

"还有，卫少爷，老子年纪这么大了，跟你们东跑西跑的，没有功劳也有苦劳，那只墨玉盒子，不能让他们独吞了，多少要给我们分些油水。"

"这个你放心，回头把盒盖子分给你。"

驼叔一听就乐了，夸我仁义。我们一起走到下崖的绳索旁，依次上去，又被风吹得七荤八素。

我回到地面的时候，小胡子正拿着望远镜朝远处看，我问他看什么，他就说让我也看看，我拿出自己的望远镜，顺他手指的方向看去。

小胡子所指的地方是山眼内那座小山的山顶，一只体态硕大、浑身毛皮黝黑发亮的大狼正在山顶一块大石头周围徘徊。

"这是不是我们在岩缝里遇到的那个鬼东西？"

小胡子点点头，说："肯定是，你昏迷的时候它又出现过一次，被打断一条腿，你看，到现在走路还是一瘸一拐的。"

鬼东西现在出现在山顶，就说明山体内复杂无比的岩缝里至少有一条能通到那里，我举着望远镜正要说话，一副很有意思的场景就出现在视野内：天空中飞过来一只不知名的大鸟，爪子上似乎抓着兔子之类的小东西，飞到山顶上空以后盘旋了几圈，抛下爪子上所抓的东西，而那只毛皮黝黑的大狼瘸着一条腿跑到跟前，开始慢条斯理地进食。

就在这时候，第二只大鸟又出现在视野里，和第一只鸟一样，在山顶丢下了食物，随后，两只鸟又左右盘旋几圈，飞离山眼，很快就消失得无影无踪。

我一直都怀疑这座山上不可能存在复杂的食物链，像狼这样的体形，根本无法生存下来，而现在才知道，这鬼东西竟然是靠两只大鸟的供养而活下来的。

自然界中有很多很多动植物之间存在共生系统，但这种共生系统之间必须存在一个重要的因素：互利，只有这个因素存在，共生系统才能建立。

就像蜜蜂和花朵之间的关系，花朵给蜜蜂提供花蜜，蜜蜂帮花朵传粉，各取所需，如果植物不开花，蜜蜂自然不会来，这种互利系统也就不复存在。但两只大鸟和山顶的黑狼似乎并没有互利的基础，竟然能够形成奇妙的供养关系，不能不说是自然界里的一种奇观。

正想着，山眼下面的人全都返回地面，我也收起望远镜，背好自己的行装，按原路走到山口，然后翻过那座奇险的小山，去找巴图会合。

这次行动中间虽然波折重重，但总体来说还算是比较顺利的，用的时间也不多，我们看见巴图的时候，他正悠闲地在山地中间一小块地势平坦的地方遛马。

我告诉巴图，我们已经在山眼附近玩够了，不打算再往前走，准备回去。巴图很高兴，因为根据我们的协议，不管走多远，给他的报酬一分都不会少。因为我右脚扭伤，走路瘸着一条腿，巴图就关切地询问，然后用自己配的药给我外敷。这些祖祖辈辈靠山而居的山民免不了磕磕碰碰，所以对付跌打扭伤独有心得，配制的药相当有效，一天下来，我脚踝的淤肿就消散很多。

在巴图的带领下，我们很快就返回了乌兰布浪，暂时在巴图家休息，准备第二天动身。因为这次行动顺利，所以大家心情都不错，我做主让巴图拿走了一些装备，巴图也没有食言，送我一瓶他珍藏的药酒，果然名不虚传，我喝了一杯，晚上热得盖不上被子。

第二天离开乌兰布浪的时候我们还很小心，因为江北那帮新势力的目的地可能也是云坛峰，他们在银川的临时落脚地被和尚抄了，不得不把行动延后几天，现在如果双方碰头，肯定要起摩擦。

不过还好，一路上并没有遇见江北的人，我们从石嘴山转到银川，稍稍停留了一下，把留守在这里的人安排妥当，然后直接就赶回南京。

回到南京，我才算长长松了口气，小胡子也立即开始琢磨从贺兰山眼带回来的那件东西，在贺兰山的时候条件有限，我们看得不仔细，现在完全把东西观摩清楚的时候，结果让人非常震惊。

首先，这件东西的材质无从判断，虽然外表像是蒙了一层雾气的玻璃，但

绝对不是玻璃,也不是水晶翡翠,以小胡子这样的见识和眼力,都看不出东西的材质。

第二,这块扁圆的圆盘被若隐若现的淡红线条均分成十二格,每一格里都朦朦胧胧包裹着一团东西,这一团团东西如果细看的话,就觉得有人的形状,第一格里,人形还很模糊,像缩成一团的婴儿肉胎,到了第二格,这团肉胎就完全具备了人形,到第三格,人形已经完全成长起来,越往后,这团人形就越成熟健壮。

但到了第八格,人形似乎开始衰老,体形也发生变化,直至第十二格,完全衰亡。第一格到第十二格所呈现出的情景,几乎可以算是人体从成型到死亡的全过程。

尤为奇特的是,这个不明材质所形成的圆盘浑为一体,从上面找不出任何一丝哪怕非常细微的裂痕缝隙,也就是说,圆盘内那一团团人形的东西,很可能是天然形成的。

"神器!"小胡子慢慢吐出两个字。

"这东西有什么用?"

"东西本身的用途还不清楚,但至少能拿它引出很多人,当初我们就盘算过,如果拿到这东西,把它抛出去,卫长空说不定也会现身。"

西夏铜牌的秘密一旦外漏,依照老头子的作风,他十有八九会露面,也可以说,这是我云坛峰之行的主要目的。但我有我的目的,小胡子则有他自己的打算。

"你打算怎么办?"

"拿它把人都引出来,如果有可能的话,在这些人里找一个合适的,跟他合作,把这整件事的所有秘密全部发掘。"

"什么叫合适的人?"

"有些事情,你应该清楚。"小胡子沉吟了一下,"西夏铜牌所包含的秘密很诱人,没有谁能抗拒这种诱惑,包括我在内。"

我点点头,小胡子这句话说得还是比较诚恳的,从以前一系列行动中能看得出，他对西夏铜牌的热切程度实在不亚于老头子。

一个再波澜不惊的人，只要心里有了欲望，就会露出面具下真实的一面。

小胡子虽然有很多事情都没有跟我说实话，但他不止一次提到过，西夏铜牌隐含的秘密让人无法抗拒。

其实，最让我想不通的就是这个问题，老头子，雷英雄，阴沉脸，小胡子，还有那个老不死的许晚亭，都是很有身家的人，做了很多年生意，赚到的钱估计躺着花都花不完，还要使尽浑身解数去找西夏铜牌，实在是令人费解。

不过，想从小胡子嘴里掏实话，相当困难，尽管我们之间的关系已经融洽了许多，但他始终有一条底线，那就是西夏铜牌，关于西夏铜牌的一些实质性问题，打死他都不肯说。

我拍拍额头，自嘲似的一笑："我也不想瞒你，对西夏铜牌隐含的秘密，我是很好奇，但你总是绕来绕去逗我玩，我也没办法。"

小胡子可能听出我话里隐含的一丝抱怨，默不作声地想了两分钟，然后郑重其事对我说："卫长空和许晚亭接触西夏铜牌比我要早得多，记得以前跟你说过，我所知道的内情，都是从一些零零碎碎的信息里归纳猜测出来的，并不一定准确。"

我一听他的口风有点松动，顿时来了精神，热切地朝他身边挪了挪："就算是归纳猜测出来的，也说来听听嘛，两个人相互商量，总比你一个人瞎琢磨的好，来，说说。"

"可以这么说，最开始的时候，我对这件事情的认知，全部来自一本手札，这手札，是路修筌留下的。"

"又是路修筌？"我略微感觉有点吃惊，这位西夏王朝的皇家道士本来是个名不见经传的人物，如果不是了解了西夏铜牌的一些内幕，我压根就不知道历史上还有这么个人。

细细一想，路道士身上似乎充满了神秘，而且，好像很多跟西夏铜牌有关的事情中都有他的影子。

想到这里，我心头一动："西夏铜牌是不是路道士留下的东西？"

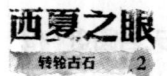

小胡子摇摇头："那本手札是残本，言语模糊晦涩，内容又流失得很严重，手札里并没有提到过什么西夏铜牌。西夏铜牌这条线索，我是从别的地方得到的。"

"那你从手札里得到了些什么？"

"归纳起来只有一条线索，路修篁这个人是由元昊得太子最先结识的，路修篁教太子修炼辟谷术，然后，手札里隐约提到了有关开阳山和贺兰山的一些事情，这些情况在史料和手札里都有记载，应该可信。很可惜，手札是第一手资料，但我只有一部分残本，从中找不到更多线索，只能从别的地方入手去追查。"

"说了这么多，没一点关键的。"我有点失望，小胡子每次都是这样，抛出个话头，然后就稀里糊涂跟我打太极。

"有些事情并不是我刻意瞒你，其实我得到手札之后，没有很大的野心，只是想混在里面捞点好处，所以千辛万苦跑到班驼，拿到其中一块西夏铜牌，手里有铜牌，就有筹码。但是后面发生的情况完全脱离我的预料和掌控。"小胡子话锋一转，"我隐隐有一种预感，事情已经到了一个很关键的地步，云坛峰这件东西就是契机。"

"接下来要怎么做？"

"我们已经有资格和一些人谈谈条件了。"小胡子摸了摸从云坛峰带回的那个圆盘，"只要把这件东西的消息放出去，所有人都会浮出水面。做这种事，半边楼很在行，我们就把东西委托给他们。"

小胡子的意思是要把这块圆盘的消息散布出去，然后引出相关的人，像这种情况，消息不能散得太广，搞得满城风雨，但又要保证每个对它有兴趣的人都知道，我觉得半边楼确实很适合搞这些，他们做了很多年的黑市，自然有一整套非常实用又严密的网络，把东西交给他们，能省我们很大力气。

大致的安排就这么敲定下来，云坛峰的无名圆盘已经到手，我们总算占据了一点主动，不用咬牙去拼时间。再加上这次贺兰山之行和江北那股新生势力撞了车，很多情况都不在我们掌握之中，所以小胡子决定暂时隐忍一下，等熬过冬天再说。

整整一个冬天,我都是在无所事事中度过的,小胡子跟和尚有时候还要照看一下生意,我跟驼叔则闲得浑身发痒,期间尝试着跟曹实联系,他的号码始终打不通,刚开始的时候我还抱着一丝幻想,但时间长了,我也意识到,这样去联系他,几乎不会有任何结果,唯一能做的就是耐心等待。

好容易把漫长的冬天熬了过去,由云坛峰牵扯出来的一些风波估计也逐渐平息下来,小胡子开始着手跟半边楼那边联系。半边楼常年组织货源,有很多渠道可以跟他们接洽,两三天时间,小胡子就跟对方搭上线,然后火速赶到湖北。

按照正常情况,我们手里有货,半边楼有人脉,大家都是为了赚钱,合作方面应该没什么问题。不过我们此行的目得有点特殊,既要用云坛峰带回来的无名圆盘吸引相关的人,又不能真把东西给卖出去,所以第一次接洽下来,半边楼的人有些为难,因为这种先例他们从来没有开过。

而且,半边楼负责跟我们接洽的不是主事者,遇见这样的情况也不好做主。和尚费了半天嘴皮子,那人才答应回去跟老板通通气。

让我失望的是,半边楼的人很不靠谱,一走之后杳无音信。我等得实在有点不耐烦了,小胡子不知道如何操作的,请了当地一位老辈人物出面。这些老家伙的面子果然值钱,第二天,半边楼的老板就答应见见我们。

上次来半边楼的时候,他们老板露过一面。老头儿姓甘,根子很硬,不过为人倒还比较谦和,一见面就解释前几天有点棘手事,忙得不可开交。小胡子是精明人,顺势给了对方一个台阶,然后开门见山,直说了我们的来意。

跟甘老这种快成精的老家伙谈事情,最忌讳废话多,所以小胡子说得很直白,表示只借用半边楼的人脉,我们的东西虽然不卖,但会按规矩付给半边楼应得的佣金。

"这种生意,半边楼真的还没有做过。"甘老笑了笑,把玩着手里两枚核桃,"你们带来的是什么货?"

小胡子没解释,直接递了几张云坛峰无名圆盘的照片过去。从见面开始,甘老就淡然平静，不露神色，但一看见几张照片，立即显得有点坐不住。

"这东西在你们手上？"

"在我们手上。"和尚憨笑着插嘴，"甘老，我们总不能只拿几张照片来出洋相吧。"

甘老手里的核桃揉得都不自然了，略微沉吟了一会儿，期间又郑重打量我们三个一眼，然后说句稍等，转身离开房间，等他再回来的时候，递过来薄薄一张纸。

看到这张纸，我第一个反应就是诧异。

西夏之眼
转轮古石 2

陆
另类拍卖

西夏之謎

序

民族的美

另类拍卖 陆

薄薄一张白纸上，没有任何文字，只有一幅手绘的素描图，尽管图画和实物照片有很大不同，但我们还是一眼就认出来，素描的内容是云坛峰的无名圆盘。

可以说，这幅手绘的素描非常完善，很让人疑心是对照着实物画出来的。

一时间我的思维又停滞了，疑惑地看看甘老。六块西夏铜牌集中在一起，才指明了无名圆盘的藏放地点，我们得到铜牌的过程千辛万苦，而且有很大的运气成分在里面，再加上路修篁遗留的一些文字性资料引导，总以为云坛峰这件东西是独一无二的。

而甘老拿出的这幅手绘素描，彻底推倒了我们的观点。我表面上装得若无其事，心里却疑云密布。无名圆盘一直都非常隐晦，不止一个人说过，它是整件事情最为关键的核心，如果画下素描的人真的参照了实物，他所参照的实物是从哪里来的？

"甘老，这幅画？"

"画是一个客人留下的，托我们找货的时候帮他留意。"甘老轻轻敲敲桌面说，"半边楼的规矩，若非客人允许，我们不能私下透露他们的身份，再说，留下画的客人十有八九也是受人所托。"

甘老头精明得很，一句话就堵住我们的嘴，事实上，这个圈子里很多人都

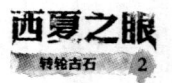

行事低调，遇事派个不起眼的角色出面，无声无息中就把事给办了，像雷英雄那样的主毕竟不多， 时代不同了，瓢把子们的思维也有所转变，闷头赚钱是王道。

小胡子低头看着画，我暂时也想不出该说什么，甘老恢复常态，骨碌碌揉着核桃，看我们的眼神略有变化，似乎对我们，或者说对我们手里的无名圆盘很感兴趣。

"这位客人说过，只要东西露面，任凭卖主开价，他绝没有二话，三位，财运就在眼前啊。"

我听得出来，甘老头的话里隐含着诱惑和引导，不过，留画的人既然敢这么说，腰杆子肯定非常硬，而且对无名圆盘好像志在必得。

"甘老，"小胡子终于抬起头，把面前的白纸稍稍一推，"我们的来意你想必已经清楚，就是借半边楼这个台子唱出戏，至于佣金什么的，我会按市价照付。"

小胡子话里婉拒的意思非常明显，不过甘老头城府很深，并未流露出任何不满，三两分钟过去，就痛快答应了我们的请求。

不知道为什么，甘老头对这件事情很上心，亲自和我们商议了一些细节问题，等到整个流程基本敲定下来后，几个人还一起吃了顿饭。

出门之后我就忍不住了，马上问小胡子："云坛峰的无名圆盘应该是孤品吧，那幅画的来历很可疑，还有，我怎么越看甘老头越像只老狐狸？"

"那幅画看不出破绽。"小胡子显然也被难住了，微微皱起眉头，"至于甘老头，肯定有些话没说透。"

"唉。"我叹息一声，跟这个圈子里的人打交道很难，一个个贼精贼精的，稍不留神就得被绕进去，不是智商超常的人根本玩不起。

接下来又是等待，半边楼的地下交易会没有固定的规律，全要看组织来的货源质量决定，不可能专为我们这单不算生意的生意砸了自己招牌。不过甘老头确实非常尽心，全力把进度提前，大概十多天后，给我们传来消息，拍卖会即将举行。

我们在拍卖会当天上午就提前赶到半边楼，甘老头特意在一楼安排了一个很隐蔽的包房。这一次，老头的态度跟上一次大相径庭，态度和蔼可亲，完全没有那种糊弄人的场面话，让人听了心里很热乎。不过我很清楚，除了自己爹妈，这世界上哪儿会有无缘无故的热乎。

喝着茶，我越来越不安，莫名其妙地升腾起一股躁动和兴奋。按我的猜想，云坛峰的东西现世，那些乱七八糟的人都会冒出来凑凑热闹，其中肯定包括老头子。经过许多亲眼所见的事实，我已经确定，老头子以及原来的卫家，跟西夏铜牌之间的纠葛不是一两句话就能说清楚的。

甘老头离开房间之后，我心神不定地转动着手里的杯子，问小胡子："老头子肯定会露面的吧？"

其实我知道，老头子的腿长在他自己身上，露不露面，都不是别人说了算的，只不过，我想寻求一点心理安慰。

"卫家最少有几个人死在这件事里，前前后后几十年，绝不可能半路放手。这一次，就算卫长空不亲自露面，也会派人过来，江北势力大洗牌，我估计他身边也没什么靠得住的人，所以……"

我默然点点头，江北翻船对老头子打击太大，根基全被毁了，相对来说，只有曹实值得信任。但这家伙最后一次不辞而别的时候也表现得相当反常，但我一直有种预感，他有办法找到老头子。

想到这里，我胸口就一个劲儿地发闷，不可否认，曹实是个好伙计，但在一些事上把我蒙蔽得两眼一抹黑，我打定主意，这次只要遇见曹实，不管他说什么，总之别想再偷偷溜走。

"卫大少，淡定，你好歹也算见过点场面的人了，怎么还是沉不住气，该来的都会来，不该来的，想也没用。"

"你怎么跟驼叔越来越像了，站着说话不腰疼。"我瞥了和尚一眼，心里却很羡慕驼叔，这老家伙的心脏不知道是怎么长的，宽得离谱，只要不是刀架在脖子上，就跟没事人一样。

我们呆在房间里闲聊，整个楼层都很安静，一直到下午四点钟，半边楼的伙计开始做准备工作，有人送来点心和热茶让我们填肚子，我抬腕看看表，离大戏开场的时间越来越近。

和我们上次光顾半边楼时的情景一样，六点一过，就开始有人到场，我们所在的包房不但隐蔽，而且位置很好，不用出门，几乎就能把一层楼的情况尽收眼底。

不知道是不是心理原因，我总觉得这次来半边楼的人特别多，好像一楼二楼都加了座。我目不转睛地观察刚刚入场的人，但始终没有看到曹实或者其他江北一些老班底的影子。

"除了一些常在半边楼露面的人物，剩下的好像都是生面孔。"和尚转头对我们说，"估计半边楼这次把消息散得很广。"

一直没有发现老头子的人，让我很失落，情绪飘忽不定。外面那些乱七八糟的杂事一结束，竞价正式开始，一个半边楼的伙计轻轻敲开房门，递进来一本拍卖图录。和尚随手翻看，翻到最后一页，顿时发现了我们无名圆盘的图录。

与其他拍卖品不同的是，这页图录除了一张照片，没有详细的文字说明，甚至连东西的具体名称都没有，只标注它出土于贺兰山云坛峰。不过，在半边楼散布消息的时候，甘老头按我们的意思，稍稍加了些猛料进去，真正洞悉内情的人，绝对能掂量出圆盘的分量。

我已经把现场所到的人观察得非常仔细，几乎没有一个熟人，不但看不见江北那批人，连雷英雄、阴沉脸和贺老海这些重要人物都没出场。

事实上，除了雷英雄这种百无禁忌的牛人，很少会有人在半边楼里面找不自在，所以整个竞拍过程非常顺利，三个小时过去，图录上的拍品已经告罄。

"该我们的圆盘出场了。"和尚深深吸了口气，小胡子也从闭目养神的状态中清醒过来，三个人挤在一起朝外看。

我们的目的就是展露一下圆盘，具体的流程由甘老头安排。我觉得这是件很得罪人的事，不少人都是冲着这东西来的，给他们看看货，勾得对方口水横流，末了再来句不好意思，此货不予出售，脾气不好的估计当场就得翻脸。

无名圆盘是装在一只精致的盒子里被捧出来的,盒盖刚一拿掉,现场各个角落就开始有人露头,我数了数,一共十一个。

和尚皱皱眉头:"全是生面孔。"

"意料之中,真正的后台不会轻易出场。"

我一听就急了,满心指望着老头子能被这件东西给引出来,但事情发展到这一步,很显然违背了我的意愿。

"不要急,先看下去。"小胡子安慰道。

这十一个人形形色色,但都有个特点:非常普通,毫不起眼,属于扔进人堆里就找不到的那种人。

而且,这些人来意很明显,之前的那些货,他们动都没动,圆盘一出场,呼啦啦全冒了出来。十一个人围着圆桌坐了一圈,场面颇为壮观。

按照正常程序,看上货的买家只要留下,下一步就该竞拍,但就在这个节骨眼上,半边楼的人凑过去,低低说了几句,这些人顿时愣了愣。

"姜还是老的辣啊。"和尚低声称赞,"甘老头这一手耍得太漂亮了,替咱们钩住这些大鱼,咱们静等收线,一条条钓上来就是了。"

紧接着,半边楼的人收回圆盘,十来个摩拳擦掌的卖家全被晾在一旁,搞得其他不知内情的人莫名其妙。

不管这些人乐意不乐意,整场竞拍会算是彻底结束,甘老头又过来跟我们谈了谈,如果不出意外,那些对圆盘有意的人不会轻易罢休,肯定要跟半边楼进一步接触,这是顺理成章的事情。不过这些事要经甘老头的手,总让我觉得心里不踏实。

"甘老,我估计明天就会有人来打听圆盘,剩下的事,还要您多关照。"

"各位放心,只要半边楼接手的生意,一定维持到底。"

甘老头既然拍胸脯保证,我们也不好再追着他强调什么,为了保险起见,也为了行事方便,我们暂时借住在半边楼。清理完竞拍会的现场,伙计们聚在一起宵夜,给我们送来一个火锅,和尚吃得满头大汗,我心里很堵,吃东西也心不在焉,今天的竞拍会,我观察得非常仔细,但从那十一个陌生人身上根本

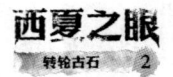

看不出什么,我不敢肯定老头子是否派了人来。

或者,老头子动用了他的底牌?动用了我一无所知的"6"?

"卫大少,又发什么愣?"和尚一人干了三盘子肉,好像还不饱,一脸油光。

"对于今天这个结果,我他娘的很不满意。事情开始之前,算计得头头是道,等真的开始了,才知道算计的都是个屁。"

"如你所说,事情刚刚开始,你放心,咱们不打无把握之仗,那十一个人肯定要通过半边楼来跟咱们谈,他们的身份,迟早会曝光。"

"但愿吧。"我无奈地拍拍脑袋。

虽然我的计划有一小部分失算,但大体还在预料之中,第二天,甘老头忙坏了,全是跟他接洽商谈无名圆盘的人。

事后,甘老头汇总情况,他说那些人一听都要自报家门,立即就犹豫了,其中只有一个非常痛快,不但报了幕后老板的名号,还开出一个令人咋舌的天价。

"是谁?"

"肖阿福的人。"

"肖阿福是谁?"我低声问和尚。

"广东的一根老油条。"和尚答道,"路子很广,跟许晚亭大致差不多,又做生意又当掮客。"

我一听就失望了,这种人势力一般都在南方,而且门道很活,极少会跟老头子这样坚持走老路的人打交道。也就是说,他和老头子应该没什么瓜葛。

"要不要我牵线让你们见面谈谈?"甘老头询问,"肖阿福这次的手笔倒是很大。他出的价码,在半边楼都很少见。"

甘老头以为我们捂着货不出是为了多扎点钱,动不动就把话题往价格上引,他恐怕还不知道无名圆盘的来历,不说别的,五块西夏铜牌拆开了卖,加一起要比肖阿福给的价码高。小胡子也不解释,答应跟肖阿福见见。

甘老头着手去联系,我们则私下里讨论肖阿福这个人,从和尚的语气里听得出，肖阿福不管从哪个方面来说，都有实力问鼎无名圆盘，不过他在圈子里一向以精明著称，如果是一锤子买卖，可能还好说，涉及合作，那扯皮的事情就太多了，估计很难谈到大家都满意的地步。

肖阿福的人一直在等消息，甘老头一接洽，那边就激动得跟什么似的。我原以为从广东到湖北，怎么着也得三两天时间，没想到肖阿福就在本地坐镇，收到消息的当天下午就现出真身。

这位大老板的长相尽得南方人精髓，六十来岁年纪，瘦得跟一截干木头一样，架子大得吓人，话都懒得说。他身边的人就适时地解释，说肖阿福声带做过手术，说话不方便。

对方还是按正常生意的老套路，上来就要验货，这也无可厚非，不论买卖或者合作，验货是必需的。如果两边一上来就套近乎，谈价码，等一切谈妥了，一看是假货，脾气暴躁的保不齐当场就要动刀子。

不过我总觉得怪怪的，无名圆盘这种东西不是景泰蓝，一抓一大把，它是孤品。何为孤品？世上就这么一件，连参照物都没有。从未面世，又缺乏参照物的玩意儿，怎么去鉴别真假？

肖阿福一共带了两个人，一个当传话员（对北方人来说，广东话也确实需要翻译），另一个估计是"眼"。小胡子把装着无名圆盘的盒子推过去，眼就开始忙活。

我看得非常仔细，肖阿福带来的"眼"很有几分工夫，一个细微的动作就显现出十分深厚的功底。

大概十分钟时间，那个"眼"重新盖好盒盖，转头对肖阿福嘟囔了一句。肖阿福的表情立即变得有点复杂，缓缓站起身，目光里流露出一丝不屑和讥笑，一字一顿对我们吐出几个字："后生仔，漏野。"

丢下这句莫名其妙的话，肖阿福转身就走，好像一瞬间就对无名圆盘失去了所有兴趣。我顿时蒙了，转头问和尚："他说什么？"

"漏野是广东话。"和尚的脸色也有点难看，"意思是假货。"

"这不是胡扯淡嘛！云坛峰带回来的东西，怎么可能是假货！那老鬼是不

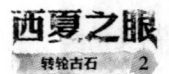

是想搞什么猫腻?"

我跟和尚脸对脸傻盯着对方看,小胡子也沉默起来,肖阿福的话不可信,但不知道为什么,他丢下的那句话,让我们心里很不舒服。

计划肯定不会因为肖阿福的一句话而中止,但从第二天开始,情况突然发生了令人手足无措的转变,头一天还热切跟半边楼联系的人一夜之间就好像销声匿迹,无名圆盘成了堆臭狗屎,无人问津。

一连等了三天,那些人确实都消失了,至少是消失在我们的视线里,再也没有任何一个人来打听关于无名圆盘的情况。我跟和尚都坐不住了,在半边楼住得相当别扭,小胡子估计也憋得够呛,简单商议了一下,决定先回我们自己的住处。

临走前,我们按约付给半边楼佣金,甘老头表示很遗憾,没能促成这桩生意。我感觉到,他的语气里有种无法形容的淡然。

一脚跨出半边楼的大门,一股略带寒意的空气刺激得我打了个哆嗦,和尚去发动车子,我跟小胡子信步朝前先走。街对面一辆静置的汽车嘀嘀按起喇叭,吸引了我的注意,扭头一看,慢慢摇下的车窗里,露出一张娇嫩的笑脸。

"卫天哥哥,请你喝米酒。"

……

雷纯还是老样子,迷死人不偿命,身上淡淡的香味让我感觉似曾熟悉,心绪一乱,忍不住开始回想那个带着一丝暧昧的夜晚,浑身上下的血一个劲儿往脑袋上涌。

其实,在这里遇见雷纯是挺意外,但转念一想,似乎又很正常。无名圆盘的消息由半边楼传出去,估计不少人都知道,我早就怀疑过,那十一个买家里有雷英雄的人。

"缘分哪。"雷纯嫣然一笑,哈着气说,"卫天哥哥,走到哪里都能遇见你,上次你说过的话还算数不算数?你说会把江北所有酒店给我包下来。"

"这个……当然算。"

雷纯一听就来劲了,当场吩咐司机开车去江北,吓得我差点晕过去。

"逗你玩,看把你吓得,我哪有那么奢侈,其实我很好养活的。"

"小妖精……"我腹诽道。

"卫天哥哥,跟你说点事。"雷纯分给我一颗话梅,"雷老头想见见你。"

我早就预感到雷纯眼巴巴守在半边楼门外不可能单纯找我叙旧,而且,雷英雄这个时候找我,用意很值得思考。

小胡子坐在副驾驶的位置上,微微转了转头,虽然什么都没说,但我们毕竟相处了这么长时间,一些默契还是有的。所以我没怎么考虑,答应了雷纯。

虽然雷英雄不像是打闷棍吃黑货的人,但无名圆盘太重要,随身带着不保险,我问清了雷纯落脚的地址,然后和小胡子先走一步,把圆盘安置好,顺便交流一下对策。

"雷英雄的目的是无名圆盘。"和尚一边开车一边说。

这个肯定毫无疑问,无名圆盘的消息是半边楼散播出去的,很多人都收到了,我甚至早就怀疑过,那十一个买主里有雷英雄的人。

"不过,你们俩觉不觉得,去见雷英雄有点多余?"

"什么叫多余?"

"不是说雷英雄势力不够大,而是他缺乏实质性的硬件。"和尚分析道,"西夏铜牌这件事,雷英雄很可能是半路参与进来的,掌握的资料有限,跟他合作,没有优势,万一见面他提出合作,你怎么回话?"

"这个不能怪我,胡子哥当时的眼神我看得很清楚,分明是默认。再说了,三十年河东,三十年河西,莫欺少年穷,一夜之间沧海巨变,你敢说雷英雄这半年就没一点收获?"

"算了吧,我看你是让雷家闺女给迷住了。"

"红颜祸水,浮云而已。"

安置好无名圆盘,我们匆匆驱车赶到雷英雄那里。小妖精她爹气场依然强大,压迫得我有些紧张,不过一想着小胡子跟和尚这两个牛逼保镖就站在我身后,心里底气也足了点。其实我对雷英雄印象挺不错,上次的交易顺利愉快,再加上雷纯,黍夜造访雷英雄,我还是很乐意的。

雷英雄随和客气，跟我寒暄，雷纯时不时插嘴说笑两句，气氛显得很融洽。正说着，雷英雄突然问我："半边楼这次押尾的货，在你手里？"

话来得太突然直接，让我连思考的余地都没有，雷英雄既然这么问，说明他从别的渠道打听来一些内情，如果我回答得含含糊糊，不但瞒不过他，还容易造成隔阂。不管怎么说，雷英雄这种人，能不得罪还是不得罪的好。再加上上次交易，总让我觉得欠他一点人情，所以我愣了几秒钟，点头默认。

事实证明，跟雷英雄打交道，直白比拐弯抹角的好，不但他对我的态度暗含赞赏，连雷纯都笑得更甜了。

"这件东西的出处，能说吗？"

无名圆盘来自云坛峰，如果没拿到东西之前，我绝不可能把地点透露出来，但现在东西到手，那地方已经没有任何意义。

"东西是从贺兰山云坛峰找到的。"

"云坛峰……"雷英雄身体往前一倾，"既然卫老弟直爽，我再藏着掖着就是不厚道了，你手里的东西，是件打眼货。"

"噗……"我一口茶差点喷出来，诧异地望了雷英雄一眼。

肖阿福说圆盘是假货，好歹他还带了个"眼"，雷英雄连东西都没见，直接就下了这么一个结论，让我实在无法接受。我很怀疑，是肖阿福在四处造谣。

"这事有点复杂，从头说吧。"雷英雄似有意又无意地扫视和尚跟小胡子一眼，我明白他嫌这俩人碍事，就转头让他们先出去。

"你手里的东西，的确是假的。我虽然没有见过实物，但这一点，可以肯定。"

"怎么肯定？"

雷英雄并没有直接回答我的问题，而是反问了一句："你知不知道这东西叫什么？"

这问题还真把我问住了，我们当时从西夏铜牌中摸出线索，然后找到无名圆盘，一直到现在为止，都不知道圆盘还有固定的名称。

"这东西叫轮眼，世间只有一件，是孤品。"雷英雄递来一样东西，"你先看看这个。"

雷英雄所递来的东西只有半块饼干大小，很像冰冻后的稀薄的牛奶，应该是一小块玉，并且是玉石上的边角料。

手里抚摸着这块玉，我总感觉有点眼熟的样子，好像在哪里见过。想了足有一分钟，我脑子转了个弯，猛然醒悟过来。

他娘的！这块边角料的材质，跟无名圆盘一样！

"这东西很像玉。"雷英雄解释道，"但我找了很多行家，都分辨不出来究竟是什么。它和轮眼原来是一个整体。"

"这是边角料？"

"可以这么说，轮眼被完整地雕琢出来，剩下的都是碎屑。我没有见过你手里的轮眼，你仔细看看，这块边角料跟你的轮眼是一样的吗？"

我原以为边角料和圆盘一模一样，但雷英雄提示后，我又看了看，却有点吃不准了。边角料的颜色虽然泛白，但好像比圆盘要深一些，透明度也稍打折扣。不过手边缺乏参照物，我不敢武断地下结论。

不过，仅凭一块来历不明的边角料，就否定无名圆盘，我仍然不能接受。

"大家都在追查这件事的谜底，有些话就不用遮遮掩掩了，上次我们交易过之后，我侥幸弄到一点资料，虽然不全面，但也很有点用处。轮眼，只有一件，目前还没有出土，所以，云坛峰带回来的轮眼，只能用赝品来解释。"

在来之前，我们都猜想雷英雄肯定要打无名圆盘的主意，提一些关于合作方面的建议。但见面之后，他直言不讳就说圆盘是水货，让我预先准备好地说辞全都用不上了。

而且，我心里不由自主就产生一个想法，雷英雄是在耍花枪。如果他连云坛峰无名圆盘的真假都能判别出来，当初肯定不会在半边楼为了一块西夏铜牌和别人翻脸。六块西夏铜牌唯一的作用就是拼齐寻找无名圆盘的地图。

"我知道，这个说法让你很难接受。"雷英雄气定神闲，很有耐心地继续说，"之前那些抢铜牌的人都落进一个大圈套里，包括我在内。西夏铜牌，只不过是个幌子，真正的轮眼，还在别的地方。"

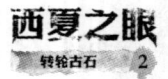

我有点生气,姓雷得太藐视我的智商了,简直拿人当傻小子看。为了这东西,我差点连命都丢掉,他一句话,就把一切抹杀得干干净净。

我觉得,雷英雄是在使用一种类似旧社会当铺里的老套路,不管三七二十一,先把我们的东西往死里糟践,说得一分钱不值,然后他再开价码,用白菜价买走好东西,驼叔当盘头的时候也惯用这一套。

"卫老弟,我拿你当自己人,才会跟你说这些。东西是假的,如果抱着假货闷头一路走到黑,只能越走越偏。这块边角料,你带回去仔细看看,还有这个。"雷英雄拿出一个防水文件袋,轻轻拍了拍,"等看完之后,我说的究竟是真是假,你心里会有数。我还有点私事,要在湖北呆上几天,如果有兴趣,随时可以再来找我谈谈。"

文件袋是密封的,不过从外观上看,里面应该装着纸质的书面资料。雷英雄这一招玩得太玄了,彻底扰乱了我的思路。

"卫天哥哥,介不介意请我吃顿饭?"雷纯见正事说完,又开始不老实。

"这个……我肯定是不介意的。"我偷眼看了看雷英雄,心里很虚。

"好啊。"雷纯一下子就乐了,"我知道个好地方,我带你去,雷老头年纪大了,让他自己呆着吧。"

说完这句话,雷纯也不管她爹是什么态度,拉着我就走,搞得我很为难。在一起谈谈生意,不管成不成,都是常事,但让他觉得我泡他闺女,这就有点难为情了。

雷纯带我去的是个特色的湖北菜馆,小胡子跟和尚都被当成下人赶到包间外面。与其说是吃饭,还不如说是茶话会,雷纯叽叽喳喳,嘴根本没停过,我吃一口就得回三句话。

我原本以为雷纯又要借机套我的话,但从头到尾,她说的都是小猫小狗衣服美食之类的闲话,让我大感轻松。

等吃完饭出门,和尚看我的眼神都有点不忿,雷纯一走,他就提醒我别中了美人计。

"和尚,我他娘的是那种没见过世面的人?逢场作戏而已,一顿饭就想破我的道心？赶紧回去，有正经事跟你们说。"

回到住处，我详细地复述了雷英雄的原话，又拿出那块玉石的边角料和文件袋。

边角料和圆盘放在一起比对，虽然中间的差别很细微，但仔细观察，还是能看得出来。边角料的颜色确实比圆盘要深那么一点，我觉得，如果用整块的边角料雕成圆盘，那么它的透明度会有所降低，无法清晰地看见内部所包裹的东西。

"我感觉这会不会是个很复杂的局？一步步引着我们进圈套？"我分析道，"肖阿福这个人，我们不熟悉，他说圆盘是水货，咱们可以置之不理。但雷英雄也说这是水货，可就大有文章了。"

"卫大少的话有点道理，雷英雄当初找西夏铜牌的劲头比谁都热，要知道云坛峰的东西是水货的话，他犯得上这么拼命？"

"不过，他说了是跟咱们交易以后得到了一些线索，所以才放弃西夏铜牌。你们觉得会不会肖阿福和雷英雄都是一伙的？一步步让我们陷入一个并不存在的误区？"

"先看看雷英雄送给你的东西。"小胡子打开了密封的文件袋，跟我猜想的一样，里面是本薄薄的书册。

看得出，这本薄册子应该是年代非常久远的东西了，整体保存得还算完好。小胡子轻轻翻开封面，立即就愣了一下。

"这是什么玩意儿？"

"让我好好看看。"小胡子头也不抬，显然被这薄薄的古籍吸引了。

我跟和尚肚子里墨水都有限，弄本三国演义勉强看看还行，所以凑不上热闹，只能一起揣摩那块边角料。

小胡子翻看了十来页，合上书册，抬头对我们说："雷英雄这次下了血本。"

"什么意思？"

"知道这是什么吗？"小胡子指指书册，"对我们这些人来说，这本古籍价

值连城。"

"别卖关子了,直说。"

"这是路修篁手札的下半本。"

"手札的下半本?"我立即吃了一惊,小胡子说过,他被吸引参与到这件事里的主要原因,就是得到路修篁手札的一部分残本。

从一些蛛丝马迹的线索和推断中,我已经隐隐感觉,路修篁这个西夏皇家道士是整件事情里非常核心的关键人物。虽然他并没有正面出现在资料中,但很多地方都有他的影子。

而且,路道士似乎是个非常不简单的人物,最有说服力的,就是开阳山事件。路道士借助西夏王室的力量从开阳山挖掘出很重要的东西,又瞒着元昊把东西独吞,这种胆识和气魄大得吓人。

我脑海里甚至还不由自主地浮现出这样的画面:一个长着山羊胡子的道士,机敏地游走在西夏皇帝和太子之间,拿皇帝手下的人马当民工,替自己办事,事情办好,再摆上皇帝一道,不等皇帝察觉他的阴谋,就趁着宫廷内乱销声匿迹。

小胡子的话说得一点都没错,如果雷英雄送来的手札是真本的话,对有些人来说,的确价值连城。因为西夏铜牌这件事迷雾重重,最缺乏的就是具体的文字资料和线索,而路修篁的手札,研究价值极高,说不定能从里面挖掘出突破性线索。

"雷英雄怎么突然变成善人了,加入红十字会了?"和尚小心翼翼拿起手札,"看样子这还是真本。"

"从细节上看,跟我手里的半本手札一模一样,应该是真本。"小胡子颇有几分感叹,"雷英雄真是有办法的人,后半本手札也能找得来。"

"这么贵重的东西,说送人就送人,雷英雄是什么意思?"

"他也是没办法,如果他送来的是手札的副本,你会相信里面的内容吗?先看看手札残本的具体内容,我觉得,他的意图就包含在里面。"

小胡子开始研读手札,我跟和尚怕打扰他,跑到另外的房间去看电视。和尚的呼噜声惊天动地，跟他一个房间睡觉简直就是痛不欲生。

我勉强凑合到天亮，跑去找小胡子，他也一夜没睡，抱着雷英雄送的半本手札翻来覆去地看。

"怎么样，有没有什么研究成果？"我点了支烟问道。

"两个消息。"小胡子精神仍旧很旺盛，伸出两个指头晃了晃，"第一，这半本手札是真的，而且料很足，和我掌握的上半本残本内容前后连贯，吻合。一直困扰我得很多问题都能在手札里找到答案。"

"雷英雄真成善人了？"我暗中寻思。

"第二，雷英雄还是在手札里注了水。"

"注水？什么意思？"

"系统地跟你说一下吧，两部手札的残本合在一起，虽然还不算特别完整，但基本轮廓已经出来了。特别是后半部，有不少实质性的内容，我们从云坛峰带回来的圆盘，在手札里确实被称为轮眼。"

"轮眼究竟是什么东西，有什么用处？"

小胡子波澜不惊的神色里也流露出一丝无奈："这就是雷英雄注水的地方，详细叙述轮眼的这一部分内容，在手札里缺失了，我敢肯定，是雷英雄有意隐去的。最重要的一点，从手札上看，咱们从云坛峰带回的轮眼，是假的。"

"我大概能猜得出来，雷英雄提示过，他说真正的轮眼还没有出土，所以，我们手里的这一件，肯定是假货。手札里应该标明了真正轮眼的藏放地点，雷英雄就是以此为据，判断我们从云坛峰带回的是水货。"

"猜得不错，不过，这个地点，也被隐去了。"

事情到这一步，雷英雄的意图基本已经很明了，他甩出一块香喷喷的饵，只要我们忍不住去咬，就算上钩了。

对我们来说，目前最紧要的问题并不是咬不咬雷英雄的饵，而是尽快搞清楚，云坛峰所带回的无名圆盘究竟是真品，抑或水货。本来我很坚持地认为我们的东西绝对不假，雷英雄说它掺水，是有意设局让我们钻。

但通过跟小胡子的一番对话，我的坚持在不知不觉间就被动摇了，甚至开

始忍不住怀疑无名圆盘的真伪。

"有办法鉴别圆盘的真假吗?"

"没办法也得想办法了,拿到圆盘以后,我们潜意识里都认为这是货真价实的孤品,层层面面全考虑到了,唯独漏了这一点。"小胡子来回在屋子里踱了几步,"我出去一下,你跟和尚呆在这里别乱走动。"

小胡子一向都是这样,除非迫不得已,一直喜欢独自行动。他简单洗漱了一下,带着无名圆盘匆匆出门。我把和尚踹起来,窝在屋里打扑克,尽管很无聊,但半边楼的竞价会刚结束几天,一些乱七八糟的人可能还呆在本地,多事之秋,我们不老实都不行。

这一次,小胡子出去了四五天,不过每天都会打个电话报声平安。雷英雄好像很有耐心,送出手札以后就没再打扰我们,可能他觉得自己抛出的饵有足够的诱惑力,不怕我们不上钩。

说实话,我很后悔涉足到这件事里来,流离失所不说,还让一层又一层迷云绕得头晕,掉进大坑里,怎么爬都爬不出来。

小胡子回来的时候,我跟和尚都快憋疯了,感觉精力极度过剩,但他一句话就震得我们目瞪口呆。

"云坛峰带回来的圆盘,是水货。"小胡子顺手把装着圆盘的包扔到沙发上,"明初的东西,跟路修篁所处的年代差了一大截。"

"你……不是开玩笑吧!"

"我像是开玩笑吗?"

尽管我不是第一次听到圆盘是水货这种说法,但从肖阿福和雷英雄那里听到,和从小胡子嘴里听到完全就是两个概念。

和尚也蒙了,把无名圆盘捧在手里来回地看,嘴里一个劲儿地嘟囔:"怎么会是假的?怎么会是假的?"

小胡子表面很镇定,心里估计也被打击得不轻,三个人大眼瞪小眼地坐了半天,烟头烫到手了,我才回过神。

"雷英雄这个饵放得真是时候,看起来,我们不得不咬了。"

"他也算做了件好事，如果姓雷的不提醒，我们还傻乎乎地抱着件水货等冤大头主动上门。"

我揉了揉太阳穴，被迫开始思考。圆盘是假货，这件事也随之变得复杂起来。雷英雄不是吃斋的善人，从他的所作所为上来看，很明显是想把我们拉上他的船，但让我想不通的是，我们有什么资本值得他拉拢？雷英雄不缺人手和钞票。

小胡子考虑了半天，对我说："跟雷英雄谈谈。"

"怎么谈？这次跟上次不一样，上次不管怎么说，我们好歹还有拓本，这次呢？我觉得缺少跟他对话的资本。"

"卫大少，你怎么这么笨，手札是雷英雄抛过来的橄榄枝，不管怎么说，先去探探他的口风。"

"腰杆子不硬，谈起来很没意思……"

尽管我不怎么乐意低三下四地去跟人谈判，但目前这种情况，雷英雄这棵大树不得不靠。第二天一大早，我就主动打了个电话，说得比较委婉，托词是邀请他们父女吃顿饭。雷英雄是精明人，一点就透，很爽快地答应下来。

饭桌上什么正经话都没提，一直到回房间喝茶，雷英雄露出说正事的苗头。我把小胡子跟和尚打发出去，雷英雄也一反常态，要雷纯出去玩，小妖精不干，闹了半天，才连哄带骗给弄出去。

"我们的轮眼是水货。"我率先扔出这句话，试探雷英雄的态度。

"跟你打交道，很省心。走错一步不要紧，现在回头，还来得及。"

"雷叔……"我不知道自己怎么脱口就蹦出这样一个称呼，感觉很别扭，脸一红，赶紧接着说，"手札我看过了，受益匪浅，但毕竟是残本，很多事还是找不到答案，比如说，轮眼的用处，这一部分就缺失了。"

"不是缺失，是我故意抹掉的。"雷英雄似笑非笑地看着我，"要是把什么都跟你点透了，你也就不来了。"

雷英雄直言不讳，很出乎我的意料，一时间也不知道该怎么接他的话。雷英雄顿了顿，说："今天我们俩在这里谈事情，你听了就听了，不要再传给第

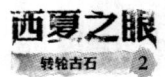

三个人,包括平时给你出谋划策的智囊。我跟人谈生意,从来都不避讳我家丫头,但今天把她也支走,你应该掂量得出里面的轻重。"

"好,这个我可以保证……"

"不要保证得这么快。"雷英雄眼神朝门外一瞥,"我知道,那个小胡子在你手下很得用。"

雷英雄一再提示,就让我产生一种很微妙的感觉,他似乎在暗示我,后面的谈话内容非常重要,不能透露给任何人,包括小胡子在内。

"我保证。"我郑重其事地点点头,心想不管怎么说,先套出点有用的线索。

"你能找到那么多西夏铜牌,说明在这道线上走了也不是一天两天了,我问你,整个过程中,有没有遇见什么让你感觉特别离奇的事情?"

听到这句话,我脑海中条件反射似的浮现出在元山找到的曹双的尸体以及录像带。这种颠覆常理的现象不管放到任何人身上,都是无法忘记的一幕。

但是我犹豫着该不该说出来,因为我的目的是探雷英雄的口风,而不是让他一点一点套走我所知道的情况。

"是不是事情太多,一时想不起来了?"雷英雄很大度地提示道,"比如,好好一个人,前一个小时还是年轻力壮,后一个小时就变得衰老不堪?"

我心里顿时狂跳了一下,几个月没见,雷英雄真的洞悉了很多东西。

"这么一说,我倒真想起来了。"我一看瞒不住,立即很明智地讲述了关于曹双的事。至于录像带,还是隐瞒了下来,那两盘带子跟贺老海有关,一说起来,又要扯得很远。

"你所看到的,其实就是整件事情的核心。"雷英雄随手拿起身边的笔,在纸上画了一个圈,然后重重点了一点。

"人体瞬间衰老,跟这件事有必然关系?"

"有,而且很密切。"雷英雄坐在椅子中的身体朝前探了探,"你尝试着从反方向思考这个现象。"

西夏之眼
转轮古石 2

柒

秘密

秘密 柒

"反方向?"我很茫然,并不是装傻,而是真的搞不懂雷英雄的意思。

"仔细想想,你会明白的。"

反方向,反方向……

也就是几秒钟的时间,我突然冒出一点亮光,感觉很多谜团外面包裹的浓雾一下子被吹散了,谜底暴露无遗。豁然开朗的同时,我脑子里像丢进一颗原子弹,无比震惊。

反方向!

可以说,从一开始,我的思维就始终纠结在人为什么会瞬间衰老这个问题上,从来没有朝别的方向思考。但经过雷英雄提示,这个思维死角顿时不复存在。

曹双,录像带中的兔唇男人,脏兮兮的小青年,几乎是在一两个小时内就走完了本该用几十年才能经历的衰老过程,如果从反方向去看待这个问题,那就是人既然可以瞬间衰老,同样也能瞬间变得年轻。

这他娘的也太逆天了!

我终于明白了,西夏铜牌这件事里究竟隐藏了什么样的秘密,特别是对老头子、许晚亭这样行将就木的人来说,这个秘密的诱惑力简直超乎一切。

"想明白了吗?"雷英雄打断了我的思路。

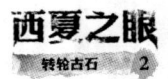

我沉默地点点头，不知道为什么，小胡子在我心目中的形象又一次模糊起来。按道理说，他锲而不舍地游走在这件事里，对其中的好处应该清楚，但从头到尾，他都没有跟我说明过。就算我反复追问，也只得到一个非常模糊，甚至不算答案的答案。

为什么会这样？

"真正的轮眼是关键，拿到它，至少掌握一大半主动权。路修篡的手札里，关于真正轮眼的藏放地点记录得并不清晰，但我已经摸索得八九不离十，有没有兴趣一起做一票？"

我脑子有点乱，狠狠抽了几口烟，雷英雄提出合作建议，是早就预料到的事情，我原本打算探了他的口风以后，斟酌着先应付过去，但他一下子把话说得这么透，反而让我陷入被动。考虑了一会儿，我问他："能说说吗？为什么要找我合作？"

"有些事情，不像想象中那么简单，也不是单单用钞票就能搞得定的，做这件事，我需要帮手。"

"我不太明白。"

雷英雄端起面前的茶杯，一饮而尽，来回转动小巧的杯子，似乎在紧张地思考什么。过了两分钟，他抬头看了看我，说："我不敢确定你就是最完美的合作者，但要比其他人都合适。坦白说，我已经派人去过藏放轮眼的地方，但被一道门给拦住了。"

"一道门？"

"很奇怪的一道青铜门，单凭语言，我也不知道该怎么描述。"雷英雄掏出几张照片放在我面前，"这是当时拍下的照片，你看了就知道了。"

照片是在漆黑的环境中拍出来的，因为光线的原因，景物非常模糊。几张照片是一个系列，焦距由远至近，翻看到第四张，我基本上已经能看清楚照片里大致的情景。

拍摄照片的人行进在一条狭长但非常笔直的过道上，过道两旁好像是深邃的深渊，但闪光灯的光线和过道边缘的黑暗形成一片模糊的虚光，看不到深渊下的情景。而且,照片的主场景是过道尽头的一扇门,其他地方都被忽略了。

其实这个时候我只能从照片上看到过道尽头黑乎乎一片,如果不是雷英雄事先提示,我根本分辨不出尽头到底是什么。

第六张照片,那扇门的轮廓已经非常清晰,和雷英雄所说的一样,这道门确实有点独特。独特得简直不像一道门,而是四四方方一块大铜板子堵在过道尽头。没有门钉门环,单从外表上看,根本就看不出一丁点门的特征。

"就是这道门?"

"是。照片上拍得不是很清楚,我跟你简单说一下。这条过道是唯一可以从深渊通行的地方,我的人走到过道尽头,就被门给堵住了,想尽了一切可想的办法,还是过不去。整扇门跟岩体镶嵌得非常紧密,撬杠都塞不进去。遇见这种情况,本来应该用炸药解决,但过道那里地势很特殊,用炸药的话,很可能造成极为严重的后果,而且,门后面是什么情况,我们一无所知,万一东西就在门后,说不定就会让炸药给毁了。"

雷英雄这么一说,我就更晕了。他的意思很明确,就是找东西的途中遇见一扇门,被堵得过不去,而且他认为,我是最合适解决这个问题的人。

"情况大概就是这些,我派出去的人没敢轻举妄动,消息传回来,我也觉得,应该用最温和的方式打开这道门,而不是破坏它。"

"实话实说,我真不觉得自己有能力弄开这道门。"

雷英雄也不解释,伸手把我面前的照片摊开,从里面挑出一张,示意我去看。

照片里的大铜板子已经非常清晰了,铜门的正中位置上,有一小片凹陷进去,形成一只手掌的轮廓。我总觉得门上这片凹陷的轮廓有点扎眼,再仔细一看,心里就有点发毛。

门上的手掌印很明显有六根手指,而且,第六根手指是环状的。也就是说,它和我左手的形状一模一样。这张照片随便拿给任何人看,都会以为门上的手掌印是按照我的手形铸造出来的。

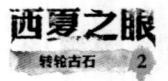

"这! 这是怎么回事？"我下意识地把左手往回缩了缩。

"我也不知道。"雷英雄一副很坦然的样子，"门上的手掌印究竟代表着什么，我们确实不清楚。但是我一直都认为这不大可能是巧合。"

我已经完全明白了雷英雄的意图，他果然不是省油的灯，本打算自己单干的，但被这道奇怪的门挡住，只好以门上的六指手掌印为线索，拉我入伙。至于我到底有没有用，估计连他也说不清楚。这一切，只因为门上的手掌印和我的左手完全一致。

不过，我内心深处很自然地感觉到一种另类的轻松。雷英雄不论出于什么理由拉我上船，总算是有个理由，哪怕拿我去当炮灰，至少在我心里，总比莫名其妙一脑袋糨糊强得多。

"能说的，不能说的，今天我全都告诉你了，姓雷的言出必行，你到我这边来，如果事成，大家都有好处。坦白说，一直摸索这件事的人有不少，但没人比我掌握的内情更多。"

雷英雄跟我今天这次谈话显然是经过深思熟虑的，连整件事情最大的秘密都当成诱人的筹码抛出来。但越是这样，越让我感觉压力巨大，我装着翻看剩余的照片，紧张地思索。

"人，都有老的时候。这件事不急，你回去考虑一下。但是有一点，对你身边的人，什么该说，什么不该说，你要心里有数。"

告别雷英雄的时候，我突然想起一句话，参与到这件事里的人，都会深陷其中不能自拔。

和小胡子碰头之后，我鬼使神差地瞒去了雷英雄透露给我的秘密，只说了关于铜门这一节，并且给他看了相关的照片。

事到如今，我不得不再次审视自己的左手。

我知道，很多事情都是没有答案的，所以，当初在麻占小城发现六指古尸，我一直都用巧合来说服自己。然后就是贺老海，我利用左手混到了距离山洞真相只有一步之遥的地步。

而雷英雄展示出的照片，让我无法再用巧合来安慰自己。麻占小城，我可以忽略，甚至贺老海我也可以忽略，但藏放轮眼的地方又出现六指掌印，我不知道该以什么样的心态去面对事实。

"雷英雄是真的抢到先机了。"小胡子放下照片，有点感慨，又有点失落，"幸好，他知道你有价值，否则的话，这些内情，打死他都不会泄露给任何人。"

"价值指的是这只手？"我苦涩地笑笑。这件事就好像一团一团的浓雾，人钻进去，伸手不见五指，好容易揭开一个谜底，却发现这个谜底其实只是下一个谜团的开端。

"除了跟雷英雄合作，我们是不是已经没有别的路可走了？"和尚问道。

"这话问得太多余。"我点了支烟，软塌塌地靠在沙发上，"雷英雄如果不是胸有成竹，会把手札的真本送过来？他已经完全掌握了主动，说是给我时间考虑，其实料定了我们没有别的路可走，最后还是得上他的船。"

"藏放轮眼的地方到底是什么情况，我们一无所知，就怕真跟他合作了，他什么都不说，咱们两眼一抹黑，太被动。"

"达成合作协议之前，他不大可能把底牌完全亮出来。和尚，以最快速度，回去调几个人，让雷英雄都吃了闭门羹的地方，还是小心点好。"

小胡子跟和尚你一言我一语商量后面的计划，大致敲定以后，小胡子问我还有没有什么问题。

"你们俩说得很带劲，什么都计划好了，还来问我干吗？"

小胡子略带歉意地拍拍我："这次，全要靠你了。"

过去的几次行动，不管人多人少，都是小胡子跟和尚当主力，其他人，也就是扛扛装备补给。但这一次跟雷英雄合作，我们都预感到会出现比较棘手的情况，所以和尚专门挑了几个精干利落的伙计，等援军到达湖北，我一眼就在人群里看到个佝偻的身影。

"他娘的，这些天你们跑到哪儿去钻沙了，把老子一个人丢在南京，闲得发霉。"

半个多月不见，驼叔的黑脸又胖了一圈，还搞了件唐装兜在身上。我皱皱

眉头，把他拉到一旁，说："驼叔，你怎么又跟来了？"

"老子不放心。"驼叔贼眉鼠眼瞟了其他人一眼，"和尚回去拉人，老子就知道又有买卖做。卫少爷，你太年轻，不懂事，大家一起弄到什么好东西，胡子跟和尚欺负你没经验，肯定要摆你一道。老子见多识广，过来当个监军，以防这俩王八蛋糊弄你。"

我叹了口气，驼叔当会计或者管管账目，那绝对是把好手，一分钱都能看在眼里，但是干别的就不成了，云坛峰的情景历历在目，老家伙临阵脱逃拖后腿，还撺掇和尚当炮灰，害得和尚差点被啃掉半个屁股。

"我说驼叔，你这把年纪了，留在南京啃啃盐水鸭不好么？"

"老子跟着胡混混，将来分东西的时候，和尚他们也不好赖账，另外……"驼叔猥亵一笑，"听和尚说，这次临时跟雷英雄搭伙做买卖？老子早就劝你，赶紧攀下这门亲，有雷英雄这个老丈人罩着你，以后出门横着走都没人敢惹。老子在这上头是吃过亏的，你千万不要再走老子的老路……"

"换个话题好不好。"

我们把驼叔和刚来的人安顿好，准备工作基本也就这样了，更细致的问题需要了解情况之后再说。我出面去找雷英雄，表达了愿意合作的意思，雷英雄很高兴，趁他兴致好，我问了一些实质性的问题。

"既然合作，就没什么不能说的。不过，那个地方我没有亲自去过，所知道的，都是下面递来的消息。这些事情，老张会跟你详细谈。"

老张就是上次交易铜牌时负责接待我们的瘦男人，当时只为了换铜牌，所以也没必要跟他套近乎。不过现在看起来，这个瘦猴一样的中年男人是雷英雄的心腹，否则不可能接触到详细的内情。

张猴子估计一直跟随在雷英雄身边，只不过没有露面，一谈妥合作的相关事宜，雷英雄就把他叫了出来，吩咐他说说实地的具体情况。

张猴子说得很仔细，前前后后半个小时，该交代的事情全部交代了一遍。

据他说，轮眼的藏放地位于贺兰山北麓，叫红石坳，本来是个名不见经传的地方，但八几年的时候，有人在那里发现了一些露天古建筑的遗址，经过专家考证，应该是一个党项羌人修建的祭祀场。

但是这个地方被破坏得极其严重，已经失去了研究价值，考古部门驻扎了一阵子，拉走了些残存的石雕，然后就无人问津。十几年下来，渐渐重新融合到静寂的贺兰山中。

雷英雄得到轮眼的线索后，派张猴子带人赶往红石坳，费了不少周折，终于找到一个位于山洞内部的入口。入口后面，是倾斜状的洞体通道，不算特别长，大概几个小时的路程。

顺通道一直走下去，会遇见一条地下河，水流不急，河也不算深，而且河岸很宽，几个人并排走过去都没问题，所以张猴子他们行进得非常轻松，沿着地下河一口气走到尽头。

再接下来，深渊以及笔直狭长的过道就出现了，张猴子他们被卡在过道的铜门处过不去。

照张猴子这么说，前面这段路是很平静而且很安全的，问题就出在铜门那里，至于铜门后面是什么情况，连他也说不清楚。

雷英雄那边准备得很充分，装备人手一应俱全，随时都可以出发。这种事情赶早不赶晚，所以过了两天，我们就打算动身。雷英雄特意吩咐张猴子，这次行动完全要听从我的指令。

张猴子已经来回往返了两趟，轻车熟路，一路上安排得非常周到。我们在郑州停留了一站，准备第二天飞银川。本打算看看黄河大桥，但一场春雨下得稀里哗啦，把我们堵在屋里出不去。

吃过晚饭，我跟驼叔还有张猴子闲聊天。驼叔云天雾地，吹得一屋子人都想撞墙，恰好张猴子电话响了，逃命一样躲到卫生间。等他再出来的时候，什么都来不及说，急匆匆地带了个人离开宾馆。

"这人怎么回事？"驼叔非常不满，"来之前他们老板不是交待过了，一切要听你的吩咐，怎么转脸就不算数了，出门连个招呼也不打。"

"算了吧驼叔。"我嘴上无所谓，心里却也犯嘀咕，张猴子做事看上去很稳重，但接了电话就急匆匆的，难道又出了什么事？

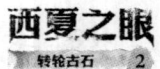

不过我的疑虑很快就得到答案,二十分钟不到,张猴子重新出现,他身后,跟着落汤鸡一样的雷纯。

"你怎么来了?"我有点吃惊。

"卫天哥哥,你好;塌肩膀大叔,你好。"雷纯尴尬地笑笑,头上的雨水顺脸朝下滴。

张猴子的表情很无奈,替雷纯开了间房。丫头洗完澡,又换了衣服,笑嘻嘻地来找我们打扑克。

"老张,这是怎么搞的?"我悄悄问张猴子。

"瞒着雷爷偷偷跟过来的,跟到这里跟丢了,淋得浑身透湿,没办法,只能给我打电话。"

"这不是胡搞吗?她要是跟着,咱们什么正事都别干了。想办法把她弄回去。"

"我试试吧。"张猴子非常为难,"不过我知道,她肯定不听,要么,你试试?"

我有点头疼,小妖精让她爹宠坏了,不是一般人能降服得住的,但任由她跟着我们,很不妥当,万一出点事,谁都承担不起。

果然,我刚劝说两句,雷纯就装糊涂转移话题,说得多了,她干脆当听不见。我一咬牙,叫张猴子给她爹联系,平时怎么闹都可以,现在是非常时期,无论如何得把她送走。

电话一打通,雷纯就不干了,跺着脚骂张猴子,然后抓着电话跟她爹诉苦,前后啰嗦了足有半个小时,最后趾高气扬地把电话扔给张猴子。

"老张,怎么说的?"

张猴子挂掉电话,长舒一口气:"雷爷拗不过她,答应她跟着玩玩,只能跟到红石坳,不许进洞。不管怎么说,这是雷爷亲口答应的,怪不到咱们头上。"

我斜眼一看,雷纯正跟驼叔套近乎:"塌肩膀大叔,我就那么讨厌?为什么都要赶我走?"

"谁说你讨厌,老子第一个不依他。"驼叔眼睛都乐没了。

接下来的路程没什么可说的，反正多了个雷纯，气氛活跃不少。离红石坳还有很远，就有人来接，一看见连绵起伏的群山，我不由自主又想起巴图，还有他的药酒。

驻扎在红石坳的一共有十几个人，一个个脏得面目全非，游击队似的，估计在山窝子里蹲了不少天。但他们的装备确实没得说，非常齐全适用，给养也很充足，就算断绝外界一切联系，也能坚持很长时间。

就在我们到达红石坳的当天，天色随即阴沉下来。不过贺兰山这地方年降雨量也就是二三百毫米，即便下雨，地皮没湿透就停了，再加上人和装备都在洞里，所以我跟张猴子没在意，蹲在一起商量具体的行动步骤。

张猴子说，从入口到铜门，按他们以往的经验，五六个小时就能走完，但铜门不知道多久才能搞定，而且，铜门后还有多少路，也是未知数，所以，一天两天，甚至三五天都不一定有结果。

好在我们的人很多，给养也充足，我就跟张猴子商量，一部分人守在原地，另一部分人进洞。

在这种地方，新鲜食物指望不上，全是罐头和压缩方便食品，先前那帮人估计都吃麻木了，只有雷纯觉得新鲜，捧着罐头吃得那叫一个香。不等晚饭吃完，阴沉了一下午的天终于憋不住了，大雨倾盆而下。

这场雨来势汹汹，第二天早上还没有完全停下来。不过我觉得雨大雨小跟我们的行动没有什么直接关系，所以让张猴子去挑人，准备出发。

我原以为雷纯肯定要找麻烦，没想到她乖得很，坐在洞口看雨。我们一共八个人，根据前一帮人的经验，带上必要装备和给养，朝山洞深处走去。

山洞并不算特别深，大概三四百米的样子，尽头堆了一堆碎石头，石头旁边是个一人多高的入口。张猴子说他们最初找到这里的时候，洞口被巨石堵着，几个人都推不开，只好拿炸药爆破。

一脚跨进入口，周围空间宽阔了很多，手电光柱照不了多远就会被黑暗吞噬。脚下的地面大致平坦，呈十几度的坡面。张猴子还有他挑来的人在这条线上少说走了两三趟，沿途有几个坑都记得清清楚楚。

走了十分钟左右,我就感觉气温明显降低,而且空气中的湿度越来越高,驼叔竖起衣领,缩了缩脖子,说好像进了肉联厂的冷库。

"时间宝贵啊。"张猴子一边带路一边对我们说,"要是晚两个月等天气热了再过来,肯定爽得很,卫老板,路很长,咱们悠着走,你要是累了就吱声。"

正走着,驼叔拉了我一把,悄悄问道:"卫少爷,咱们两个一起出生入死,算是铁打的交情了吧,你说句实话,这票买卖油水厚不厚。"

"厚得不能再厚了。"我随口答道,心里却突发奇想,驼叔要是猛地一下子年轻起来,会是什么样子?

"哎呀!果然跟老子想的一样。"驼叔兴奋地搓搓手,"老子问和尚,他死活不肯说,老子就觉得,这票买卖油水很厚。"

"上次不是给你分了一块墨玉吗?"

"那块玉才能卖几个钱?你也不是不知道,老子一向是注重生活质量的人,再说,老子年纪越来越大,过两年就跑不动了,趁现在多捞点棺材本。"

张猴子没有撒谎,这里虽然又冷又湿,但非常安全,而且只有我们脚下所走的这一条路,行进得十分顺利,一个多小时过去,感觉体力还很充沛。随着进程的纵深,十几度的地面坡度稍有缓和,已经不那么明显,不过毕竟走出去这么远,我们现在的位置肯定位于地下若干米。

又走了大约一个小时,张猴子建议休息。这时候空气已经潮得一塌糊涂,加上气温低,头发上结了薄薄一层霜,很难受。

"再有二十分钟,就能看到地下河了。"张猴子拿毛巾擦拭头发,随手朝前面指了指,"河岸比较陡,又潮,可能有点滑,比这里难走,大家小心一点。中间不停脚,等过了地下河,会有休息的地方。"

"还有河?"驼叔皱皱眉头,"深不深?老子什么都会,就是不会游泳。"

"应该不深,水流很缓,驼哥,你是老江湖了,这种小地方,难不倒你的。"

"那倒也是,老子大场面见得多了,总不至于阴沟里翻船,另外,老张你不要乱叫，老子不姓驼。"

张猴子把路程卡得很准，再次出发二十分钟后，我隐约听到奔流的水声，手电光柱还能映照出远处白茫茫一片水面。

"不对吧，你们听，这水声轰隆隆的，跟他娘的火车一样，水流会很缓？"

张猴子也是一脸诧异，我们几个紧走了几步，路面被一道不太高的小断壁截断了，断壁下面，一条十几米宽的地下河顿时映入眼帘。

这条河的流速虽然算不上一泻千里，但也不像张猴子说的未婚大姑娘一样温和。

河并不宽，如果放到南方的陆地上，充其量就是条小河沟。不过像我这样的北方人，天生对河流湖泊就有种陌生和畏惧。尤其是在这种漆黑一团的环境下，看见河，腿肚子马上开始转筋。

"老张，"驼叔伸长脖子朝下面看了看，"这就是你说的水流很缓？"

"卫老板，"张猴子怕我误会，急忙解释，"您是雷爷看重的朋友，老张我胆子再大，在这件事上也不敢信口胡说，前两次我们过来的时候，水流确实很缓。外面那么多兄弟，都能作证的。"

张猴子身边一个叫周旭的伙计也跟着帮腔，我就琢磨着，会不会是突降大雨的原因？

自然降水和地下水系之间有什么关系，我搞不明白，但如果张猴子不是撒谎的话，也只能用下雨来解释。

一群人暂时止步在河边，议论着能不能安全从河岸上通过。小胡子看得很仔细，我凑过去悄悄问他："会不会有什么风险？我跟驼叔可都是旱鸭子，心里没底。还有，张猴子究竟是不是撒谎？你是南方人，好歹对河比我熟悉得多。"

"他犯不上在这种小事上撒谎。你看，"小胡子用手电朝下方照了照，"这个地方恰好是河道比较狭窄的一段，流速急，再往前，河道变宽，水流就会相应减缓。"

这条河的河道整体是个梯形，下窄上宽，河岸的坡度很大，只有临近洞壁

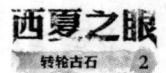

的那一小部分地势还勉强算是平坦。张猴子说，他们从这里经过的时候，走得时快时慢，如果没什么意外，一个多小时就能到达深渊的边缘。

我们在原地磨蹭了半天，相互间商议了一下，张猴子发扬大无畏精神，率先在前面引路。我看他走得还算比较平稳，心也稍稍松了一些，等到人都下去得差不多了，我和驼叔一前一后从截断的小平台跳下去。

一脚踩到河岸上，我刚刚放松的心情顿时紧张起来，心里暗暗发虚。眼睛看到的是一回事，身临其境又是另外一回事，张猴子走得看似平稳，但我跳下来以后，才知道在这种地段通行简直就是挑战自我。

张猴子事先的描述中，这条河宛如处子，波澜不惊，河岸宽阔。但可能是因为降雨，导致河水水位暴涨，人只能紧贴着身旁的石壁，一点一点慢慢朝前走。更要命的是，河岸常年被河水冲刷，非常滑，一不留神就得顺坡滚下去。

我走得很吃力，身后的驼叔更是叫苦不迭，望着河水，脸都绿了，隔着好几个人朝张猴子吆喝："老张！你在老子心里留的好印象彻底没了。这种地方连走一两个小时，谁受得了。"

"驼哥，咱们走得慢一点，绝对没事，我们来回走了几趟，连裤脚都没湿。"

"嘴里说没事，等有事就迟了。你们既然来过，怎么不弄几件救生衣？就算有个游泳圈也比光身子强得多嘛。"驼叔双手扶着石壁，连声抱怨。

"谁都没想到河水一下子涨得这么猛。"张猴子想了想，说，"咱们有绳子，相互拉着，万一失足，旁边的人也有搭救的余地。"

几个人一听，都从背包里拿绳子，驼叔拽着就不松手了。匆忙间手电一扫，我看见驼叔花白的双鬓，心里突然萌生起一股莫名的伤感。

"驼叔，你年纪大了，就算在家里呆着，我们捞到油水也不会背着你独吞。每次都跟着东跑西颠，何苦呢？"

平时跟驼叔嘻哈惯了，很少正经说话，但这两句话我确实是发自肺腑。驼叔勉强笑笑，瞥了前面几个人一眼："你不懂事，老子不放心。"

"但愿这是最后一次。"我暗自祈祷。

秘密 柒

在河岸上艰难地走了一会儿，渐渐就适应了这种环境，情绪也一点点平稳下来。而且随着不断行进，脚下的河道变宽，河水流速相应地趋于平缓。不过在河岸上行走总是很别扭，既想快点走出去，又怕走快了出事，人人都小心翼翼的，驼叔也非常罕见地一路保持沉默。

这种蜗牛似的行进速度很浪费时间，本来一个多小时就能走完的路，现在最少要延长三分之一，甚至更多。走得时间一长，潜意识里就觉得双腿发软，很想坐下来休息休息。正走着，张猴子回头给我们鼓劲，说地下河这段路已经走了一大半，坚持坚持就能看到胜利的曙光，紧跟着，他又来了个大转折，提醒我们前面不远处是个坡度比较陡的危险地段。

"比现在还陡？那还能过得去吗？我怎么老觉得有点虚。"

"卫老板，"张猴子扭头对我说，"我和兄弟们过了两次，其实水位涨不涨跟我们关系不大，咱们只在河岸上走，又不是下河游泳，只要脚底下稳一点，肯定能过去。过了前面那一点陡坡，后面的路就平坦多了。"

"走吧，现在又不能退回去，抓紧绳子。"和尚回头对我说。

走了这么长时间，我已经对脚下的路比较适应，就算再陡一点，也能勉强对付过去。几分钟之后，张猴子所说的危险地段估计到了，前面那些人的速度一下子慢了很多。我下意识又把身体朝石壁贴了贴，回头招呼驼叔小心一点。

借着手电光，我看了一下，这段路确实比我们走过的要陡，不过并不长，最多三四十米的样子。慢腾腾地走了一半，感觉问题不大。就是驼叔跟在后面让人放不下心，我刚想抽空鼓励他两句，就听到他发出一阵短促的惊叫。

一听就知道，驼叔肯定没站稳，不小心顺陡坡摔下去了。我跟和尚反应都很快，身体立即使劲朝后仰，紧拽着手中的绳子。旁边一个张猴子的伙计也赶紧拉着绳子帮忙，三个人一起发力。万幸的是，我们的绳子很长，缓冲了一下驼叔摔下去的惯力，而且，这个地段的河水流速因为河道较宽的原因，缓和很多，等驼叔落水之后，我们已经有了充分准备，只要他不松手，就能把他重新拉上来。

白花花的水流中，驼叔拽着绳子上下起伏，断断续续传来几声嚎叫，估计是吓得不轻。我们三人按一个节奏往上拉他，虽然局面险峻了点，但基本还能控制得住。

就在驼叔身体即将被拉出水面的时候，我就感觉一股极大的力量从他那边传过来，猝不及防之下，差点也被带下去。一瞬间，驼叔整个人又重新没入水中。

"水里有东西！"我使劲拽住绳子，拼命和水中那股大力抗衡。剩余的人一听有情况，马上又过来两个帮忙。

"卫老板！不能硬拉！"张猴子心急火燎地提醒，"万一是大鱼在下面咬住驼哥，咱们这边一用力，说不准就把他拉坏了。"

我一听，心里顿时一沉："那怎么办！"

驼叔本来被拉上半个身子，我们几个一停止用力，他又往水里沉了沉，只留个脑袋在水面，惊恐万分地乱喊："快……拉……拉老子……上去……"

"先拉上来再说！"和尚招呼道，"水下面如果真是大鱼，再耽误一会儿，人就被吃得只剩骨头了！"

"拉！"我咬了咬牙。

虽然落水的只是驼叔一个人，但对我们来说，也似乎面临着生死攸关的险要时刻。水下那股力量源自何物，我们不知道，也不知道眼下承受的力量是不是它的极限，万一这股力量再突然暴涨，说不准就会把上面的人也给带下去。

不发狠是不行了，几个人把吃奶的劲儿都使了出来，渐渐地，水下那股大力有些抵挡不住，驼叔也一点一点地被拖出水面。

"再加把力！"张猴子急促地喊道，"把下面的东西也带上来。"

我们憋着一口气不敢松懈，只顾着用力往上拉，驼叔全被拉上来的时候，那股大力几乎在一瞬间就消失得无影无踪。

这股力量一消失，压力顿减，驼叔最多一百来斤，几下就把他拉了上来。

"驼叔，怎么样？有没有受伤？"

驼叔明显吓坏了，脸色铁青，嘴唇被冰冷的河水冻得发紫，一上岸就忍不住乱打哆嗦。我仔细看了看，他身上并没有什么明显的伤口。

"老子没……没事……先……先离开这……这鬼地方……"

驼叔这么一说，我才放心。前后不过几分钟时间，他几乎可以说是在鬼门关溜了一圈，看着驼叔被浸得湿透的衣服和不住颤抖的身体，我很不忍。跟驼叔在一起这么长时间，他虽然没在行动上给我什么帮助，但心里总是向着我的。

我们本来不打算在河岸上休息，但出现这样的情况，不得不临时调整计划。这里的气温很低，驼叔浑身是水，如果不处理一下，会冻出毛病。等驼叔稍稍喘匀了气，我们勉强把剩下那段陡坡走完，选了一块较为平坦宽阔的地段，暂时落脚。

我们一人匀出一件衣服给驼叔穿，他的湿衣服拧干了在炉子上烘烤。一直到这时候，驼叔还没完全恢复过来，说起话来声音直发颤。我斜眼看了看张猴子，他的脸色很尴尬。

"卫老板，这次我满身是嘴也说不清了。"张猴子苦着脸说，"我们来回几趟，都没人失足落水，根本不知道水底下还有东西，你要是不信，现在就把老张扔河里去，我绝对没有二话。"

我正要说话，驼叔在旁边拉住我："算了，老张可能真的不知道，谁能不爱惜自己的命？要是早知道水里有古怪，不会不做一点防范。老子一步没站稳，掉进水里，怨也只怨老子倒霉。"

"驼哥……"张猴子正愁解释不清，一看驼叔替他开脱，都快感动哭了。

仔细想想，张猴子如果知道水下有危险，也确实没什么瞒我的必要。

"驼叔，水下面到底是什么东西？"

"说不清楚。"驼叔裹裹身上的衣服，"老子当时慌得心都飞了，只觉得有什么东西往下拖我。"

"咱们烘干衣服就走。"张猴子指指身后，说，"没多远就是一大块平坦地，很安全，过去好好休整一下。"

这次跟雷英雄合作，小胡子跟和尚名义上都是我的下属，所以平时很少说话。我用手电扫了小胡子一下，征求他的意见，小胡子轻轻点了下头，我就没再

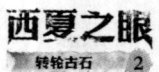

为难张猴子。

张猴子的两个伙计帮驼叔烘干衣服,我趁机烧了点水,又拿两块巧克力给驼叔吃。他喝了两口热水,悄悄凑到我耳边说:"后面的路要小心了。"

"怎么了?"

驼叔浓重的连心眉一跳:"你知道刚才在水下,是什么东西拖着老子吗?"

"是什么?"

"老子当时什么都没看见,但敢打保票。"驼叔喉结一动,艰难地咽了口唾沫,"那东西十有八九是鬼。"

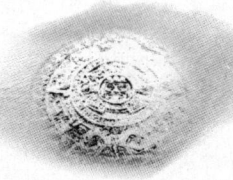

西夏之眼

转轮古石 2

捌

大乱

大乱 捌

"驼叔,你开什么玩笑!"我诧异地看着他。如果说河里面有大鱼甚至大虾大螃蟹之类的东西,起码有几分让人相信的理由。但驼叔说水里有鬼,真是太扯淡了。

"这都什么时候了,老子有心情跟你开玩笑?之所以不当众说出来,是怕大伙儿都乱成一团。"说着,驼叔悄悄撩起自己的裤脚,"你看。"

虽然这地方漆黑一片,全靠照明工具照明,光线不太好,但我仍然清晰地看到,驼叔右脚脚踝处,有一个黑乌乌的指印。

"这是怎么弄的!"

"不知道。"驼叔摇摇头,"说实话,老子当时虽然没看到水面下的东西,但能感觉出来,是一只手拉住老子的脚,使劲往下拽。卫少爷,别说老子危言耸听,你不知道的事情多得很,这种指印跟鬼拍背一样,搓都搓不掉。"

驼叔的话让我心里一阵恶寒。鬼鬼神神之类的东西,在我看来都是无稽之谈,但他脚踝上的指印无比清晰,那种漆黑的颜色仿佛已经渗进皮肉里,看得我毛骨悚然,浑身上下鸡皮疙瘩冒出一层。

"这到底是怎么回事?"我紧张地盯着驼叔的脚踝。

"这件事别声张。老子琢磨着,就连张猴子他们也不知道这些,你一喊出来,人心就乱了。做这行的人,本来信得就多。不过,你长点心眼,后面有什么

事,让他们的人先去蹚蹚路。"

正说着,张猴子的伙计把烘烤干的衣服送过来。驼叔喝了不少热水,又穿上衣服,精神恢复很多,大家就先后站起来,准备一口气走完这段河岸。

我们刚要迈步,身后就传来几声很急促的呼喊。我仍然沉浸在驼叔脚踝上那个鬼气森森的漆黑指印中,心情还是很紧张,猛地听到几声尖细的呼喊,立即感觉头皮发麻,差点把手里的手电甩出去。

不过,也就是几秒钟的时间,我分辨出那几声呼喊好像是雷纯的声音。

她怎么可能在这里?

几把手电齐刷刷朝后面照去,雷纯正怯生生靠着石壁,一脸很无辜又很无助的样子。

"卫天哥哥,"雷纯离我们还有一段距离,勉强挤出一副笑脸,"不好意思,你们能走得慢点吗?我跟不上了。"

一看见雷纯,张猴子急得差点跪下来。小妖精是雷英雄的心头肉,万一出点事,张猴子也就不用活了。

"带好绳子,去把小姐接过来。"

张猴子的两个伙计二话不说,朝雷纯那边靠拢。我一颗心几乎提到嗓子眼,这丫头胆子也太大了,身处的位置正好是那段要命的险地。

好容易一点一点把雷纯接过来,我心里明明有气,对着她却发不出来,只能化作一声深深的叹息。

我们这群人中的主事者都进了洞,外面留守的全是次要人物,谁也不可能一步不离地守着雷纯,她想偷偷跟进来,没人拦得住。

像这样无法无天的小丫头,什么地方都敢进,让她跟着到红石坳,真是个错误到极点的错误。

"让我说你什么好呢?"

"我保证不捣乱,不说话,我就看看。"雷纯一接近我们,立即感到很安全,神色间也恢复正常,笑嘻嘻地跟我保证。

"你真有本事。"我苦笑一声,"摸黑都能跟进来这么远。"

"就是啊,我一路跟过来,很不容易呢。还有塌肩膀大叔,他没事吧?刚才我看见他掉到河里去了。"

"当然没事,这种小河沟,老子见得多了。"

雷纯一出现,我就感觉身边多了颗炸弹,赶紧把她交给张猴子。张猴子是个精明人,但看见雷纯也脑袋发涨,揉着太阳穴想了半天:"唉!先走完这点路再说吧。"

"看你的样子,很不乐意我来?"雷纯对张猴子可没那么客气,一看他愁眉苦脸,立即发飙。

"哪儿敢呢,我乐意得很。"

过了刚才那段很陡的河岸,剩下的路就好走多了。没过多久,地下河朝左改道,轰隆隆流进深渊,右边的河岸空出一大片很平坦的实地。

"老张,前面是不是就该看到铜门了?"

"已经不远了,铜门就在深渊上面那条过道的尽头。大伙估计都累了,在这里好好休息一下,吃点东西。"

我站在原地大致看了一下,脚下这块实地和深渊上的过道相连。至于深渊下的情景,暂时还看不到。老张说,其实深渊并不是特别深,大概二十米的样子,下面全是水,可能因为光线以及心理原因,总让人觉得深不见底。

有人取出炉子开始弄吃的,雷纯对这些事很感兴趣,挤过去帮忙。张猴子彻底没辙了,赔着笑脸,一个劲儿围着雷纯转,温言温语地给她做思想工作,想让她安分一点。

"妹子,别跟着闹了。"我也帮腔道,"我们有正事做,这地方又不是地质公园。"

"我跟着看看,又不碍你们的事。"

按照我们的计划,在这里稍事休息,马上就得通过深渊上的过道,去对付铜门。就算侥幸打开铜门,门后是什么情况,谁都说不准。尤其驼叔给我看了他脚踝上的指印之后,我对这个地方已经产生了些许恐惧,如果不是这么长时间以来三番五次出生入死,把胆子练大了,估计连我都要打退堂鼓。至于雷纯,

绝对不能带着继续走。

张猴子也很为难,他原本想派两个人,先把雷纯送出去,但刚才发生在驼叔身上的一幕,让人想想就脊背发凉。其实他手下的伙计都是狠角色,单枪匹马也敢在这里杀个来回,可牵扯到雷纯,几个人就蔫了。

"要不这样,"张猴子很诚挚地对雷纯说,"咱们各让一步,留两个人在这里护着你,我们去过道那边办事,等事情搞完了,再一起出去。等回头见了雷爷,我保证不提你偷偷跟进洞的事,怎么样?"

"是啊。"和尚也憨笑着插嘴,"瞧你老爹多疼你,你不说好好孝顺他,还净跟着捣乱。"

好说歹说,雷纯终于算是让步了,答应留在这里等着。老张看看表,对我说:"卫老板,咱们再休息一个小时,养足精神,就出发,你看行吗?"

"好,就这么安排。"我确实有一点乏力,想靠着石壁闭目养神,但脑子里却始终静不下来。

大概是驼叔的事情干扰了我的情绪,而且,自从雷英雄跟我透露了那个秘密之后,我心里好像和小胡子又产生了一层隔膜。比如这次行动,除非我实在拿不定主意的时候,会跟他简短交流一下,剩下的事,都闷在心里。

我是个相当马虎的人,很多事情过了就忘。但是现在,我不得不重新考虑着审视小胡子。他究竟是怎么样一个人?

可以说,完全是小胡子把我拉进这件事里来的,自从跟他合作的第一天起,我就感觉一直蒙在鼓里。我知道他有意隐瞒了不少事情,所以曾经产生过分道扬镳的念头,不过开阳林区的那场风波之后,让我对他的印象大为改观。

一个一直在敷衍隐瞒我的人,同时又是一个甘愿舍弃生命保全我的人,我该怎么看待他?评价他?

或许吧,小胡子曾经说过的那句话可能是一条真理,人,都有两张脸。不到万不得已的时候,隐藏在黑暗中的那张脸是永远不会显露出来的。

脑子一乱,心就静不下来,闭着眼睛感觉烦躁,我索性站起来,想到脚下这块阔地的边缘去看看那片深渊。手电一扫,就看见驼叔跟雷纯在远处叽叽喳喳聊得正欢。

雷纯明显对我很不满意，可能还在记恨我赶她回去，看见我打来的手电光，撅了撅嘴，把头一扭。

"你们聊什么呢，这么开心。"我想套套近乎，雷纯立即拉着驼叔朝别的地方走，似乎很不乐意跟我搭话。

我知道雷纯就是这种刁蛮脾气，也不跟她计较，转身走了几步，慢慢接近深渊的边缘。

眼前这种很复杂的地质构造不知道是怎么形成的，地下河在深渊的边缘飞流直下，形成一道落差很大的瀑布。而深渊底部，好像还有别的水系，跟瀑布的水汇聚在一起，继续向西奔流，再远的地方，就看不到了。

我特意看了看深渊上那条十分狭窄的过道。这条过道无疑也是天然形成的，但是从外形上看，它很像一道桥，而且是那种巨型的跨江大桥，把深渊的两岸连接在一起。我目测了一下，整条过道大概二百来米长，尽头那里模模糊糊的一片，什么都看不清楚。

其实我暗中想了不知道多少次，那道铜门和我左手之间究竟有什么关系。从雷英雄交给我的照片上看，铜门上的掌印跟真人手掌大小一致，而且只有一只左手，这个掌印肯定不是作为一种装饰留在门上的。它或者代表一些非常独特的概念，或者有我们还未洞悉的作用。

正想得出神，隐隐约约就听到驼叔和雷纯的呼喊声，我心里一沉，立即感觉出了事，调头就往后跑。但手电照来照去，始终没看见他们两个人，等到跑得近了，才发现驼叔不知道怎么搞的，又翻落到河岸边缘的陡坡上，两只手拼命扒着一块凸起的石头，而雷纯抱着驼叔的腿，才不至于落进河里。

我一看就慌了，驼叔承担两个人的重量，看上去非常吃力，佝偻的腰板似乎都快被拉直了。

其余的人距离比较远，但也发现异常，正朝这边跑。我唯恐驼叔坚持不住，飞快地打量一下四周的环境，伸脚蹬住一块石头，探出半个身子，抓住驼叔一条胳膊。

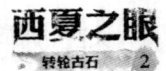

"坚持住！人马上就来！"

手一伸出去，我就知道自己犯了个致命的错误，被驼叔和雷纯两个人的重量一坠，身体顿时失控，仅仅几秒钟的时间，就稀里糊涂顺坡朝下滚。

好心办坏事，驼叔本来就很吃力，我一滚下去，他再也坚持不住，三个人没有任何缓冲的余地，同时从陡坡跌落进冰冷湍急的河水中。

从陡坡滚下去的时候，我就晕了，下意识紧紧拽着驼叔。河水凉得刺骨，我又被呛了一下，脑海里一片空白，根本没有任何感觉，甚至连恐惧都忘了，全是白茫茫的水。

完了！

在那种情况下，人没有思考的余地，唯一能做的事，就是拼命抓住一切可以抓住的东西，然后死不松手。我不想害驼叔，但这种本能反应不是自己可以控制的，什么都顾不上了，双手紧紧拽着驼叔，然后昏天黑地地随着河水漂流。

地下河的河道在这个地方转弯，而且流速因为地势的原因快了很多，我已经失去时间上的概念，只能感觉自己被冰冷的河水紧紧包裹着，身不由己的上下起伏。猛然间，漂浮的身体一空，急速在一大片水花中落进深渊。

就在落入深渊的一瞬间，已经完全丢失的意识好像恢复了一点点，这一点点意识完全不够思维，只是让我回想起深渊的深度以及河水中被驼叔称之为鬼的东西。

而且，这些意识里充斥了死亡所带来的阴影，我感觉这种死法太让人难以接受，如果非要死的话，我宁可选择死在陆地上，死在头脑起码清醒的环境下。

按照自由落体的速度，七八十米的深渊，只要不到两秒钟的时间，就能落到底部。对于人体来说，这个高度简直是死亡的代名词。不要说陆地，就算是水面，如果人的姿势不当，摔在水面和摔在硬邦邦的石地上几乎没什么区别。

我们三个人在这样的状态下，想刻意去调整落水的姿势是不可能的。万幸的是，我记不起来自己是以什么姿态入水的，但并没有那种摔在石地上的感觉。一头栽进深渊下的水面,整个人像一枚炮弹,重重射入深水中。

奇怪的是,由那么高的地方垂直坠落下来,仿佛把我摔醒了,残存的意识迅速恢复。深渊下的水流比上面的地下河还要湍急,我还没从水底完全浮上来,就被冲出去好远。等脑袋短暂地接触到空气的那一刻,我条件反射似的深吸了口气,随即又被无边无际的河水给吞没。

从落水到现在,估计连一分钟都不到,我一直把驼叔拽得很紧。脑子一清醒,就很担心他的安危,但水流实在太急,身体始终在水里浮浮沉沉,脑袋偶尔露出水面,连换气的时间都不够。

顺着河水不知道漂了多远,河道好像猛然间转了一个大弯,但漆黑一片,究竟是不是错觉,我也不敢确定。紧跟着,我就感觉,河水的流速一下子慢了很多。

意识一恢复,各种危机感开始不断充斥大脑,不说这里的水面下有没有驼叔所说的鬼,就算一直顺着水往下漂都是个很严峻的问题。我腾出一只手,在水里不停地左右乱抓,想搭上个能够借力的东西,暂时缓解一下局面。但这种地下水系比较特殊,我实在想不出来能有什么救命稻草可捞。

这个念头尚未转完,身体就在水里撞上了什么东西,幸亏这时候水流变缓,冲击力大幅度减小,才没被撞死。不过这样一来,随波逐流的势头随着撞击稍稍一滞,我也不管那么多,伸手在周围乱抓,一把就抓住了一根手腕粗细的东西。

匆忙间我也来不及细想水里这东西是什么,抓住就不肯松手了,暂时卡在这个地方。我努力把头伸出水面,断断续续朝驼叔喊,让他也抓着水里的东西。

驼叔虽然年纪大了点,智力还是没问题的,尤其遇到危险情况,反应速度比那些二十来岁的小青年还要快。虽然周围一团漆黑,但很快,我就觉得另一只手压力顿减,明显是驼叔也抓住了这根手腕粗细的东西。

"放……放手……老子抓……抓牢了……"

我一听驼叔安然无恙,心里堵着的石头总算消失,另只手松开驼叔,攀在

那根不明物上。两只手一齐发力，顿时把泡在水里的身体控制住，脑袋连同胸口都露出水面。

暂时脱离了生死边缘，我立即想到雷纯，连忙吐出嘴里残留的河水，问驼叔："驼叔，雷纯呢？"

"雷家小姐也在。"驼叔明显也牢牢抓住了不明物，说话很顺畅，"老子绝不会丢下她不管。"

随即，我就听到雷纯发颤的声音："卫天哥哥，塌肩膀大叔，对不起，真是对不起……"

一听这话，我就知道，驼叔第二次摔下陡坡，肯定是这丫头给连累的。不过现在根本顾不上埋怨她，我最关心的是手里所抓的东西结实不结实。

这根手腕粗的东西好像一半在水下，一半露出水面，坑坑洼洼，非常粗糙。摸起来像是金属，感觉还比较牢靠。我伸出一只手，试探着朝上继续摸索，这根东西露出水面后还延伸出去很长，暂时摸不到另一端。我使劲扭了一下，纹丝不动，于是就产生了顺着它往上爬的念头，虽然暂时止住了顺水漂流的势头，但一直泡在水里，很不踏实。

我跟驼叔和雷纯说，让他们暂时呆着别动，我先爬上去试试。雷纯轻声说："卫天哥哥，你小心点。"

"你要是一直都这么知书达理该多好？"

"我……我都知道错了。"

"这些话以后慢慢说。"驼叔急匆匆地插嘴道，"雷家小姐也是无心之失，既然人家都知道错了，你还酸溜溜地埋怨什么？赶快，别忘了老子的脚踝。"

驼叔装得跟慈祥长者一样，不过我很清楚，假如是其他人把他连累下来，驼叔这时候保不齐已经泡在水里跟人家打起来了。而且，他一说脚踝，我也心里发毛，两条河之间有一道瀑布贯通，不管驼叔上一次落水遇见的是不是鬼，总之肯定是很要命的东西。

我用两只手交替着慢慢顺这根东西往上爬，身体还没有完全离开水面，就感觉它猛然粗了很多，而且肯定是某种金属。

大乱 捌

　　这种地方怎么可能出现高纯度的金属，还是这么大一块？我心里嘀咕，手上的动作却没停，一直顺着往上爬。渐渐地，整个身体就完全脱离河水，浮力消失，一百多斤的体重让两只手有点吃不消，我试着用脚踩住水面上手腕粗的那一截，非常稳当。

　　一离开水面，我就有点吃不准了，周围太黑，看不到上面的情况，万一再失足掉下去，后果不堪设想。但落水的时候我们都是空着手的，没带背包，随身的手电早不知道甩丢到哪里去了。

　　"卫少爷，上头怎么样？"

　　"这东西还算牢靠，我感觉支撑咱们三个人的重量应该没问题，但是太黑，什么都看不见，只能一点一点摸着往上爬。"

　　"老子的打火机是防水防风的，你省着点用，抓紧时间。"

　　驼叔一说，我就想起来，他从和尚那里敲诈过一个高级打火机，据说是进口的，外形是个裸女，防水防风。驼叔爱惜得很，平时贴身放着，好像能跟这裸女打火机培养出感情一样。

　　我小心翼翼地退回去，摸索着从驼叔手里接过打火机，甩掉上面的水珠，啪地打亮火苗。这点微乎其微的光明对我们来说无比珍贵，我赶紧把手朝高处探了探，好让光照的范围扩大一些。

　　借着打火机的亮光，我看了几眼就敢确定，现在所攀爬的东西绝对是一大块金属物品，而且很像是人为铸造出来的，体积非常大。

　　"这？"我把打火机来回移动了一下，忍不住脱口叫道，"驼叔，这是一只手！"

　　"手？"

　　"就是一只手！"我感觉手里的打火机已经开始烫手，暂时熄掉火苗，抱着金属物体说，"太远的地方打火机照不到，但我脚下踩的这一小片还能看清楚。好像是铜铸的一只手，一半在岸上，一半泡在水里，刚才我们抓的那根手腕粗细的东西，是一根手指。"

　　我一说，驼叔也仔细地去摸他抓住的东西。做这一行的人，对金银铜之类

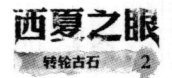

的金属十分敏感,因为平时总跟这些金属所铸造的器具打交道。情况危急的时候只顾着保命,可能会忽略一些东西,但我一提醒,驼叔很快就同意了我的说法。

"既然是这么一大坨铜,肯定塌不了,先上去再说。"

我再次打亮打火机,尽力朝高处爬,好给驼叔和雷纯腾出一块地方落脚。他们两个一前一后开始沿着这只铜铸的大手往上挪动,很快就完全脱离了水面。

又爬了一会,我发现,铜铸的大手好像只是整件铜器其中很小的一部分。因为刚刚开始攀爬的时候,我看到的是手指、手腕,而爬得远了之后,我已经能透过黯淡的光线,看到整条铜铸的胳膊,以及肩膀。

如果真是这样的话,那斜插进河水中的,应该是一尊巨大的铜人。这个发现令人难以置信,因为在古代,冶金技术并不发达,铸造出这样一尊铜人,特别是在当时这种环境下,所需的人力物力简直不可想象。

脚下的铜人体积越来越大,几乎可以双脚踩上去行走,只不过整个铜人是倾斜的,人在上面站不稳,得手脚并用朝上爬。我拿着打火机爬一段,就停下来给身后的驼叔和雷纯照明,很快,三个人就爬到铜人的脖子。

这条河的河岸比第一条要险峻得多,狭窄且非常陡峭,我都爬到铜人的脖子了,下面还是奔流的河水,驼叔就催促我再往前爬爬,看能不能想办法下到河岸上去。

铜人的头部紧贴着石壁,等我爬到它脸上的时候,隐约看到石壁上有一个黑乎乎的洞口。

"驼叔,石壁上有个洞。"

"慢一点过去看看,总呆在这铜人上也不是办法,有个洞也比坐在这里强。"

我小心翼翼举着打火机,从铜人的头部靠近石壁上的洞口。这个洞口非常宽阔,里面的空间应该很大,我仔细看了一会,从铜人额头迈步踩到石洞的边缘上,然后伸手把驼叔和雷纯都接过来。

"总算又捡了一条命。"驼叔一屁股坐在地上,伸手抹掉脸上的水珠。

我们三个人全都湿透了,刚才只顾着脱困,什么也来不及多想。现在一安稳下来,就觉得浑身上下像是一大块冰。但身边没有背包,也没有燃料,光靠体温去暖干衣服,完全指望不上。

心里这么想着,我就开始下意识地去查看山洞深处的情况。洞内的空间确实很宽阔,打火机一照,空荡荡的一片,我一点一点朝前走,渐渐地,就有些东西模模糊糊地出现在视线里。

驼叔眼神不大好,躲在我身后,眯着眼睛看,看了半天,也没看清楚,只好问我。我也吃不准那些都是什么东西,但看上去,有点像箱子,非常多的箱子,一口挨着一口。

铜人,箱子,证明这个地方并不是千年万年亘古不变,至少在若干年前,有大批的人曾经活动于此。

"好像有很多箱子。"

"箱子?"驼叔冻得瑟瑟发抖,"什么箱子?赶紧拆两个烧火,老子快要冻死了。"

我们三个人的境地十分之惨,浑身上下能够利用的资源只有一个打火机。驼叔一说拆箱子烧火取暖,我也非常动心,立即就朝那些箱子靠拢过去。

距离一近,我就看出来,这些箱子全部堆放在石洞的最里端。而且,除了箱子之外,还有其他一些零零碎碎的东西。我跟驼叔虽然都快成冻肉了,但警惕性还是很高,看了半天,暂时察觉不出一丝危险的气息,胆子就大了点,蹑手蹑脚走到离箱子非常近的地方。

这些箱子和过去家里所用的那种木头衣箱大小差不多,堆放得有点凌乱。我蹲下来看了看,箱子打造得很粗糙,几块原木板子钉在一起就拿来用了,连漆都没上,可能只在外面涂了一层保护性的油料。除了箱子,四周还有很多半人高的雕像,有石雕,也有木雕。

打火机又有些烫手,只好暂时熄灭。驼叔伸手摸摸箱子,显得很兴奋,他说这些箱子都是木头的,虽然糟腐,但外面涂的油料起了一点防潮作用,估计

一点就着。

我跟驼叔一起动手,拖出来一口箱子,箱盖和箱体之间的缝隙上封了一层松香。驼叔有点等不及了,把箱子侧放,猛踹两脚,硬脆的松香纷纷脱落。可能驼叔用力过猛,直接就把箱盖给踹掉,顿时,一块一块一尺见方的薄片从箱体中散落出来。

"什么玩意儿?"

"不知道。"驼叔摇摇头,小心翼翼伸手捏起一片,随即,我们都发现这薄片上画满了密密麻麻的图案。

驼叔在这方面还是比较有经验的,看了一会就说,这东西好像是一种树皮,从树上剥离下来,经过处理,可以代替纸张记录一些文字或者图画,和东北地区出土的一些契丹女真部落早期所用的桦树皮纸一样。

这种文字或者图画的载体非常落后,用它来记载信息,只能说明使用者所处的是一个生产力及科技水平都不发达的环境。

一整块一整块的树皮上,全是奇形怪状的图案,没有一个文字,让我不由自主产生一种猜想,贺兰山脉是党项羌建国之前活动最为频繁的区域,这个地方会不会是他们所遗留下来的?如果真是这样的话,树皮上用图画记载下来的信息就显得弥足珍贵。

"能点着,快,先烧一堆火。"驼叔催促道。

我有一点犹豫,真把这些树皮点燃的话,说不准就会烧掉一个民族的一段历史。但这丝犹豫很快就被求生的欲望给打败了,三个人都浑身透湿,熬不了多久。

这个地方虽然很潮,但树皮存放在密封的箱子里,还算干燥。我先弄了一小块慢慢引燃,然后聚拢起一个小小的火堆。驼叔只嫌火烧得不够大,不停地往火堆上扔树皮。

"驼叔,这些东西说不定有用,能少烧点就少烧点。"

"这都什么时候了,先把衣服烤干,暖和暖和再说。"驼叔又拖来一口箱子,一边踹一边说,"我们俩是男人,咬咬牙挺过去也没什么大不了,关键雷家小姐能受得了么？卫少爷，你不为自己想想，也为别人想想嘛。"

我拦也拦不住，只好闭嘴。驼叔兴高采烈往火堆里添树皮，火势一大，洋溢出的热度就显得分外诱人，我也忍不住凑过去烤火。

我们三个人围在火堆旁边，一件一件烘烤身上的衣服。直到这个时候，我才有机会询问他们俩是怎么落水的。

"老子走霉运，前后一个小时不到，就掉进河里两次。"驼叔刚要长篇大论，转眼看见一言不发的雷纯，口风立马就变了，"不过，雷家小姐头一次到这种地方来，出点差错也是在所难免的。这件事就揭过去不用再提了。"

驼叔既然这么说，我也不好再问，雷纯半天都没有说话，这时候突然撅嘴道："不对，卫天哥哥，塌肩膀大叔，这件事不对。"

"什么不对？"

雷纯咬咬嘴唇，又看看我们俩，心有余悸地说："是我掉进河里的时候把塌肩膀大叔连累下来的，但……"

"嗨！一点小事，还提它干什么。"驼叔十分大度，和蔼可亲地说，"又没有人怪你……"

驼叔只顾着表现风度，但我却觉得雷纯的神态有点反常，好像不单单因为落入河中而惊魂未定。雷纯的脸庞映照着火光，越发显得苍白，身上的衣服还没有完全烘干，看上去楚楚可怜。本想好好教育教育她，不过看到她这副模样，我又有点不忍心。

"妹子，这地方太危险，咱们三个算是命大，恰好碰到水里的铜人，否则的话……"

"卫天哥哥，不是这样，你听我说。"雷纯微微喘了口气，跟我讲了刚才落水时的详细情况。

第一条地下河临近深渊的时候，河道不仅转弯，而且猛然窄了很多，导致水位上升，流速加快。雷纯好奇，本来是打算看看，但在河岸上一下子没站稳，匆忙间就把驼叔也给带了下去。

她讲述的和我猜想的基本差不多，总之就是雷纯淘气，惹出这场祸。

"可我当时并不是站不稳。"雷纯下意识地朝我身边靠了靠,抓着我的胳膊来回摇晃,"卫天哥哥,你知道不知道,我之所以掉下去,是……是因为……"

"因为什么?"我已经从雷纯的举动中察觉到一些异样。

"有只手把我拽下去的!"

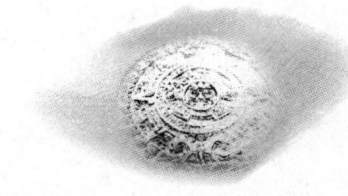

西夏之眼
转轮古石 2

玖
坑中爬出的生物

坑中爬出的生物 玖

雷纯一说完，我的眼皮就不由自主跳动一下，马上联想到驼叔脚踝上的指印。

"我知道说了你们肯定也不信，总认为是我自己站不稳。"

"我信。"我尽量让自己的情绪保持平稳，轻轻拍拍雷纯，"这件事不怪你。"

我已经完全确信，这里的地下河中，隐含着强烈的杀机。

不过，雷纯的运气算是超好的了，那只手只把她从河岸边缘拖下去就无影无踪，否则的话，凭我们搭救驼叔时所遇到的那股巨力，她有十条命也不够往河里填的。驼叔尽管想表现得心胸宽广，但也忍不住一阵阵后怕，手上的衣服差点哆嗦着掉进火堆。

"事情过去就好，咱们总算安然无恙，先烘干衣服，然后再想想办法，从这里出去。"

我跟驼叔烤干了几层衣裤，但当着雷纯，不方便再脱，只能凑着火堆把内衣一点点烘干。雷纯到底是女孩子，平时大大咧咧肆无忌惮，这时候也非常羞涩，只烤干一件外衣，连裤子都不好意思脱。我跟驼叔就跑到洞口，给她腾出点私人空间。

"怎么样！相信老子的话了吧。"驼叔附在我耳边轻声说，"老子就说了，

河里有鬼。"

我弄了一根烘干的香烟点燃，抽了两口，还是有点疑惑："驼叔，河里有古怪，我不否认，但究竟是什么，现在还不好定论。你一口一个鬼，世上有鬼吗？我家老头子那么大年纪，一辈子遇见的稀奇古怪事多了去了，但也没有事事都拿鬼来解释。"

"那你说，这是怎么回事。"驼叔又指指脚踝上的指印。

"这些事，等有机会再说。眼下最要紧的，是咱们下一步该怎么办。"

"卫少爷，老子劝你一句，这种要命的买卖，以后还是不做为好。"驼叔语重心长道，"老子虽然也爱财，但这次的买卖要不是怕你被糊弄，打死都不会来。钱是赚不完的，做点别的事情不行么？非要提着脑袋赚来的钱才是真币？"

"知道了，驼叔。"我一肚子苦水，但也没法跟驼叔吐，只能点点头。

接着，我跟驼叔又商量了一下对策。从我们三个人落水，到遇见铜人脱险，时间并不长，不过按当时河水的流速，最起码也被冲出去十几公里。十几公里的路程，就算什么装备补给都没有，勉强也能走回去。但眼前的这条河东西两岸都地势险峻，再加上我们没有照明工具，离开石洞就寸步难行。

"实在没有办法的话，咱们就在洞口这里燃一堆火。胡子跟和尚那两个王八蛋虽然靠不住，但雷家小姐在这里，老张不敢丢下她不管。咱们没有把握，最好别乱走动，老子现在看见水就头晕，以后泡澡都会有阴影。"

驼叔的处事原则只有一个，那就是安全第一。不过想想他的建议，我也觉得应该可行，张猴子他们肯定会来找我们。

雷纯可能心里还是很怕，匆匆忙忙烘干身上的衣服，就赶紧往我们身边凑。我跟驼叔又弄开两只箱子，在离洞口很近的地方燃起一堆火，救援的人只要赶到附近，就会顺着火光找过来。

连着折腾了很长时间，到现在总算一身干爽。我捡起一块炭火，顺洞口丢出去，下面的地势非常陡，炭火落地之后碎成几块，翻滚着落入奔流的河水中。这样的地形，即便我们能顺铜人勉强下去，恐怕连站都站不稳。

坑中爬出的生物 玖

这一试探，我是彻底死心了，缺乏装备，根本没有一点出去的机会，只能坐等他人援救。

"不要垂头丧气嘛。"驼叔表现得很坚强，"么险的情况，咱们还能保住命，说明运气是非常好的，大难不死必有后福。咱们要不要来打个赌，赌二十四小时之内，老张一定能带人找到我们。"

要不是亲眼目睹，我根本不敢相信，眼前这个宽容慈和乐观的人就是以前贪财怕死的猥琐老头儿。红颜祸水的威力果然是无穷无尽。

暂时脱离危险，我们三个就一直围坐在火堆旁。这种枯燥的等待方式让人觉得时间过得非常慢，屁股都坐麻了，一看表，只不过刚刚半个小时。驼叔就又开始开导我们，讲一些过去的故事。他的故事很离奇，如果全部用文字记录下来，不用修改，就是现成的中国版指环王。雷纯毕竟年纪小，听得津津有味，时间一长，情绪就逐渐稳定下来，恢复平时那种嘻嘻哈哈的老样子。

我时不时就抬腕看看表，猜测老张他们的进度。等得时间越长，心里越不安生，老张还有小胡子不知道地下河究竟隐藏着什么样的危险，如果沿途的地势都和我们脚下的地势一样，难免会影响行进的速度，而且，说不定还要出事。

雷纯可能真的是身心疲惫，听着驼叔的故事，头一歪，靠在我肩膀上睡了过去。驼叔见雷纯睡着，脸上那副慈祥就没了，取而代之的是我早已经看惯的猥琐笑容。

"卫少爷，"驼叔挤眉弄眼地轻声说，"这次咱们遇险，也不能说没一点好处，正是巴结你老丈人的大好时机。雷家小姐落了难，你舍身保护，将来传到雷英雄耳朵里，这门亲事就又多了几分希望。老子慧眼如炬，这丫头不光模样耐看，心地也是不错的。你也老大不小了，娶个媳妇，安安稳稳过日子，不比干这个强？"

"越扯越远了。"我扭头看看雷纯，她睡得正香。

"老子说的都是实话。你年纪轻，总以为跟着胡子跑几天，就算老江湖了？"驼叔有点感慨，拿了根皱巴巴的香烟，接着说，"人心，你永远摸不透。"

"是啊。"我长出了一口气,把雷纯轻轻挪到一边,凑过去和驼叔一起抽烟。

"老子虽然年纪比你大得多,但毕竟还是八爷的伙计,拿你一直当少东家看待,有的话,憋在心里不敢问。"

"驼叔啊,"我笑了笑,说,"不管你拿我当什么看待,我一直把你当自己的长辈,老头子都倒了,别再少爷少东家地乱叫了。有什么话,你就直说。"

"那好,老子问一句话,你能说就说,不能说就算了。这次买卖,究竟是怎么回事?"

周围寂静无声,驼叔一问出这句话,我就突然萌生出一个念头,想把这一切都原原本本告诉他。

几乎所有的人,都在瞒我,而事到如今,能让我完全相信,完全放心的,就是眼前的驼叔。

我知道,自己一步步走到现在,可能已经有点身不由己,就算想彻底抽身出去,也有很多人不会答应。

所以,我想把真相告诉他,让他去过几天平静舒心的日子,不必再每次都跟着我。

"要是不能说,就当老子什么都没问。不过,老子知道,这次买卖非比寻常。"

"没什么不能说的。"我飞快地组织了一下措词,"驼叔,你相信这样一件事吗?一个好端端的人,瞬间就变得老迈不堪。"

"什么意思?"驼叔有点不明白。

我详细地给他解释了一番,驼叔咂咂嘴巴:"这种怪事,老子没有见过,但也不会断然否认。老子早就说了,天下之大,无奇不有,什么事都有可能发生。还有,老子是问你这票生意,怎么又扯到奇闻异事上来了?"

这一整件事情一环套一环,一说起来几乎就停不住。我用一种讲故事的方式把完整的脉络告诉驼叔,他听完之后就傻了。

"还有这种事?"

"驼叔，我很抱歉，瞒了你这么久。"说完这些，我自己也觉得思潮澎湃，回想和驼叔一起从昭通逃亡，然后经历种种波折，简直和一场梦一样。只不过这场梦无比真实，而且我永远不可能知道哪里才是梦的尽头。

驼叔沉思了很久，才郑重对我说："老子觉得，这件事你不能再做下去了。"

"我也很想置身事外，但现在，还来得及吗？我不傻，别人却比我更精明。驼叔，你说得一点没错，我太年轻，不懂事，糊里糊涂一脚就踏了进来。该说的，我都说了，希望这次跟雷英雄合作，是最后一次。如果这一次真的解决不了所有事情，你以后就不必再跟着了。"

"老子不是怕事的人，只不过凡事都要考虑清楚，值不值得去做。你越是这么说，老子心里越不踏实，跟那些人斗心眼，你能斗得过？"

我本来还想替小胡子辩护两句，可话到嘴边，又不知道该怎么说。驼叔嘀嘀咕咕地给我出谋划策，一直到雷纯迷迷糊糊揉眼睛，他才不得已闭上嘴巴。

"老张来了吗？"

"老张要是来了，我早就叫醒你了。"

我跟驼叔轮流睡了一会儿，等我睁开眼睛，条件反射似地看看表。从我们落水到现在，过去了将近十个小时的时间，张猴子他们还是杳无音信。

其实在这种一团漆黑的环境下，每一丝光亮都非常扎眼，但我们眼前，始终是一成不变的黑暗，这就说明，张猴子即便赶来救援，也还在离我们很远的地方。

随着时间一点一点流逝，我越发有种很不安的感觉。小胡子和张猴子都是老江湖，事情轻重缓急自然拿捏得十分清楚，但这么久不见人影，很可能是遇上了变故或者被困在什么地方过不来。不过现在被困的时间不算长，我们的体力和精神还能坚持下去。

至于能够坚持多长时间，我心里没底，此时此刻，凡事只能往好处想。我跟驼叔有意地谈论一些无关话题，转移雷纯的注意力，事实上，这么做也是转移我自己的注意力。

这种精神战胜法其实用处不是特别大，填不饱肚子。等到被困将近二十个小时的时候，我跟驼叔肚子早就空了，不过毕竟以前经历了那么多事情，忍耐力还是有的，所以不吃不喝熬上一天两天，问题不算太大。雷纯却不行了，一直娇生惯养着长大，估计连苦字怎么写都不知道。

"卫天哥哥，塌肩膀大叔，你们不饿吗？"雷纯愁眉苦脸说，"我饿得受不了了。"

"坚持就是胜利。"我开导她说，"女孩子都喜欢苗条，如果不是遇到现在这种情况，你饿了就会吃东西，一吃就胖，胖了会很难看。"

"现在要是有一盘夫妻肺片该多好。我宁可胖死也不愿意饿死。"

"稍稍忍一忍，等出去之后，我给你买一吨夫妻肺片。"

我们就这么说着闲话，苦熬时间。

不知道为什么，我心里那种很不安的感觉越来越强烈。整整三十个小时过去之后，这种不安的感觉几乎已经达到顶点。

张猴子他们始终不见踪影，而我们的境地非常被动，不敢离开这个石洞，如果情况一直照这样的势头发展下去，等我们体力耗尽的时候，后果不堪设想。

雷纯饿得实在不行了，开始不由自主地在身上乱翻，希望能找到一点可吃的东西。

我明知道自己身上没东西，但受她感染，也随手去摸。

没想到手触到上衣口袋时，感觉有一块硬硬的东西。心里一动，顿时想起来，驼叔第一次落水，我给他拿了两块巧克力，他吃了一块，剩下的一块我随手塞进上衣口袋。

长方形的巧克力，被锡箔纸裹得非常严密，一掏出来，我就隐约闻到一股非常诱人的甜美气味。

看见我手里的巧克力，驼叔跟雷纯的眼睛都亮了。

三个人都饿得心慌，驼叔也顾不上什么慈祥长者的身份了，不见他腿动，一瞬间就闪到我旁边："原来你还藏有私货，还有多少，全拿出来分一分，咱们吃饱了肚子，能多挺一段时间。"

"就这一块，还是随手塞到口袋里的。"

我把巧克力掰开，递给雷纯一半，剩下的一半跟驼叔平分。

雷纯还没把锡箔纸全部撕开，驼叔那一份已经进肚子了，估计他是囫囵咽下去的，连巧克力是什么味都没品出来。

我感觉自己还能熬得住，原封把自己那一份包好，塞进口袋。

人的欲望，尤其是生理欲望，会随着欲望的满足而一步步升级。没东西吃的时候，只想糠窝窝烂菜叶什么的填饱肚子，一旦有点东西吃，又会产生其他要求。

雷纯和驼叔吃完巧克力，一起意犹未尽地舔嘴唇，都说嘴巴干得很，想喝水。

我们脚下就有条河，但缺乏盛水的器具，实在没办法了，我只好拿着雷纯的一包餐巾纸，顺铜人爬下去，在河水里浸湿，给他们润润喉咙。

驼叔显然也坐不住了，十几个小时前从容淡定的神情消散了一大半，弯着腰在洞里不停地走来走去，埋怨张猴子他们办事不力。

"怎么搞的，十几公里的路，三十多个小时了，就算跳着绳也该到了吧。雷家小姐，这次要是平安回去，你得跟你父亲好好说道说道这事。"

一提这个，雷纯也很愤慨，表示绝对跟张猴子没完。我皱皱眉头，感觉驼叔又犯老毛病了，只顾着嘴痛快。

一点巧克力填不饱肚子，不过起码给身体提供不少热量。我跟雷纯休息，驼叔守在洞口观察情况。

这一觉睡得很沉，我醒的时候，又过去了四个小时。

驼叔没精打采地跑回洞里睡觉，我靠着洞壁眼巴巴地望着远处的一片黑暗，期望着能突然发现一丝光亮。

事到如今，我知道自己的猜测百分之百应验了，张猴子他们肯定遇到了什么始料未及的情况。

正想得出神，雷纯蹑手蹑脚走到我身边坐下，下巴枕在膝盖上，整个人窝

成一团儿，就像一只疲倦已极的小猫，让人看着心里有点发酸。

"怎么不多睡一会儿？"我轻声问道。

雷纯摇摇头，幽幽地看了我一眼："睡不着了。卫天哥哥，你说，我们会不会永远都困在这里出不去？"

"不会，我们就安心在这里等，张猴子一定会找来的。还饿不饿？"

"怎么能不饿。"雷纯可怜兮兮地说。

我从口袋里掏出那一小半巧克力，递到她面前，还特意露出一个很温和的微笑："吃吧，说不定这块巧克力还没消化完，张猴子就能找到我们。"

"那你呢？"雷纯知道这点口粮是我忍着没吃省下的，所以迟迟不肯伸手接。

"我熬得住，再挺一天两天也不要紧。"

我们两个推来让去半天，最后还是硬塞到她手里，看得出，雷纯很感动。我正想再安慰她两句，猛然发现她的眼睛一下子就睁圆了，指着洞外，结结巴巴说："看……快看……"

我的心一沉，还以为她看见了什么吓人的东西，没想到回头之后，发现极远处的河对岸，亮起两道淡淡的手电光柱。

"有人来了！"我兴奋地大喊一声。正在沉睡的驼叔呼地坐起来，眼睛都没睁，就焦急地问："在哪儿？"

与此同时，远处的人也看到了我们在洞口燃起的火堆，手电光柱朝这边照过来。

虽然被困了三十来个小时，但对我们来说，就好像过了三个世纪。我跟驼叔还有雷纯几乎抓狂了，挤在洞口拼命地喊。

两道亮光明显加快了速度，不过河对岸的地势估计也很够呛，虽然彼此都出现在对方的视野里，但用了将近一个小时的时间，他们才艰难地来到我们对面。

"卫大少……"

对面的两个人一开口，我就从轰鸣的水流声中分辨出和尚的声音。此时此刻,我觉得这声音太他娘的好听了,比画眉鸟叫得都清脆。

我们扯开嗓子交谈了几句,和尚跟另外一个人很快就看清了我们目前所处的境地。

他们两个在附近来回地观察,可能在想营救我们脱身的办法。

过了一会儿,和尚从背包里翻出绳子,在下面忙活,紧接着,他就大声喊道:"卫大少,接好!"

和尚臂力很大,在绳子一端绑了东西,隔着河甩过来。

不过准头差了点,绳子上的东西撞到石壁,又弹了下去,正好绕在铜人的脖子上。

我踩着铜人的脸,把绳子拽回来,绳头上绑的是一只罐头。

"在你们那边固定住,让绳子悬空,然后顺着爬过来,千万别沾水。"和尚又高声吩咐道。

石洞外的铜人足有若干吨,我把绳子紧紧绑到它脖子上,伸手使劲拽了拽,非常结实。做好准备工作,一回头,驼叔已经把罐头打开了,正跟雷纯一起吃得起劲。

绳子看上去绷得很紧很直,但一爬上去,几乎就下坠到离河面只有一两米的位置。

我倒吊着爬出去几米,回想起雷纯跟驼叔的遭遇,就感觉双手一个劲儿地发抖。

不过我很清楚,凭和尚他们随身所带的装备,几乎没有其他任何方法能让我们平安过去。

所以我一咬牙,飞快地沿着绳子朝对面爬,中间紧张地不敢睁开眼睛。唯恐会有一只手突然我把往河里拽。

我一口气爬到对岸,和尚的大光头依然油光锃亮,在手电筒的照射下熠熠生辉,挂着那副招牌似的憨笑:"卫大少,欢迎回归。"

雷纯第二个抓着绳子开始爬行,跟和尚一起来的是张猴子的人,看见雷纯在绳子上晃晃悠悠,他就显得非常紧张,大气都不敢出一口,举着手电给雷纯

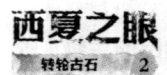

照明。

还好,这丫头关键时刻不掉链子,虽然在绳子上晃得人眼花,但总算平平安安爬到对岸。

没过一会儿,驼叔也顺利转移,手一松绳子就开始牢骚不断:"和尚,你们怎么搞的,快两天了才过来。还有,胡子跟老张也太不把我们三个当盘菜了吧,只派了你们两个人。"

和尚跟张猴子的伙计相视苦笑:"驼叔,你知足吧,能摸到这儿就已经不错了。"

我们三个都饿坏了,从背包里翻出一堆吃的,就地用餐。和尚他们两个蹲在旁边,跟我们讲述事情的经过。

张猴子看见我们掉进河里,尤其是雷纯也在其中,当场差点吓昏。几乎就在我们落水的同时,营救工作其实已经开始。

但地下河尽头的那片深渊没有任何途径可以下到底部,张猴子急得没办法,只好用绳子一个一个把人吊下去。

下到深渊底部之后,路也并不好走,这时候我们早就被冲得没影了,他们只能顺着河岸走下去。

事实上,我先前所预料的一点没错,张猴子他们走了不久,就被挡住了。

那是一段河道非常狭窄的地段,而且处在转弯位置,结果导致水位上涨,把河岸几乎全都淹没,人根本过不去。

张猴子救人心切,不管那么多,就派人下水,用绳子控制漂流的距离,想硬冲过这段险地。但水流太急,人进了水就身不由己,接连试了很多次,都没有奏效。

无奈之下,张猴子又让人爬到河畔的石壁上,一点一点横攀过去。

石壁是天然形成的,有的地方凹凸不平,还好下脚,有的地方则刀削斧凿一般。

攀爬石壁的人往往是爬过去一段,就失手掉进河里,被绳子拉回来,继续爬,如此周而复始了不知道多少次,总算有两个人越过这段险地。

玖 坑中爬出的生物

但这两个人一走四五个小时，没有任何消息反馈回来。张猴子等得不耐烦，又派人过去，和尚就是第二次过来的。

说到这里，张猴子的伙计插了句嘴，说他们一路走过来，没碰见前次派出的两个人。

河岸没有任何分岔，人只要踏上去，就只能顺着一条路走到黑。

我们从被困到现在，一直紧盯着周围的动静，可以保证，绝对没有发现任何人的踪迹。

张猴子的伙计嘟囔了两句，没再说什么。不过我们都清楚，这两个人十有八九是落入河中，再也回不去了。

每个人对生死都有不同的见解和态度。例如小胡子那样的人，消失一个两个人，对他来说几乎没有任何影响。但我就做不到这一点，无论是自己的朋友，或者陌生人，甚至敌人，只要在我面前遭遇不测，我都会感觉到一种隐藏在内心最深处的悲哀被瞬间激活。

所以，当我听到这件事情，获救的喜悦之情顿时被淹没的无影无踪。和尚似乎看透了我的心思，不想再就这个话题继续说下去，于是就让我们尽快吃点东西，恢复一下体力，然后跟后面的人会合。

据和尚说，这十几公里的河岸除了那处很难逾越的险地之外，其余的勉强能走，甚至有些地方还很宽阔，只要回到险地就算胜利，那边聚着一群人，硬拉也能把我们拉过去。

我们都没受伤，一获救，精神就有了支柱，体力也恢复得很快。简单吃了一些东西，和尚就带我们按原路往回走。

"驼叔，雷家小姐，你们两个是黑名单上的人物，都有前科，这次可一定要走得稳一点，要是再失足，恐怕只能求神仙救你们了。"和尚提醒道。

雷纯白了他一眼，驼叔也让他闭嘴。和尚咧嘴一笑，背起背包，第一个走了出去。

不到二十米，路就难走了，我看见雷纯在前面走得身子直晃，连忙伸手扶了她一把。

雷纯一点不客气，抓着我的手就不肯松开。

握着一只温热柔软的玉手，那种感觉相当不错，但周围的环境大煞风景，我心说这要是在公园或者商场该多好。

这一次我们走得都很小心，宁可慢点，也绝不想再出现诸如失足落水这样的情况。

和尚在这条路线上已经走过一次，对沿途环境记得很清楚，时不时就会回头提醒我们一下。

我预计着十几公里的路，起码要走好几个小时，但和尚说这一路上河道转弯的地方特别多，实际路程大概只有十一二公里。

所有路程走了一小半的时候，张猴子的伙计明显讨好雷纯，提议休息一下。和尚头也不回地说："前面正好有块地方比较宽阔，到那里再休息吧。"

和尚所说得比较宽阔的地段大概是整条路线上唯一适合落脚休息的地方，垂直的石壁朝里凹进去一大块，窝在角落里很安全，让人感觉心里也踏实。

不到半个小时，我们已经接近了那块宽阔地，和尚一脚踩过去，随手取下背包，刚想朝凹壁里面走，猛然就停下脚步，迅速后撤回来，一侧身贴在石壁上，给我们打了个隐蔽的手势。

和尚的手电光晃动间，我隐约看到，前方的凹壁里面，好像有一个黑乎乎的影子，正从地面一点一点使劲往上爬，而且我还闻到一股不太浓烈的臭味。

张猴子的伙计反应也很迅速，和尚一示警，他马上贴在和尚后面，伸手掏出家伙。

两人的手电一齐朝前方照去，我躲在后头又偷看一眼，脑袋嗡地就大了一圈。

我实在不知道该怎么形容我所看到的情景。

那团黑乎乎的影子就好像一块海绵垫，但又有几分人的样子，从地面上一个不知道深浅的小坑里，艰难地向外蠕动身体。

简直就是一条体态巨大而且畸形的黑蚕，正在破茧而出。

坑中爬出的生物 玖

到目前为止，我们还没有在这里发现任何生物存活的迹象，但眼前这东西明显是活的。而且，这么近的距离，又有强烈的光线，它显然也发现了我们。不过这见鬼的玩意儿似乎根本不打算躲避我们，锲而不舍地蠕动着。

张猴子的伙计估计也看得心里发毛，不管三七二十一，手电一晃，抬手就想开枪。和尚一把拦住他，沉声说："等等！"

那伙计不听，执意要先放倒坑里的东西再说。和尚依然很警惕，但手里的手电定在一个位置，对伙计说道："你看看！"

淡黄的光柱中，清晰地映照出一点亮晶晶的光华。

那伙计开始还迷迷糊糊，摸不清和尚的用意，但几秒钟后，他就惊讶得合不拢嘴巴。

我一直猫在他们身后紧张地注视着，尤其是那一点点光华，伙计恍然大悟的同时，我也完全认出来，和尚想让他看的东西是什么。

是一块手表！

我终于知道该怎么形容眼前的东西了，这他娘的简直就是一大块戴着手表的海绵。

这块手表就像一个参照物，通过它，我很快就分辨出这块海绵有头，有上肢，甚至，我还能感觉到，它有一双灰暗的眸子，正死死盯着我们。

我突然产生一个极为可怕的念头，这块海绵，难道是人？否则的话，根本无法解释它一条上肢为什么会戴着一块腕表。

如果这东西只是个不明生物，我会觉得恐惧，如果它真是个人，这种恐惧里面还要加上强烈的恶心。

"这他妈的是个什么玩意儿！"那伙计离得近，估计已经被恶心得受不了了，关掉手电躲在和尚背后直喘气。

"是个人！"和尚终于下了结论。

"扭过头，别看。"我怕吓到雷纯，把她脑袋朝后一扭。

我们看了半天，那团被和尚称之为"人"的东西仍然在不知疲倦地蠕动着，而且，它上肢那块亮晶晶的手表似乎越来越扎眼。

和尚试探着靠近，那团东西蠕动的幅度更加剧烈，好像急切地想从坑里爬出来。

我真是彻底佩服和尚了，面对这样一团几乎能让人把苦胆都吐出来的东西，他还沉得住气，甚至尝试跟对方交流。

"你要能听懂我的话，就抬抬戴着手表的那只手。"

最让我惊恐的事情终于发生了，那团海绵听完和尚的话，竟然真的微微抬动了一下戴着手表的"上肢"。

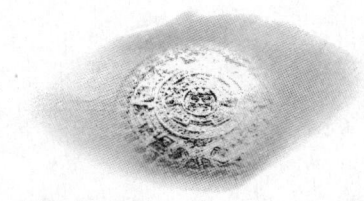

西夏之眼
转轮古石 2

拾

铜门

和尚回头看看我们,又跟那团东西交流了一句:"是老张手下的伙计?"

"海绵"继续晃动一下上肢。

"这肯定是第一次派过来的两个人之一。"和尚确定地说,然后拿着手电就走到海绵旁边。张猴子的伙计嘴里像塞了一个鸡蛋,一闪身蹿过去,急切地问道:"你是哪一个?是周旭?"

这个从坑里爬出来的海绵状的"人"已经完全失去了语言表达能力,只能用其他方式来回答和尚他们的问题。不过,我们很快就确认,这块海绵真的可能就是周旭。

张猴子手下的伙计有十几个,我刚到这里,根本认不过来,不过对周旭这个人还有点印象,他是那种很本分的伙计,非常听话。

我真的没办法接受这块海绵就是周旭的事实,从一个好端端的人,变成这副鬼样子,不管对他本人或是对旁观者来说,都是一件非常残酷的事情。

周旭还在不断地从地面上的坑里向外蠕动,张猴子的伙计想搭把手,但看见对方那令人忍不住干哕的身体,又没勇气下手。最后,和尚拿一小段绳子,在周旭胳膊上缠了几圈,一使劲,把他拽了上来。

我跟驼叔还有雷纯没敢动,躲在原地,只露出脑袋朝那边看。随着周旭的身体完全从坑里脱离出来,一股断断续续的恶臭就钻入我的鼻腔。我无法形

容这股恶臭到底臭到什么程度,总之是我这辈子闻到的最难闻的气味,嗓子里顿时像有一根鸡毛不断地搔动喉头,一个劲儿地想吐。

正恶心得无边无际,和尚转身招呼我们:"没事了,你们过来吧。"

我根本不想再看周旭一眼,但总不能一直站在陡峭的河岸上,犹豫了半天,我对雷纯说:"千万别看,恶心得很!"

雷纯早就被熏的受不了了,捏着鼻子点点头。我牵着她的手,几步走到凹壁边缘,然后贴着石壁就不敢动了。

人好像都有一个毛病,明知道是件很恐怖的事情,但看不清楚还有点不死心。和尚跟张猴子的伙计蹲在周旭旁边,很小心地查看他的情况,我本来打定主意,坚决不看,可过了几分钟,好奇心就膨胀到极点,忍不住慢慢转过头。

如此近的距离,再加上两三把手电的照明,足以让我把眼前的情景看得非常清楚。周旭的身体膨胀了最少一倍,漆黑一团,跟刚从墨缸里捞出来一样,和尚用刀柄在他身上轻轻一按,一股散发着恶臭的液体就破皮而出。

虽然我已经嘱咐雷纯不要看,但却忽略了这丫头的好奇心其实不比我小多少。我胃里正在翻江倒海,就觉得右手一紧,雷纯拽着我的手,探出半个身子,吐得一塌糊涂。等她吐完,就老实了很多,再也不敢东张西望地乱看。

周旭已经变成一块海绵状的活体,从坑里被拉出来之后,好像完全脱力,仰卧在地面上一动不动,只能隐约看到他心脏部位轻微地上下起伏。和尚看了半天,也找不出究竟是什么原因让周旭变成这样。不由自主地,我们几个人的注意力就转到了不远处的石坑上。

和尚第一眼看见周旭的时候,他正勉强从坑里往外爬,这就衍生出几种可能性,但周旭说不出话,我们只能按表面现象去推测。和尚站起身子,用手电朝坑里照,我离得远,又不想猛然看到什么自己不想看到的东西,就询问和尚。

"半坑黑水,不知道是什么,恶心。"和尚答道。

"周旭比你们提前几个小时出发,按道理说应该走在前面。你们过来的时候,就没在这里发现异常?"

"当时哪儿能顾得上这么多。老张在那边急得都快上吊了,为了早点找到你们,我们哥儿俩连走了几个小时,一步都没停。"

"那现在怎么办?"我瞟了周旭一眼,问道。

"救不活了。"和尚摇摇光头。

张猴子的伙计估计平时跟周旭关系比较好,一听和尚的话,就显得很急躁,但也没办法。周旭整个人像发酵过度的面团一样,稍稍一动,身上的黑水就散发着恶臭四处乱冒。

"咱们继续走吧。"和尚很果断地拿起自己的背包。

"把人扔下不管了?"那伙计也是混不吝,除了张猴子,谁的账也不买。这种心情我完全能够理解,周旭是他的同伴,把自己同伴不顾死活地丢下,很多人都不能接受。

"你要是讲义气,就留下来,等我们先走,然后背着人跟过来。他身上冒出的黑水流到哪儿就烂一大片,你想把自己搭进去,没人拦你。"和尚一转头,"卫大少,跟紧我。"

我拉着雷纯,无奈地拍拍那伙计,什么话也没说。和尚看上去冷冰冰的,其实他说得一点都没错,多情的人在这一行里根本混不下去。别说普通人,就算关二爷复生,按他那种性格,两年不到就得被拖累死。

我们走了不远,那伙计就闷不作声地跟过来,气氛顿时沉闷。周围的温度以及心理上的寒冷让我忍不住发抖。不敢想象,如果身边再有一个熟悉的人重蹈周旭的覆辙,我可能真会发疯。

剩下的路虽然还是不太好走,但再也没有遇上什么特殊情况。一个多小时之后,我们在中途遇见了张猴子派来的第三批人,会合起来又走了将近两个小时,终于遥遥望见大队人马。

在河道最险要的地段上,张猴子他们趁着找人的时间,加了一些防护措施。我们到了之后,一个挨一个朝那边爬。雷纯平安地从石壁上攀爬过去,脚还没落地,张猴子就狼嚎一声,泪花直流。

"祖宗!你总算是回来了!"

雷纯一直对张猴子不怎么客气，但惹出这么大的事，归根结底还是因她而起，所以雷纯显得有点气短，就跟做了错事的小孩一样，不服气，也不敢顶嘴。

"祖宗！你要是出点事，我们十几个人只能跳河陪葬。兄弟们都拖家带口，你行行好，给大伙儿一条生路吧。"张猴子半开玩笑半认真地数落着，雷纯更不好意思接口。

我们落水的地方跟瀑布离得很近，下不来人，所以张猴子他们直接跑到深渊上的过道尽头，把人一个个放下来做营救工作，十几个人全聚在一起。我们平安归来，大家就忙着撤退。反正在这地方做点事全他娘的跟极限运动一样，上下二三十米的高度，人吊在绳子上玩空当接龙，刺激。

从深渊回到过道之上，我一眼就看见了那扇曾经在照片里见过的铜门。

三米多高的铜门，静静矗立在过道的尽头，上面那只清晰的掌印就像一块磁铁，牢牢吸引着我的目光。

"卫老板，咱们先回对岸去，一出事，大家全乱套了，得重新好好安排一下。"

"好。"我随口答应一声，许久之后，目光才从铜门上移开。

跟狭窄陡峭的河岸相比，这条过道走起来不知道轻松了多少倍。虽然也很狭窄，但非常平坦，如果不是两旁七八十米深的深渊，简直可以拿它当百米短跑得跑道。只用了很短时间，我们就穿越深渊，回到对岸。

张猴子几乎把所有人都弄到洞里来了，救援一结束，他重新分配了一下，把多余的人打发回去守洞口。

"祖宗，"张猴子满面笑容地对雷纯说，"你也跟着回去吧，外面好玩，逮兔子，摘野果，多有意思，阳光明媚空气清新，不比黑咕隆咚的强？"

雷纯就算再胆大，几件事经历下来也怕了，很爽快地表示服从安排。

"卫天哥哥，你要小心。"临走之前，雷纯掏出那块只有二指宽的巧克力，在我眼前晃动一下，"这块巧克力，我会记一辈子。"

不知道为什么，雷纯的背影消失在视野中的时候，我的心里好像空了一片。

"卫老板,我们来商议一下,后面怎么安排,还要你做主。"

"老张,说实话,自从来到这里,我们遇见的事和你先前说的根本不一样。"我压低嗓子,很不友好地对他说,"这条河里有什么东西,你知道吗?还有你手下那个叫周旭的伙计,现在跟一块海绵一样,浑身上下烂透了!"

张猴子吃了一惊,周旭一走无音讯,他是知道的,但我们回来的时候所看到的情况,还没来得及对他说。

我把关于周旭的事情详细说了一遍,张猴子越听越心惊。而且我觉得他这种惊讶是正常的反应,好像并非伪装出来的。

听后张猴子的神情逐渐郑重起来,慢慢跟我说:"卫老板,你的意思,我明白。不过,老张我拿自己脑袋担保,在这票买卖上,我没说一句谎话。"

其实我并不怀疑张猴子骗我,只不过他的叙述和我遭遇的情况反差太大,让我心里觉得很憋屈。

"卫老板,不管你信不信,我们头两次过来,确实没遇上什么事。老张我可以发誓,要是说了谎话……"

"算了,老张。"看着张猴子那副极为认真的样子,让我觉得有点好笑,"我也只是心里不顺,随便说说,你还真往心里去了?别弄得一本正经,跟谈判似的。"

张猴子一笑,也放松下来:"老张我眼里有水,早就知道卫老板是干大事的人,雷爷也在背后一个劲儿地夸你。后面的计划,你来拍板,只要卫老板你一点头,老张我绝对没有二话。"

"具体的事,你跟我们师爷去商量吧,他脑子比我好使。"

"没问题,我们两个商量完,就请卫老板你拍板决定。"

张猴子跑去找小胡子,俩人说了十几分钟。我自己也感觉自从进洞以后跟小胡子关系拉远了很多,连闲话都没有说几句,像他这样心细的人,迟早会发现我的变化。我虽然对他抱着怀疑的态度,但并不想把关系搞僵,毕竟这么长时间以来,小胡子跟和尚对我都很照顾。所以他们俩说了一会儿,我就凑过去听。

其实他们俩商量的也不是什么要紧事,因为铜门后面的情况对我们来说完全就是一片未知区域,想猜都无从猜起。

等到张猴子去叫人收拾装备的时候,小胡子递给我一支烟,自己也点了一支慢慢抽起来。我想找点话说,但实在不知道该说什么,只好随口讲讲关于周旭的事。

小胡子默默地听,听完之后,他歪着头注视那片黑暗的深渊,良久才转过头,对我说:"到了铜门那里,一切小心,如果你真觉得会有未知的危险,就退回来,我再想别的办法。"

"不大可能,如果有别的办法可想,雷英雄会拉我们入伙吗?"

"这件东西是很重要,不过我不想你把命丢在这里。别人我可以不管,但是不能不管你。"

说完这些,小胡子靠着石壁开始闭目养神,他的脸又隐没在黑暗里。我突然觉得,是不是从我第一次见到他的时候,他的脸,甚或他整个人都一直是在黑暗中的?起码到现在为止,我仍然说不清楚,小胡子是一个怎么样的人。

张猴子安排好准备工作,就带了几个人开始朝铜门那边走。我跟他并排走在一起,离铜门越来越近的时候,右眼皮毫无来由地猛跳了几下。我并不相信俗话中所说的左眼跳财右眼跳灾,但此时此刻,右眼皮的跳动却让我感觉有点心慌。

过道很窄,一直走到铜门跟前的时候,只有我和张猴子小胡子呈品字形站在最前面,其余人帮不上什么忙,都远远跟在身后。尽管我已经亲眼看过铜门一次,但张猴子还是不厌其烦地在旁边给我做详细介绍。

过道的尽头是一大片凹凸不平的石壁,铜门后面可能是唯一的入口。过道跟铜门之间的地面裂开了一条二十多厘米得很吓人的缝隙,这估计也是张猴子不敢用炸药的原因之一。

铜门上没有任何纹饰,上面结满了铜锈。整扇门跟岩壁之间严丝合缝,让人怀疑铸造者当初是直接在这里用流动的铜水浇出的一道门。我在门上用力推了推,感觉像是在推一座山。

铜门

对于这道铜门,来之前我们曾做过无数猜想,但真正站在它面前的时候,我依然不知道具体该怎么做。

"老张,说吧,我怎么打开这道门。"

"卫老板,这道门具体要怎么弄开,我是真的不知道,否则,也不用千里迢迢把你请到这儿来,不过……"老张试探着说,"我觉得,这道门上如果真的有文章可做的话,必然是在掌印上。"

亲眼目睹这道铜门,感觉非常直观。铜门正中的六指掌印跟我手掌的大小几乎没有区别,大概二十多厘米深,里面是几道凹槽。这就说明,这道铜门的厚度最少在三十厘米以上,没有大量的炸药是炸不开的。

"我知道是在掌印上,但具体总得有个实施的方法吧。你们发现这个地方已经很长时间了,难道就没琢磨出一点心得体会?"

"琢磨过,铜门单凭外力是弄不开的,我觉得,是不是可以这样试试?"张猴子伸出手,在铜门上比划了一下。

"让我把手伸进去?"

"这个只是猜测,不一定有用,也不一定没用。其他可能性我们都排除过了,卫老板,如果你不放心的话,我就先把手伸进去试试?"

"要是你伸手进去管用的话,还用得着我?"

其实张猴子的建议我早就想到了,因为我在贺老海身边的时候,他带我去见许晚亭,当时也是拿了一个模印,让我把手放进去。我还专门跟小胡子探讨过,许晚亭掌握的模印会不会跟铜门上的掌印有什么关系。

对于这个建议,我根本就没抱任何希望。好歹都是上过学的人,什么事情可能发生,什么事情不可能发生,一看就知道。几十厘米后的铜门,如果我一伸手就解决了,完全违背自然科学,牛顿都要从坟里爬出来找我理论。

但我自己又想不出什么开创性的建议,既然谈好了是合作关系,我自然也得尽义务。所以明知道没什么用,我还是同意了张猴子的建议。

张猴子跟小胡子仔细观察了掌印内部,除了那几道凹槽,没有别的东西。说实话,我真没当回事,等他们检查完毕,伸出左手就按了进去。掌印跟我的手

形非常吻合，不大不小，我很顺利地就把整只左手全部按到掌印的底部。

跟我料想的一样，整扇铜门根本就没有发生任何变化，我回头对张猴子说："老张，事实证明，你的狗屁建议没用……"

这句话还没有说完，铜门上的掌印猛然迸生出极为强大的吸力，我一惊，赶忙缩手，但整只手掌就像涂满了牛皮胶，紧紧粘到掌印之上。

从我把手掌放进掌印之后，小胡子和张猴子就一直紧密注视着，俩人看我使劲想把手抽回来，知道出了事，一左一右靠拢过来。

"手被吸住了！"

"不要硬拽。"小胡子一把抓住我的手腕。

我知道他可能怕我生拉硬拽会产生什么严重后果，但当时那种情况，心一下子就慌了，只想赶紧把手抽回来。

小胡子拉着我的手腕，慢慢加大力道，但那股吸力真的非常大，小胡子又不敢贸然用劲，我的手始终被吸在铜门上的掌印里拔不出来。

前后不到三十秒的时间，我的手掌上又传来一阵刺痛，就好像一片密密麻麻的钉子同时钉进手心，而且这些钉子都是空心的，刺穿手掌以后，血液就被一点点地吸出去。

这种痛楚我还能忍受，但这种感觉让我心里发寒，不由自主地喊了一声："有东西在吸我的血！"

"卫老板！不要轻举妄动！"

我忍不住用力想抽回左手，稍稍一动，就感觉血液流失得更快，我怀疑照这样下去，用不了多久，全身的血就会全部被吸走。但小胡子和张猴子两个人却始终纠结着该不该帮我硬把手拽回来。

"松开！我自己来！"我顾不上那么多了，只想先把手抽回来，但小胡子紧紧握着我的手腕，卡得非常死，我一急，就冲他们吼了一声。驼叔本来站得很远，察觉这边的动静后，几步蹿过来，问张猴子怎么回事。

"驼叔！帮帮我！我的手被吸住了！"我心里确实很虚，看见驼叔过来，就慌慌张张地向他求助。

"老张，你让开。"驼叔伸手把张猴子拽到一边，拿手电在铜门上的掌印附近看，但我的手完全陷在掌印里，什么都看不见。他想搭着我的胳膊加把力气，一看小胡子正紧紧卡住我的手腕，立即就急了："把你手拿开！什么意思！出了事情，不救人？"

小胡子跟驼叔一直不怎么对劲，冷冷瞟了他一眼："冒冒失失往外拽，他这只手要是废了，你负责？"

"老子负责！你闪开！"

"我怕你负不起！"

"你少他娘的废话！"驼叔似乎动了真怒，寒着脸说，"别让老子动粗！"

"消消火消消火，驼哥，你别急。"张猴子一看这架势，赶紧过来和稀泥。驼叔很少发脾气，但一发脾气就惊天动地，寸步不让，跟小胡子对峙起来。后面的人不知道究竟发生了什么事，一见好像要内讧，纷纷朝这边靠拢过来。

我真是彻底没脾气了，手被吸在掌印里不住流血，但身边的人好像都吃了枪药，恨不得先打一架再来解决我的问题。

就在这时候，铜门内部猛然发出一阵特别奇怪的声音，紧跟着，我们都感觉到非常轻微的震动，张猴子正忙着劝架，脸色随即一变："有动静！驼哥！不要吵了！把卫老板先救出来再说！"

铜门后的声音一响起来就停不住，听得人毛骨悚然，很像一只沉睡了无数岁月的庞大怪兽刚刚苏醒，但仔细一分辨，又像生了锈的机器闷在地下缓缓运转。我立即生出个念头，这扇门后面，肯定有什么东西。小胡子可能也嗅到了一丝危险的气息，觉得再耽误下去会出大事，于是暂时不理会驼叔，两只手一起用力，帮我脱困。

小胡子用力的同时，我也察觉到掌印内部的那股吸力明显减弱很多，借助小胡子的帮助，我一咬牙，猛然发力，一下子就把手掌从掌印里抽出来。余光一瞟，手上血糊糊的一片。

"都围过来干什么！快退！"张猴子冲后面的人喊了一声，扶着我的胳膊就跑。

铜门后面所发出的震感微乎其微，只有离得很近才能察觉，后头的人傻乎乎地正往前冲，一听张猴子示警，二话不说，调头就撤。我们两旁都是深渊，置身在如此狭窄的过道上，一旦发生不可预见的意外，连躲的地方都没有。所以张猴子扶着我跑得飞快，不一会儿就追上前面的人，一口气回到对岸的宽阔地。

"卫老板，你没事吧。"张猴子松了口气，下意识地朝过道那边望去，但距离太远，铜门已经淹没在黑暗中。

我低头一看，整只左手的手心上全部都是非常细小的伤口，流了不少血，看着很吓人。但只是皮外伤，应该没什么大碍。张猴子的伙计立即拿出药和纱布，替我清洗伤口，消毒包扎。

驼叔到这时候还是余怒未消，脸都气青了，站在一旁指责张猴子和小胡子："你们都给老子听好！吃这碗饭的人，脑袋绑在裤腰带上，生死有命。但谁要欺负卫少爷不懂事，成心算计他，别怪老子翻脸不认人！"

"驼哥，你误会了。"张猴子连忙解释，"当时情况不明，我们都害怕贸然出手会出事，卫老板和雷爷搭伙来做这票买卖，老张跟着雷爷混饭吃，胆子再大也不敢违背他的意思……"

小胡子默然不语，只是冷冷望着驼叔。

我还是第一次看见驼叔发这么大的脾气，等伙计替我包扎完，就过来劝他。驼叔把我拉到一旁，沉声说："卫少爷，今天的事你也看到了，你自己拿个主意，要是散伙，咱们现在就走，谁敢拦你，老子跟他没完。"

其实现在冷静下来一想，小胡子和驼叔好像都没错，但驼叔跟这么多人撕破脸皮，我要再替小胡子辩解，就显得太没良心。而且让我非常担心的是小胡子那种冷得没有一点温度的眼神，我不怀疑他已经对驼叔动了杀机。

"驼叔，有的事情，你还是不理解，走到这一步，散不散伙并不是某一个人说了算的。如果我现在抽身就走，朋友都会变成敌人。"

我已经想得很明白了，事情开始的时候，确实是我懵懂无知，拼了命地想寻找真相。但当我完全了解了其中的秘密，这些秘密反而变成了一种极为沉重的负担。

"驼叔，没有人会害我，你放心好了。"

"人心隔肚皮，老子是过来人，背后捅人刀子的事见得多了。"

"我跟雷英雄有协议，张猴子不敢乱来。倒是你，不该替我出这个头。"说着，我心里的忧虑越来越重。

"老子是怕事的人？这帮兔崽子，老子吃的盐比他们吃的饭都多，要是真想翻脸，老子把他们一个一个都放倒。卫少爷，你想过没有，这件事，究竟到哪里才是个头？难道以后天天都要这么提心吊胆地到处乱钻？"

这件事的尽头在哪里，我不知道。我只知道，所有参与进来的人，都被那个巨大的秘密诱惑得迷失心智，身不由己地一步步走下去。

我思索了片刻，觉得自己真应该为明天打算打算。我想完成这次合作之后，就远离这些人、这些事，悄悄地消失，想办法去找老头子。

但找到老头子以后呢？我知道他也一直在这件事的阴影中游走着，甚至比别的人都要早，就算我找到他，也绝不可能再和从前一样，每天无忧无虑地混日子。

一时间，我就感觉自己好像没有任何出路了。

我陪驼叔坐了一会儿，然后把小胡子和张猴子单独叫到一起，对他们说："刚才的事，我知道你们都是好意，揭过去不提了。"

"对对对，卫老板真不愧是做大事的人，难怪我们雷爷这么看重你。这种伸手不见五指的地方，出点小插曲，也很正常。最要紧的是咱们要牢牢抱成一团，千万不能内讧，一起内讧，人心就散了。"

"我还有一句话，驼叔是我父亲的老伙计，也是我的长辈，谁要是看不惯他，就当他是空气。不过，他要是在这里少一根头发，咱们立即散伙，这个烂摊子谁爱收拾谁收拾。"

张猴子一听，立即跳着脚地发誓，表示绝不会因为一点小事跟驼叔闹生分。但小胡子心里清楚，我这些话其实是冲他说的。

毕竟跟小胡子之间不是一天两天的交情了，我不愿当面说特别难听的话，

所以丢下这句话，转身就走。

经过这件事，我的心情变得有点沉闷，躲在角落里不停地抽烟。张猴子笑容可掬地走过来，蹲在我旁边嘘寒问暖。

"老张，我没事。我这人直脾气，脑袋一热，什么话都说得出来，刚才那些话，你别介意。"

"不会，老张我也曾经年轻过，冲动过，年轻人嘛，不冲动能叫年轻人吗？说实话，我就喜欢你这种性格。"

"得了吧，老张，有话直说。"

"卫老板，我是想问问，咱们怎么办？刚才从铜门那边撤回来的时候，只听见一些动静，具体发生什么情况，暂时还不知道，要不要派两个人先过去看看？"

"还是再等等吧，铜门那边刚发生变故不久，现在派人过去，太危险。老张，刚才在过道尽头的时候，我脑子太乱，铜门后面的声音，你听清楚没有？"

"听清楚了，但不知道是什么玩意儿。不过卫老板，我看不用太担心。"

"拉倒吧，还不用太担心？"

我对张猴子的话嗤之以鼻，这个鬼地方的危险程度已经远远超乎我的预料。不但地下河里的东西没搞清楚，而且周旭那种让人牙根子发痒的惨状还时时浮现在我脑海里。

张猴子肯定心里也没底，只不过怕我半路撂挑子不干，所以才故意说得轻描淡写。

等了三个小时左右，张猴子派出去两个人，到过道尽头去侦察情况。但这两个人还没走到头，就急匆匆跑回来，对我们说那道铜门不见了。

"不见了？"我一下子还明白不过来。

"铜门好像消失了，总之是不见了。铜门的位置上，多了一个入口。"

我心里咯噔一声，随后就产生一种很怪异的感觉。

无论铜门是打开或是消失，我们的目的已经达到，而这一切，就发生在我把左手放入铜门掌印之后。这之间究竟有什么关系，暂时还不清楚，但雷英雄

铜门 拾

曾经说过的话完全得到印证。

"卫老板，咱们也过去看看？"

得到我首肯之后，张猴子就吩咐手下带好装备准备出发。小胡子慢慢走过来，像什么事都没有发生过一样，很平静地跟我说了两句不痛不痒的话，驼叔一直在防备他，立即冲过来挡在我们中间，拖着我就走。

等我们沿着过道走到尽头的时候，一眼就看见那扇铜门果然不见了，取而代之的是一个三米长宽的入口。

除了铜门的消失之外，这里保持着原来的样子，似乎铜门后面发出的怪声和微微的震动并未产生任何影响。

这种事说给任何人听，他都不可能在短时间内找到答案。我们的目的是过来找东西，而不是搞科学研究和探秘，所以，铜门究竟是如何消失的，很快就被大家忽略，众人更关心的是入口内的情况。

几把手电集中在一起，对着入口就照了过去，立即有几条粗如手臂的铁索映入眼帘，还有两个一人多高的庞然大物，猛然看上去，分不清这是什么东西，张猴子率先靠近入口，然后回头对我们说，这两个东西似乎是绞盘。不过这家伙也非常精明，站在入口跟前就不动了，招呼两个伙计先进去。

两个伙计在里面小心翼翼走了几步，环视四周的情况，然后给我们打了个安全的手势。等人全部进去之后，一个伙计就指了指地面让我们看。

地面上倒扣着一个铙钹状的大铜盘，不过是椭圆形的，上面有两个碗口大小的洞，每个洞里都穿着一条粗长的铁索。

张猴子趴在铜盘上朝穿着铁索的洞里看，但黑乎乎一片，他随手点了支烟顺小洞扔下去，闪着亮点的烟头急速下坠，很快就消失在黑暗中。

眼前的这些东西很容易让人联想到杠杆齿轮组，我打着手电，顺一条连着绞盘的铁索看过去，铁索斜着朝入口上方延伸，几乎就在我转头的一瞬间，发现消失的铜门其实一直由铁索吊着，高悬在我们头顶。

我立即更加肯定了我的想法，入口内的这些东西显然都是为开启铜门而服务的。

只要掌握住其中的关键，就能够促使绞盘铁索以及我们尚未发现的某些部件运行。

至于启动这些部件的动力，极有可能和地下河的水力有关。

事实胜于雄辩，不管我怎么想，但有一点却毋庸置疑，张猴子他们自从被铜门阻断去路之后，想了无数的办法，试图打开这道门。而我把手按入铜门上的掌印，铜门内的绞盘铁索就迅速启动，吊起了沉重的铜门。

这是什么道理？

"卫老板，这个铜盘要不要搬开看看，下面空间很深，不知道有没有什么东西。"

"还是算了。"我摆摆手，"这个很明显是通到深渊下面借助水力绞动绞盘的。"

"我也是这么想的，不过，不看看总是心里别扭，你稍等等，很快地。"

说着，张猴子就叫人过来试图搬动地面上的铜盘。整个铜盘几乎是嵌在岩石中的，手指都伸不进去。张猴子想用工具，但想想还是作罢，铜盘万一毁了，吊着铜门的铁索就可能脱落，把我们全闷在这里。

"这些先不用管了，主要精力放在前面，看起来，路还有很远。"

进了入口之后，注意力全被绞盘之类的东西吸引了，我一说，张猴子才有点不甘心地站起来，走到我旁边，用手电照着前面说："卫老板说得对，前面的路不知道还有多远，我们随身带的给养不算太多，如果一直走下去，可能有点紧张，我建议，派人到洞口外面再取一点给养，尽量一次把事情搞定。"

"你决定吧，这些事不用问我。"

前面的路很宽阔，尽管地面坑洼，但对我们这样的人来说，根本不是问题。除了入口这里的绞盘铁索之外，再往前就看不到任何人为的痕迹。这种地方缺乏地图，进来之后，就只能按着眼前能够走的路走下去。

"其实路远一点倒不要紧。"我对张猴子说，"只怕中间分岔，一分岔，人就迷了，不知道该走哪一条。老张，你们得到的线索其实已经够精准的了，能直接找到这地方，就没有地图之类的东西？"

铜门 拾

"有地图就好了,哪里还用得着这么辛苦。"

我实在是被云坛峰的经历给弄怕了,何况这里的环境比云坛峰还要恶劣,万一迷路,后果非常严重。我就打定主意,如果真遇到和云坛峰类似的情况,而张猴子又拿不出什么稳妥的办法,我只能暂时置身事外了。

张猴子可能看出我心有顾虑,就轻声对我说:"卫老板你放心,如果再遇到情况不明的地方,我派人先上,不管怎么说,就算老张我把这一百多斤交待在这里,也绝不让你有半点闪失。"

这话算是说得非常交心的了,听得人心里很舒服,但我知道,一个人,乃至一群人,在这种地方都是渺小的,就算带上最先进的装备、最精良的武器,也只不过遇到麻烦的时候略微提高一点生存的希望。真正的变故一发生,谁都无力改变什么。

"咱们这就出发吧,卫老板你走在中间,我派兄弟在前面开路……"

张猴子话还没说完,身后就传来一阵铁索相互碰撞的声音,他回头叱责道:"谁的手又痒了,别再乱动那些东西。"

"没人动啊。"几个正在抽烟的伙计一脸茫然。

"绞盘动了!"一直呆在旁边沉默的小胡子猛然说了一句。

地面上那个铜盘中的铁索就像自行车的链条一样,一上一下起落着,铜盘下发出一阵似曾熟悉的声音,跟我们几个小时前在铜门外听到的声音一模一样,但这时候却听得更加清晰真切。

所有人顿时意味到绞盘无缘无故地转动代表着什么,几个手脚麻利的立即反应过来,想朝入口那边跑。但谁都不敢第一个穿越大门,头顶高悬的铡门数以吨计,一旦砸落下来,就是一瞬间的事,身手再快也躲避不及。

铁索起落得越来越快,跟铜盘相互碰撞,发出让人心悸的声音。每个人都知道,这些绞盘和铁索的组合虽然简单,但一旦运行起来,根本无法阻止。

轰隆!

就在我茫然不知所措的时候,高悬的铜门重重落下,把入口完全封死。随后,两只巨大的绞盘和铁索慢慢停止运转,周围又陷入死一般的沉寂中。

　　张猴子失魂落魄地转头看了我一眼,嘴里的香烟啪嗒落在地上。几个人疯了一样扑到铜门附近,有的还尝试去拉动铁索。但铜门已经完全落地,跟我们先前看到的情景一样,严丝合缝,除非变成空气,否则绝不可能钻过去。

　　"这是怎么搞的嘛!又没有人动它,怎么好端端的自己就落下来了!"张猴子回过神,两只手急得来回乱甩:"快看看,用炸药能不能炸开。"

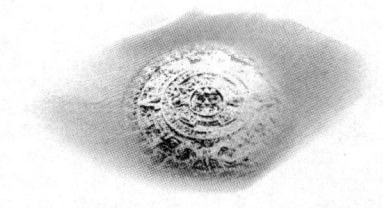

西夏之眼

转轮古石 2

拾壹

致命的错觉

西窗之语

壹

致命的错觉

致命的错觉

张猴子他们曾经设想过用炸药爆破铜门,专门带来一个比较专业的爆破人员。但因为顾虑太多,这个计划一次次搁浅,直至放弃,不过这个伙计却一直留在队伍里。听到张猴子的指示,他就跑到铜门附近看,毕竟是比较专业的人员,看得非常认真细致,看完之后就跑回来报告,啰啰嗦嗦说了一堆,从他的话里面,我们听出一个好消息和一个坏消息。

好消息是那伙计通过认真观察,发现铜门附近的岩壁好像没有我们想象得那么厚,从理论上讲,完全可以忽略厚重的铜门,在旁边的岩壁上钻孔爆破,不但用药少,而且容易控制爆破范围。

坏消息,他没带炸药。

"妈的!出门不带自己吃饭家伙,我踩死你个王八蛋!"张猴子提脚就踹,那伙计在地上打着滚乱躲,一边替自己辩解。

这真是一扇要命的铜门,开始的时候我们被挡在外面进不来,现在倒是进来了,又让堵在里面出不去。除了眼前这些人,其余的伙计全都守在洞外,他们不明情况,就算察觉不妙,进来查看,最少也是几天以后的事了。何况那些人进来也不一定有办法把铜门重新弄开。

张猴子踹了几脚就没劲了,把所有的背包集中在一起查看给养,如果卡住量平均分配,这些给养能维持三四天时间。他想了一会儿,就又来请示:"卫老

板,给养全都在这里了,等下我亲自按人头分配。事情已经到了这一步,把那王八蛋打死也于事无补。现在门被堵了,暂时出不去,洞外还有不少伙计,我们几天不出去,他们肯定会进来找。咱们不如趁这个机会先探探路。"

这扇铜门不是说打开就能打开的,所以我一直在想,这里有没有别的出口。无论是找东西或者找其他出口,都要继续向前走,张猴子的建议不得不采纳。

"老张!"驼叔冲张猴子晃晃拳头,"这次要是老子跟卫少爷都被困在这里出不去,临死前老子也要拉你垫背!"

"驼哥,何必这样嘛,我可是一直很尊重你的。"

"少跟老子套近乎。"驼叔把我拉到一旁,塞过来三块巧克力,说,"老子偷偷拿的,装起来,万一困得时间长了,补给消耗完,还能撑一两天。"

"驼叔,我真不知道该说什么好。"我叹了口气,歉意地说,"我一直都想让你置身事外……"

"不用说了。"驼叔打断我的话,用警惕的目光扫视周围的人,恨恨地说道,"老子知道,你有良心,跟这些王八蛋不一样。但让你一个人过来,老子放心不下。事到如今还有什么可怕的,大不了一拍两散。"

我跟驼叔说了一会话,张猴子就把人集中起来朝前走,前面探路的都是他的人,我们走在后面。驼叔紧紧跟在我旁边,神情一直很戒备,尤其小胡子,只要一靠近,驼叔就挥着手电赶他。

驼叔这次犯了倔,让我很为难。小胡子性格隐忍,不会脸红脖子粗地跟人吵架,但把他惹急了,可能直接就要动手。驼叔的工夫全在嘴上,真的打起来,根本不是小胡子的对手。我只好一边走,一边不停地跟驼叔说话,分散他的注意力。驼叔看小胡子离得远了,就轻声对我说:"卫少爷,老子事前对这票买卖一无所知,但现在看起来,很有点离奇的地方,特别是这道铜门。"

"驼叔,你太藐视我的智商了,这么明显的事情,我怎么可能看不出来?"

"不是,你没理解老子的意思。这道铜门究竟有什么古怪,暂且不说,老子想说的是,这道铜门存在的意义。"

致命的错觉 拾壹

"意义?什么意义?"

"你想想,在这种地方立一道门,是什么意思?明显是不想让人过去。但既然不想让人过去,还偏偏留下绞盘和铁索,只有你能打得开。老子就在琢磨,这道铜门,难道是专门为你留的?"

驼叔这么一说,我倒真回味起铜门存在的意义。他说得很对,如果铸造铜门的人就是为了堵住不速之客,根本不用留下绞盘铁索什么的,就和墓室中的回龙石一样,墓道一封,门就从里面顶死了。

但铸造铜门的人还是留下了开启的办法,这就说明,这道铜门,只为了堵住不应该进去的人。

"老子只能想到这些,再深一些的问题就想不出来了。不过卫少爷,如果老子的想法是对的,这个地方跟你是不是有什么关系?"

"这地方怎么可能跟我有关系。"我张口就反驳道,但转念一想,如果这里真的和我一点关系都没有,为什么只有我能打开那道铜门?我总感觉脑海中有一条若隐若现的线索,却怎么都抓不住。

"有没有关系,现在说也没什么用,都被堵在这里出不去。而且,老子心里一直拧着个疙瘩。"驼叔幽怨地皱了皱他那道浓重的连心眉,蚊子哼哼一样凑到我耳朵旁边说:"你觉不觉得奇怪,老张那个搞爆破的伙计怎么可能忘带炸药?"

"他们本是想炸开铜门,但怕发生意外,所以把这个计划取消了。"

"唉!老子就说你不懂事,一票买卖做之前,需要什么样的人,都是安排好的,既然把他调过来,就说明有他的用处。退一步讲,老张并不缺人手,洞外还守着十来个人,如果不需要爆破,何必让这个伙计跟着进来?他的专长就是搞爆破,又不是打打杀杀。"

我一怔,那个专管爆破的伙计先前说的那番话猛一听好像没什么破绽,但现在想想,似乎又有点说不过去。爆破这一行我不懂,不过这种高危行业需要的是细致的人,正如老张所说,炸药就是他吃饭的家伙,那伙计不应该粗心到忘记带炸药。

"卫少爷，你等着看吧，要是老子猜得不错，等到必须用炸药的时候，这些王八蛋就能凭空变出一堆炸药来。"

"驼叔，你的意思是老张跟我们玩猫腻了？他这么做，有什么目的？"

"老子也说不清楚。"

驼叔一番话，弄得我心里也拧了个疙瘩，很不舒服。我觉得不搞清楚这个问题，后面的过程还会有人为的麻烦。但是直接找张猴子去问，肯定不行，这家伙人如其名，精得和猴儿一样，套不出一句实话，只能靠我自己去琢磨。

我一直不太适合思考比较复杂的问题，乱七八糟的线索缠绕到一块，一会儿就把自己绕晕了。所以我不敢想得太多，就顺着一条线想下去。关于铜门这件事，其实很简单，张猴子在这里发现铜门但打不开，制定了爆破计划，又因为害怕产生严重后果而被迫取消，接着就找我合作，由我打开这道门，然后大家进入铜门内，铜门自行降落堵住入口，那个负责爆破的伙计忘带炸药。

基本情况就是这样，看上去顺理成章，如果说张猴子真的玩了猫腻，配合伙计演出一出双簧，他的目的是什么？无非只有一个，那就是，他进来之后，就不想再打开铜门，有意把所有人全都堵在这里出不去。

顺着这个思路再想下去，我就心神不宁。张猴子把所有人包括自己都困在铜门后，有什么好处？

看着周围那一道道晃动的手电光柱，我越来越觉得这些人都不可信。除了身边的驼叔，我不知道还有谁能让我放心地说几句心里话。

"眼下没有办法，咱们两个走在一起，老子负责保护你。"驼叔大义凛然地安慰我。

驼叔是绝对可信的，眼前无边无际的黑暗中，这也是我唯一能看到的一线光明。

张猴子派人在前面探路，我跟驼叔就隔着十来米的距离跟在后头。开始的时候一切还算好，地面虽然坑坑洼洼，但都是实实在在的石地。走着走着就不行了，通道变得狭窄而且曲折起来。驼叔很谨慎，赶紧拉着我缩短跟前面那些人的距离，唯恐他们躲在拐角里再搞什么小动作。

"咱们把老张拉过来，紧紧盯住他，即便要倒霉，大家一起倒。"驼叔眼珠子一转，冲着张猴子吆喝道，"老张，离老子那么远干什么，怕老子揍你？"

"驼哥，你正在气头上，我怕触霉头。"

"来嘛，咱们哥俩好好聊聊。"

张猴子屁颠屁颠跑过来，驼叔就勾肩搭背地跟他闲扯淡，没一句正经话，目的就是把他跟我们紧紧绑在一起。张猴子看上去神态自若，一边应付驼叔，一边时刻提醒那些在前面探路的伙计。我试探着问他，如果我们走到弹尽粮绝的时候，却没有找到其他出口，该怎么办？张猴子就说，洞外那些留守的伙计迟早会聚集过来，炸药在他们那边，活人总不可能让尿憋死。

大概半个小时的时间，前面探路的伙计转过一个拐角后就都停在那里，转身呼叫张猴子，听他们的语气，好像发现了些什么。张猴子想先过去看看，但驼叔把他拽得很紧，我们三个人一起走到伙计身后，面前的空间豁然开朗。那种感觉就像是一直置身行进在小胡同里，拐了个弯却猛然看到一个万人广场。

我的目测能力很差，就觉得面前的空间很大，但无法估计出大概的面积。后面的人陆陆续续都围过来，一群人站在路口朝前面看，很多手电集中起来的光线让视野变得清晰了一些，我们同时发现，这片广阔空间的正中位置，有一些残破建筑的迹象。

"老张，这到底是什么地方？"驼叔一只手搭着张猴子的肩膀，疑惑地问道，"又有那么大的铜人，又有铜门，还他娘的有人在这里盖房子。"

"驼哥，我也是头一次进来，两眼一抹黑啊。"

"老张，不得不说，你的纯真让老子瞠目结舌。"

我怕驼叔再说下去又要发火，就插嘴岔开他们的话题。这个地方有人为迹象已经是我们都知道的事，但是一片毁坏坍塌的建筑物之中，有可能隐藏着一些东西。而且，前面那一片残破建筑看上去规模宏伟，绝对不是三五百人能修建出来的。不由自主地，我就猜想轮眼会不会藏放在这里。

"咱们过去看看。"张猴子想以身作则，亲自到前面开路，但驼叔贴得很

紧，跟连体婴儿一样，弄得张猴子哭笑不得。

一脚踏入这片广场一般的空间，我就发现当初营造这里的人肯定花了很大力气，不但建造起宏伟的建筑，而且就连我们脚下坑坑洼洼的石地都被稍稍打平了一些。走到离建筑遗址还有很远距离时，已经能够基本看清楚它的大致构造。

建筑的底部，是三四米高的石台，石台的两个角上，有两根很粗的柱子，非常显眼，我猜测柱子应该有四根，分立在石台四周，但其中两根已经倒塌。除了两根屹立的柱子以外，其他地方坍塌得很严重，看不出原来的面貌。不过根据柱子可以判断出来，这些建筑在没有损毁前一定具有相当规模。

如果在陆地上，看到这种规模的建筑，也不会让我感觉惊奇和赞叹，但在不同的环境下看到同样一件东西，人的感觉是不一样的，比如在商场看见一台电视机和在古墓里看到一台电视机，完全就是两个概念。

我脑海中顿时浮现出这样一幅画面：距离现在很远的若干年前，成千上万的精壮劳力，靠自己两条臂膀，把成批的建筑材料从地面一点一点搬运到这里，然后一寸一寸垒砌出规模巨大的石台以及石台上的建筑。这样的工程量和工程难度不要说若干年前，就算现在，也称得上是个大工程。有的时候，古人的智慧和创造力绝对超乎现代人的想象。

如果我们要找的东西真的藏在这里，那眼前这些人几个月之内什么都别干了，光清理那些建筑垃圾就需要很长时间。

在张猴子的指挥下，所有人分开朝建筑遗址靠拢，还没有完全接近石台，最前面的两个伙计就刷地退回来，伸手掏出家伙，别的人一看这架势，都知道他们发现了什么情况，周围顿时响起一片打开枪械保险的声音。

"很大一条蛇！盘在石台下面！"前面的伙计回头对我们小声说道。

听见蛇这个字眼，我的腿就发软，北方人大多对这种动物非常恐惧，记得小时候在野地里看见一条大拇指粗的菜花蛇，当场就吓得我尿裤子。尤其那伙计的话语前面还加上了"很大"这个形容词，更让我头皮发麻，身不由己朝后面退。

致命的错觉 拾壹

几个人都很紧张,驼叔手里的手电直打哆嗦,把张猴子拽得更紧了。张猴子一咬牙:"做掉它!"

"人家又没有惹我们,能绕过去就绕过去,何必没事找事。"驼叔咽了口唾沫,小眼睛炯炯有神地注视前方,"蛇虽然没有腿,但跑起来很快,把它惹毛了,谁躲得过。"

正说话间,我已经在来回晃动的光线中看到了伙计所说的很大的蛇,心里一阵恶寒,冷汗顺着额头朝下滴。这条蛇比我都粗,身体盘成几圈,高昂起的蛇头最少有几十斤,一动不动地盘踞在石台下的黑暗中。

砰!

不知道谁擅作主张开了一枪,剩下的人条件反射似的跟着就开火,清脆的枪声响成一片。

"一群二杆子!"驼叔二话不说,暂时丢下张猴子,拖着我就往后跑。一口气跑出去最少一百米,驼叔才放慢脚步,一边回头张望一边对我说:"这队伍什么素质,根本不听指挥,老子都说了能不惹它最好别惹,还是不管青红皂白就乱打一气。卫少爷,咱们两个干脆就回去守在铜门那里,老张他们想干什么,让他们自己干去。"

"咱们两个单独离开队伍,非常不妥。"

跟驼叔边跑边说,没过一会儿,后头的人就追过来了,离得远远地喊道:"卫老板,等等,先等等,没危险了……"

"没危险了?"驼叔停下脚步,"把大蛇打死了?"

我们俩停下来等,张猴子的一个伙计刚跑到面前,驼叔就忧心忡忡道:"你们把那条蛇打死了?这东西是有灵性的,又长得那么大,都是经常出来行走江湖的人,怎么脑袋里全是糨糊,遇事不分轻重?"

"不是不是,虚惊一场。刚才咱们看见的那条蛇,就是石头雕像。"

"石雕?"

"是石雕,石台两个角上,一边有一个。"

我感觉有点不可思议,如果刚才看到的那条盘踞的大蛇是石雕的话,这石

雕的雕工就太精湛了，简直可以以假乱真。

"卫老板，回去吧。"

驼叔就是这样，危险一来，跑得比兔子都快，危险一去，就显得大大咧咧，很不屑地对那伙计说："老子就说了，你们这些年轻后生，包括老张在内，都没有什么见识，遇事乱成一团，本来屁大点事，稀里哗啦打出去几百发子弹，子弹不要钱？"

整支队伍的人都很忌讳驼叔这张嘴，那伙计也不敢多说，带我们回到原来的地方。一些人已经围在大蛇旁边，指指点点，看起来真的没有什么危险，我和驼叔也跟张猴子过去看。

这条盘踞的大蛇真如那伙计所说，是石头雕刻出来的，非常精细，身上的鳞片都隐约可见，刚才那些人劈头盖脸一通乱打，子弹在蛇身上火花四溅，才被张猴子发现了蹊跷。

"这是镇宅用的？"

"狗屁，你们家门口就放两条蛇？我看，不是镇宅，而是要镇其他什么东西。"

几个人议论纷纷，等他们全都说完了，一直沉默着的小胡子才开口说了一句："这是圣山之龙。"

我们这些人中间，只有小胡子曾经翻阅过大量有关西夏的资料，所以在这方面，我对他的话还是比较信服的。但驼叔嗤之以鼻："欺负别人没文化？龙是什么样子，跟蛇差得远了。"

小胡子看了驼叔一眼，走到那条石雕大蛇旁边，伸手在几个地方指了指。我们顺着他手指的方向一看，就发现这条大蛇盘踞起来的腹部下面，有两三个很不显眼的凸起物。

"这是……爪子？"一个伙计迟疑地问道。

"西夏人把贺兰山称为圣山，认为这是他们的祖源之地。"小胡子淡淡说道，"从党项羌人部落群居的时候开始，就把这种蛇当做圣山的守护神。一些党项羌族的原始神话中传说，圣山守护神不死不灭，三千六百年一个轮回，从蛇身长出五爪两角，化身为龙，到三千六百年满，就重新变回原形，周而复始，守护圣山。"

"这也只不过是个传说而已，中国人都以龙为图腾，谁见过龙？无非是虚构出来的物种。这种什么圣山之龙，可能就是当时的人看见一条大蛇，灵感迸发，编出一个守护神的故事，不必当真。"

小胡子也不理会别人怎么说，重新陷入沉默。驼叔很想到石台上的建筑废墟里面扒拉扒拉，就撺掇张猴子，让他先派人上去看看。张猴子被驼叔粘怕了，躲在一个伙计身后说："驼哥，这种地方，不会有什么值钱货色，总不可能搬几块石头出去吧？咱们还是先做正事要紧，卫老板，你说对不对？"

我从看到这处建筑遗址的时候就猜测过，轮眼会不会藏放在这里，我还想着张猴子会和我抱有一样的心思，没想到他对这个地方很不看好，看样子是想直接放弃。这就让我心里产生了一丝怀疑。

"老张，这地方你来过？"

"没有，卫老板你也不是不知道，你没来之前，我们都被堵在铜门外边进不来，怎么可能来过嘛。"

我走近张猴子，盯着他的眼睛问："既然没来过，你怎么知道东西不在这里？"

"卫老板，这你可就误会我了。"张猴子很镇静地说，"其实东西在不在这里，我原先也吃不准，但你师爷说，这地方很像是一个祭祀场所。"

我一愣，心说祭祀场所跟东西在不在这里有一毛钱的关系？

张猴子把我朝旁边拽了拽，压低声音说："师爷说，建造这些建筑的人，和轮眼出现的年代相差太多，也就是说，轮眼跟这片建筑没有什么关联。而且，你也看见了，要在上面的废墟里找东西，光清理工作，我们就得干上半年。"

我一听是小胡子的意见，就没跟张猴子再啰嗦，直接找到小胡子，问他相关的情况。我很不愿意在这个地方多呆，只想赶紧找到东西后马上离开。

小胡子跟驼叔不一样，喜怒不形于色，尽管知道我心里对他有意见，但也没流露出什么不满的神色，对我说："石台上面这片废墟，如果我没猜错，应该是史料中记载的党项羌人的祖源神殿。它建造的时间,比西夏王朝最少要早六百到八百年,而轮眼,很显然是在路修篁之后才出现的东西。你想想就明白了,说不定轮眼的藏放者来到这里的时候,整片建筑已经倒塌,如果是你,你会把东西藏在这里?"

"那也不一定。"我其实已经百分之八十认同了小胡子的推断,但嘴上却不肯服软。

"那就上去看看。"

小胡子去跟张猴子商量了一下,张猴子就很痛快地答应上石台看一看。我们身边的石台是根据自然地形构造出来的,加砌了一些巨大的石块,四面各有一道阶梯。张猴子派人先上去,过了半天,我们才跟着一起上。驼叔又粘住张猴子,跟他说找到什么好东西的话大家平分。

整个石台上的建筑损毁得很严重,除了那些巨大的石块,别的土木结构已经坍塌得面目全非。我只看了一眼,就觉得这里应该藏不住什么东西,驼叔开始还兴致勃勃,拽着张猴子低一脚高一脚地在废墟里寻觅,过了一会儿就泄气了。

"除了石头就是石头,没一点别的东西,老子很失望。"

"我早就说了,可惜驼哥你不肯听,一定要上来看看,这下死心了吧。卫老板,我们的补给不多,不能老在一个地方浪费时间。"

张猴子就在石台上把人一集合,继续前进,越过这片建筑废墟,接近空间的另一端时,石壁上出现一个黑乎乎的洞口,这个洞口很宽,按正常情况分析,里面也应该比较宽阔。前面探路的伙计打着手电钻进去,不断发来安全的信号,后面的人就一路跟着走。最多十分钟左右,周围所有人为迹象全部消失,而洞口后面的通道也渐渐拓宽,附近没有任何水流的声音,说明我们离那些地下水系已经很远。

虽然四周的环境看起来风平浪静,但我们的食物和饮水不多,我问张猴子打算朝前面走多长时间,他说全凭我做主。我想了想,刚才分发给养的时候,每个人都有三四天的量,所以我说最多走三十个小时,免得食物消耗完了,又找不到其他路。张猴子看了看表，说可以，三十个小时内要是找不到东西，也找不到出路，就原路返回，想办法跟洞外留守的伙计接头。

我看张猴子回答得很干脆，心里对他的猜疑就减少了一些，不过驼叔是个死心眼，认准的事就不回头，全心全意粘着张猴子，一副生死与共的样子。

走了一会儿，我就感觉脚下的路开始出现坡度，其实经过这么长时间的折腾，我脑子里早已经迷了，根本估计不出现在身处位置的海拔高度。而且，坡度越来越明显，手电照过去，肉眼都能看出路面的变化。

当地面的坡度几乎达到二十度左右时，驼叔忍不住了，搂着张猴子的肩膀问："老子怎么感觉正朝一个大坑里走？"

"驼哥你想得太多了，这种地方，又不是人修出来的，老天爷要它什么样子，它就是什么样子。"

"暂且信你一次，老子先说好，要是再有什么吃不准的地方，老子坚决不走。"

张猴子被弄得实在是没脾气了，干笑两声，让前面的伙计尽量走得快一点。这条路虽然有坡度，但比那些河岸要好走得多，再加上我们时间有限，都一步不停地朝前赶。从废墟那里出发大概一个半小时之后，驼叔刚才信口胡诌的一句闲话没想到真的应验了，我们被一条横跨的深沟拦住去路。

这是一条梯形的沟，东西走向，非常长，用手电去照，根本看不见尽头，估计有将近十米宽，七八米深，更让人头皮发麻的是，沟底缓缓流淌着水。

我跟驼叔现在都对水过敏，大家在深沟的边沿上站着看了一会，张猴子很轻松地指着沟底对我说："卫老板，你看，这么缓的水，根本不用费任何力气，就过去了……"

"少来这一套！"驼叔铁臂一挥，打断张猴子的话，"老子现在只要看到一碗水，眼前就发黑。"

张猴子又碰了个钉子，讪讪地让伙计看看沟底的水有多深。两个伙计忙活了半天，我们也在旁边看得很清楚，眼前这条沟虽然有七八米深，但沟底的水只勉强达到膝盖。

"看，驼哥，我都说了吧，这种小沟，绝对没有什么问题的，你们几个，先过去，到对岸等着接我们。"

张猴子的几个伙计一卷裤管就跳下去，顺着梯形的沟壁艰难地向上爬。石壁很陡峭，时不时就有人爬到一半掉下来，终于有一个身手敏捷的伙计先行爬到对岸，把沟底的人一个一个全拉了上去。

一切都很顺利，但驼叔坚持落在最后走，所以小胡子跟和尚他们第二批下去，在前面那些伙计的帮助下，爬上对岸。等人都过去了，只剩我们三个，驼叔和张猴子手拉手，跟殉情似的双双飞身而下。

沟底的水冰凉彻骨，我一边使劲提着裤子，一边蹚水。置身在沟底的时候，我突然觉得这并不像一条水沟，称之为河的话会更为贴切。我们三个人还没走到沟底的中心位置，张猴子就停下来，竖起耳朵，似乎在仔细分辨什么声音。最多两秒钟，我跟驼叔也隐隐约约听到一阵非常渺茫又很奇怪的声音。

很快，这阵声音就由模糊变得逐渐清晰，张猴子脸色一变，张牙舞爪就朝对岸猛跑："来水了！"

河沟向西延伸出一百多米的地方是个转角，当时下来的时候没怎么在意，但张猴子刚一动，那阵声音就从转角处非常清晰地传了过来，一起过来的，还有汹涌的水流。

"这水怎么总跟着老子！"驼叔甩下张猴子，拉着我就朝对岸垂下的绳子跑去。

奔腾的水流顺着这条深沟由远而近，毫不夸张地说，那种声势比面对一列呼啸而来的列车都让人胆寒。我们三个人在齐膝深的水中连滚带爬，刚刚伸手抓住绳子，汹涌的波涛几乎已经近在咫尺。

"快拉！"岸上的人都手忙脚乱，拼命把我们朝上面拽。七八米的距离并不算长，但如果不是亲眼目睹河沟中那股水流的速度，我根本不敢相信水还能流得这么快，只拉到一半，铺天盖地的河水就疯狂地吞噬深沟中的一切。水流的力量实在太大了，尽管我使出吃奶的劲死死拽着手中的绳子，但身体一被水流吞没，整个人像一颗出膛的子弹，瞬间就飞射出去。

我只在被冲走的同一时间用余光扫到岸上那几个人手中凌乱的手电光,然后眼前就陷入绝对的黑暗中。尽管三十多个小时前我刚刚被水冲走一次,佢这一次的感觉却跟上一次完全不同。充斥在我脑海中的,是一种完全绝望的感觉,我根本不相信一个人的运气会好到接连两次都能死里逃生。上一次获救,是因为意外倒塌在岸边的铜人,而这一次,我无法再安慰自己。

我不知道自己被冲出去多远,也不知道具体过了多长时间,整个大脑就像一个漩涡,一切全都乱了,只有在感觉脑袋接触空气的那一刻,贪婪地猛吸一口空气。

如果一直都是现在这种状况的话,虽然不好受,但我还能坚持很长时间,不过,就在我深吸最后一口气的同时,犀利的水流一下子把我卷下水面,直到肺里的空气消耗完,都没有换气的机会。

窒息的感觉让人忍不住发狂,但我知道,现在只要忍不住一张嘴,整个肺腔立即会灌满水。

很奇怪,此时此刻,我脑子里所想的并不是对死亡的畏惧,而是一点莫名其妙地悲凉。

我在想,如果死在这里,这个世界上会不会有人真正为我难过。

就在我的忍耐达到极限,几乎连一秒钟都无法坚持下去的时候,脑袋突然感到一团温热,明显是露出了水面,不知道是不是在水下闷得久了,大脑缺氧造成不良后果,没等我吸完一口气,就失去了知觉。

等我苏醒过来的时候,第一眼看到的,竟然是一小团摇曳的火光,驼叔正监督张猴子在火上烘烤衣服。

"卫老板醒了!"张猴子无意中发现我晕乎乎地坐起来,立即就丢下手中的衣服,兴高采烈地给驼叔报信。

"好好烤你的衣服!老子又不瞎,这么大个人,能看不到?"驼叔没好气地叱责张猴子,然后端着一碗冒着热气的热水走过来。我三两口就把热水喝得一干二净,胃里暖烘烘的,很舒服。

简短地跟驼叔交谈了几句,他告诉我,我们被冲走之后,一直顺着河道漂

流,但渐渐地,水位和流速都有所下降,直至最后,越来越浅,驼叔和张猴子被搁浅,又在不远处发现我,就把我抬上岸。

至于水流为什么会减缓,驼叔也说不清楚,张猴子在旁边插嘴道,可能是河道中间分岔,有其他支流分流了部分水量,否则,以河水最初的迅猛势头,简直可以从这里流到唐古拉山口去。

张猴子一说话,驼叔就瞪他,看样子刚才就已经给了张猴子不少苦头吃。直到这时候我才发现,我跟驼叔身上的衣服都已经烘干,只有张猴子一个人还拿着自己湿漉漉的衣服在火上烤。

幸好我们的背包上都有搭扣,漂到这里还没有丢失,翻出了一些可用的物资。

"这一次,老子是无论如何也不会原谅老张。就是他,一个劲儿撺掇咱们朝前走,这下可好,直接走到十万八千里之外了。"

张猴子心虚,也不敢还嘴,烤干了自己的衣服,又忙忙碌碌地弄食物,非常勤快。

趁这机会,我打眼扫视了一下周围的环境,驼叔说我们被冲出去十万八千里肯定夸张,但毫无疑问的是,在黑暗中顺着河道不知道拐了多少弯,东南西北早就分不清了。

"咱们有指北针吗?"我紧张起来,在这种环境下,没有任何可以辨别方向的参照物,如果连指北针都没带,我们的处境就很悲惨了。

"有。"张猴子蹲在火堆旁边,顺手从口袋里掏出指北针,"幸好我背包里有一个。"

我松了口气,一边吃东西,一边跟他们商量,驼叔的连心眉一阵跳动,冒着一股火气说:"还商量什么!什么都别商量,吃完东西直接往回走,老张,这次哪怕你嘴里说出一个大闺女,也别想再糊弄老子。"

"好好好,我也是这个意思,吃完东西就走。"张猴子再也不敢提什么建议,老老实实埋头吃自己的东西。

用来烧火的燃料很快就耗尽了,驼叔打开一只手电,张猴子跟着也打开一只，驼叔就骂，说他败家子，不知道节省能源。

我们走了不远，就看到一条水流很浅而且流速缓慢的河，不知道是不是把我们带到这里的那一条。

因为张猴子猜测河道很可能在中间最少分了一到两个岔，不过我们有指北针，不用担心迷失方向的问题。

张猴子拿着指北针在前面引路，驼叔悄悄对我说："老张满嘴没一句实话，现在咱们俩人，他一个人，吃定他了，要不要趁这个机会逼问一些口供？"

"不太好。"我一口就否决了驼叔的建议，这次被河水冲走，完全是任何人都预料不到的意外，况且张猴子也是受害者之一，不能把责任全推到他身上。况且，张猴子至少表面上对我们很客气，如果我们率先发难，就等于昧着撕破脸皮了。

"妇人之仁，有什么不太好的？"驼叔掀掀自己的衣角，"老子有枪，顶着他脑袋，保证你想知道的连同你不想知道的一股脑全吐露出来。"

"还是算了。"我坚决不同意这么做，有些话还是没办法跟驼叔明言，对他来说，小胡子已经是一个潜在的威胁，如果再把张猴子得罪了，我跟驼叔单枪匹马，日子就更不好过。

"卫老板，驼哥，你们看。"

我跟驼叔正在后面小声嘀咕，张猴子就回头喊我们，顺手用手电指着前面，疑惑地说："这里怎么也有胡子师爷说的什么圣山守护神的石像？"

离我们十几米远的地方，盘卧着一尊先前在废墟旁见过的圣山之龙的石像。

我也感觉很奇怪，眼前这片地方，没有任何建筑以及人为留下的痕迹，出现石像，确实有点突兀。

"这附近，会不会还有另外一片废墟？"

"说不清楚，咱们被冲过来的时候，眼前漆黑一片，什么都看不到，不过驼哥，再有废墟的话，我看就不用关注了，肯定不会有什么东西的。"

"老子心里有数，用不着你废话。啰嗦什么，赶紧走。"

十几米的距离，两分钟就走到了，驼叔问张猴子有没有照相机，张猴子说背包里应该带着，驼叔很高兴，让张猴子替他拍两张照片，说以后拿着照片出去给人看，不明真相的人肯定能被糊弄住，还以为照片里的石像是真家伙。

自从铜门的事情发生之后，驼叔难得给张猴子好脸色，所以他一吩咐，张猴子忙不迭地翻找照相机。

驼叔走到石像旁边，一脚踩上去，威风凛凛地摆了个造型，但还没等完全站稳，驼叔的脸一瞬间就绿了。

"这石像是活的！"

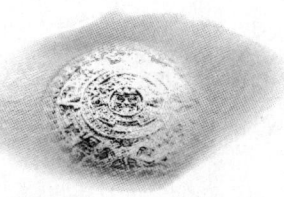

西夏之眼
转轮古石 2

拾贰

迷失

迷失 拾贰

　　几乎就在驼叔喊出这句话的同一时间，我看到盘卧在地面上的那条圣山守护神巨大的脑袋动了一下。

　　这是个绝对要命的错觉！

　　从我们三个人看到这里的圣山守护神时，潜意识里就产生了错觉，认为它和废墟那边的石雕是一样的。毕竟守护神什么的只是遥远古老的传说，谁都不可能想到，这种存在于传说中的物种突然就活了。

　　不管我承认不承认这是个错觉，但眼前的一切无比清晰，那条大得吓人的蛇就像刚刚从千百年的沉睡中苏醒一样，慵懒地摆动蛇头，粗长的身体也开始蠢蠢欲动。驼叔在危险发生的时候，思维反应和动作都出奇地快，嗖的一声，缩地成寸，眨眼间就蹿回我们身旁。

　　对于蛇，我真的很缺乏了解，但是好像记得以前听人说过，跟蛇遭遇的时候，转身逃跑或是任何一个细微的动作，都能让它们感到你在试探攻击，从而招来它们的无情反击。如果一动不动地互相对峙，说不准蛇还有自动退却的可能。不过要跟这种体形的动物对峙，我实在缺乏必要的勇气，唯一的念头就是拼命跑。

　　我们三个人僵在那里一动不动，大蛇似乎暂时也没有主动进攻的势头，只是不停地微微蠕动身体，黑中泛青的蛇身在黯淡的光芒下隐隐闪耀出一层令人

眼花的光晕,刺激得我膀胱瞬间胀大无数倍。

驼叔一句话也不敢说,冷汗顺脸往下流,张猴子拿着很无辜的表情微微转头看他,那意思好像是在说:这次总不能怪我吧?

如果就这样一直一动不动地对峙下去,我估计自己几分钟内分泌的肾上腺素就能拿来当饮料喝。但是不过三两分钟的时间,那条和我一样粗的大蛇舒展开全部蛇身,朝我们这边缓缓游弋过来。

这一下,我们三个人都忍不住了,张猴子第一个抱头鼠窜,我的意志也完全垮了,紧跟着他玩命地跑。

事实证明,这个举动是相当错误的,我们开始发足狂奔,那条动作一直很缓慢的大蛇也相应加快速度,在我们后面追赶。但在当时那种情况下,我根本不信有谁还能忍得住一动不动。

这可能是我平生跑得最快的一次,因为我知道,身后的追击者比任何敌人都要可怕得多。要是被人追,即便追上了,我们还能有一搏之力,但被这种水桶一样粗的玩意儿追上,唯一的结果就是给它当开胃的小点心。我过去听老头子手下的老伙计说过,他说一条小臂粗的蛇,足能缠死一头几百斤重的水牛,而眼前这一条,估计恐龙都得让它玩残。

脚下的路并不平坦,而且光线不稳定,快速奔跑得时候难度很大,身后的大蛇一直不紧不慢地追,几分钟时间,我的内衣就被汗水浸透了,但仍然跑得很有劲,并且很小心,唯恐摔跤。只要不小心摔倒,等再爬起来的时候,后脑勺可能都被大蛇舔掉了。本来我们是沿着河沟的边沿一路朝回走的,不过现在早就跑乱了,眼前全都是隐没在黑暗中的未知区域,情况越来越不利。

不过跑出去很远之后,我发现,那条大蛇好像并未全力追捕我们,否则的话,在这种地势中,人的两条腿根本跑不过它。它似乎是在跟我们玩游戏,老鹰捉小鸡的游戏,双方之间的距离一直保持在十米左右。但即便是玩游戏,遇见这样的游戏玩家,我们三个加一块也跟人家玩不起,所以不管身后的大蛇是什么意图,我们只能一口气跑下去。

人的耐力可能在所有动物中是最差的一种,尽管知道现在是生死时刻,但跑得时间长了，体力流失得严重，我就有点喘不上气的感觉。张猴子跟驼叔也不比我强多少，都是一边跑一边大口喘气。那条蛇很有耐心，就这么尾随在我们身后，饶有兴致地追着。

驼叔喘着气说这么跑下去不行，早晚会被拖垮，等跑不动的时候，就是我们的死期，需要想个办法把大蛇甩掉。我跟张猴子跑得很吃力，没精神接他的话，驼叔又说："三个人分开跑，老子跟卫少爷一路，老张你自己一路，你不是有枪么，朝大蛇打两枪试试。"

张猴子一听就知道驼叔安的什么心，死都不肯同意。这节骨眼上，驼叔也没法跟张猴子为难，三个人只能继续往下跑。

这场马拉松似的逃亡不知道持续了多长时间，什么办法都来不及想，脑子里只有一个念头，那就是不断地跑，直到把身后那要命的玩意儿完全摆脱为止。渐渐地，我就发觉一丝不妙，脚下的路好像在逐渐变窄，驼叔和张猴子显然也发现了这一点，但已经跑到这里了，谁都没勇气调头再跑回去。

很快，我心里的不安越发严重，道路逐渐狭窄的势头不仅没有缓和，反而更加严峻起来，到最后，我们竟然钻进一条只有五六米宽的通道中。驼叔都快虚脱了，还没忘记抱怨张猴子，说都怪他带着我们乱跑，结果跑到这种小胡同一般的险境里。这时候再想去找别的路，根本不可能。

路越来越窄，而且九转十八弯，正跑着，余光就看到身边的石壁上好像出现了在云坛峰见过的那种岩体裂缝，我的心一下子就沉到脚底板，要论钻洞，人绝对钻不过蛇。心头的惊惧还没有完全消失，周围的环境已经恶化到了极点，眼前出现了似曾相识的一幕，不远处的主道，赫然分岔，露出两个入口。

"走哪一个！"张猴子急得大叫。

短短几步路，能给我们的判断时间一瞬即逝，两个入口很窄，最多一人高，站在我们这个位置，看不清楚里面的情况。驼叔可能觉得其中一个入口比另一个稍稍宽阔一些，二话不说，一头扎进去，我紧随其后，但心慌意乱之下就忽略了一个问题。

驼叔本来个头就比我低，再加上他驮着背，所以很顺利地钻进入口。我就

没那么幸运了，跨进入口的同时，额头撞上一块突出的岩石，顿时疼得要窒息，感觉满脑袋的脑浆都一圈一圈泛起波澜，血顺着脸就下来了。张猴子落在队尾，屁股后面就是那条大蛇，因此他比我还急，一看我定在洞口不动，立即把我朝前一推。

我使劲晃晃脑袋，顺手把糊住眼睛的血擦掉，刚想迈步，驼叔跟看见外星人一样，手里的手电差点失手脱落。

从外面看，两个洞口都是黑乎乎的一片，驼叔为了跑得利索点，所以挑选了这个稍稍宽阔的洞口，但进来之后他才发现，这是个死洞，最多十米就到头了。也就是说，我们自己把自己堵进一条死胡同里，等着大蛇过来悠闲地加餐。

三个人都不死心，一边朝洞的尽头快速移动，一边各自在周围扫视，希望能看到一条别的出路。很快，我们就缩到洞的尽头，退无可退，而那条什么狗屁的守护神，已经在洞口试探着往里钻。

"老张！"驼叔把张猴子往前推了一把，"你去顶一会儿。"

"我拿什么去顶一会儿！"

"拿你的枪去打它，说不准就把它放倒了。"驼叔满心希望这条圣山守护神非常记仇，挨了张猴子的子弹以后只挑他下嘴。

张猴子伸出小拇指第一节，又两手做环抱状："子弹跟它的比例，你觉得能打死？"

"秤砣虽小压千斤，快去！"驼叔急了，大蛇已经伸进来半个脑袋，看得人发毛，我们都使劲把身体朝角落里缩，恨不得一下子融化在岩石里。

被堵在死胡同里的感觉让人只想发疯，张猴子一把掏出枪，咬咬牙，对着已经钻进来两三米的大蛇，颤抖的手紧紧扣住扳机。

张猴子的枪还没响，那条大蛇突然像被电击了一样，痉挛似的来回扭动身体，显得暴躁不安，随后一阵风般退出石洞。

我们三个人面面相觑，虽然大蛇暂时离开石洞，但石洞本身，却又带给我们深深的惊疑和恐惧。

"这洞里……是不是有……有什么东西?"张猴子握着枪,使劲朝驼叔身边凑,可能觉得俩人背靠背站着比较踏实。

我也感觉张猴子说得很有道理,像圣山守护神那种体形的蛇,或者说蟒,放到自然界里,几乎没有什么生物敢招惹它。而它紧紧追了我们一路,在进入石洞后几秒钟,就惊慌失措地仓皇退走,要说这洞里没有古怪,连我自己都不信。驼叔没法再藏私了,伸手从腰间拔出自己的枪,张猴子看见他也有枪,显然很气愤。

隐藏在未知角落中的危险,比大蛇更让我感到心慌,明明知道有危险,却搞不清楚危险究竟来自何处。我们都不愿意在这里再呆下去,驼叔抹抹头上的冷汗,碰碰张猴子,说:"咱们要赶紧出去,老子年纪大了,腿脚不好,卫少爷又受了重伤,老张,只有你一个人好胳膊好腿,悄悄到洞口看一下,看那条大蛇走远了没有,老子跟卫少爷在这里掩护你。"

我一听这话,感觉有点耳熟,顿时想起来,在云坛峰,驼叔也是这么跟和尚说的,撺掇他去打头阵。

张猴子很不情愿,看看驼叔,又看看洞外的一片黑暗,连动都没动。驼叔使劲用肩膀把他往外顶:"你老板是怎么交待你的!说了这票买卖中有什么事,全由卫少爷做主,老子代表卫少爷命令你,去洞口那边看看!"

张猴子快被驼叔挤兑疯了,握着枪,以厘米为单位朝前一点一点挪动,按他这个速度,等我们随身带的给养全吃完,大概也就走到洞口了。驼叔等张猴子走出去一点,贴着耳朵对我嘀咕道:"那条大蛇要是在洞外面盘着,没准就被老张吸引了,我们两个跟在后头,找机会跑,憋在这里不是个事儿,老子心慌得厉害。"

我心说这一手也太损了点,张猴子这一路对我还是很尊重的,眼睁睁把他往火坑里推,我于心不忍。驼叔一脸刚毅,表示这是不得已而为之,如果我们能出去,一定会给张猴子立牌位。

足足用了好几分钟时间,张猴子才慢腾腾走到临近洞口的位置,我和驼叔也从石洞的尽头开始往外移动,猛然间,张猴子就和见了鬼一样,一秒钟不到

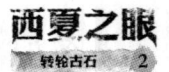

就退了回来。

"没走!"张猴子压低嗓门,"又进来了!"

洞外的一片黑暗中,慢慢显出那条大蛇的半个脑袋,它似乎也极为小心地在洞口外试探,估计是不甘心放弃将要到手的猎物,但又惧怕石洞中的某些东西,所以不敢冲进来。

这石洞里,究竟有什么东西?

我不由自主地就分神去再次观察身处的这个石洞,可以说,这是个非常普通的洞,既不深,也不宽,除了光秃秃的石壁之外,看不到任何多余的东西。但那条蛇确实对这个洞非常忌讳,犹豫着在洞口徘徊了半天,始终不敢逾越雷池。

它不敢进来,我们也不敢出去,尽管在洞里多呆一分钟对我们来说都是无尽的心理折磨,但我们总不可能硬着头皮朝蛇口里钻。不过前后十几分钟时间,石洞内一片寂静,除了我们三个人的呼吸声,什么异常的现象都没有。

前后僵持了十分钟时间,那条大蛇终于忍不住又钻入洞口,但和上次一样,只钻进来一个脑袋,它又像是被什么东西刺激了,过电一样来回扭动,留在洞外的粗长尾巴把岩石拍打得啪啪作响。几秒钟之后,大蛇再次退出石洞,消失在外面的黑暗中。

这次我们完全可以确认,这石洞里,百分之百有什么东西,只不过它隐藏得很深,暂时无法察觉,就像埋在地下的地雷,人不踩上去的时候,绝对不知道暗藏的杀机。

"老子快要疯了!"驼叔第三次开始仔细打量石洞内的情况,眼都看花了,石头还是石头,别的什么都没有。

张猴子低着头不说话,沉吟了半天,才对我们说:"卫老板,驼哥,你们觉不觉得奇怪?"

"什么?"

"是这样。"张猴子解释道,"那条大蛇两次进洞,都跟触电一样扭来扭去,然后退走,说明这石洞里肯定有什么东西,而且是能够震慑它的东西。但是我们三个进来这么长时间,却没有任何不适的反应,是不是这样?"

我跟驼叔不由自主地一起点头,虽然呆在石洞里让人心慌,但身体状况良好,确实没有什么不良反应。

"这石洞里肯定有什么东西,而我们暂时没有发现,我觉得,这东西好像只对大蛇有威胁。"

"对啊!"我顿时醍醐灌顶,我们呆在石洞里这么久,屁事都没有,很可能就和张猴子所说的一样,石洞内隐藏的东西只会让大蛇感到恐慌。

"老张,你说得靠谱不靠谱?老子真是经不起折腾了。"

"理论上应该是正确的吧,比如雄黄,人拿来泡酒喝都没事,蛇一闻就顶不住了。"

张猴子的话让我和驼叔都稍稍放心,凑在一起讨论了一会儿,那条蛇估计被洞里的未知物给弄怕了,一个小时都没有再出现。虽然我们也弄不清楚究竟是什么东西震慑了大蛇,但至少知道,呆在洞里暂时比较安全。

我们总算松了口气,直到这时候,我才感觉额头上的伤口隐隐作痛,流出的血淌得满脸都是,已经结痂。驼叔从背包里翻出纱布和双氧水,替我消毒包扎,张猴子则在旁边盯着洞口。

"这一趟跑得,算是什么事!老子让水冲了三次,卫少爷见了两回血,老张,为什么就你一个人好端端的?"

"驼哥,这些事情没法比的,我不也是让水给冲到这里来的吗?"

"先不说这些,总之,老张你没受什么伤,你也看到了,卫少爷脸上血肉模糊,很吓人的,后面如果再出现情况,你就受累多招呼招呼。"

三个人分着吃了一点东西,坐了大概二十分钟的样子,驼叔抹抹嘴巴,叫张猴子再到洞口那边看看。我总觉得那条大蛇不会这么容易死心,一定还在外面某个阴暗的角落里潜伏,等待时机,所以就劝驼叔不要那么心急。

正说着,驼叔就恨得直咬牙:"又他娘的来了!"

我一回头,立即看到大蛇在洞外露出脑袋,几乎已经发黑的蛇信快速吞吐几下,慢慢地滑进洞里。不过这一次,我心里的慌乱已经减轻了许多,知道大蛇

只要进洞,很快就会迫不得已地退出去。我很怀疑这洞里是不是藏着雄黄之类的东西,但使劲闻闻,也闻不出什么异味。

"你一趟一趟地来,又不敢进,累不累啊。"驼叔也比刚才轻松多了,还有心调侃。

比冬瓜都大了一圈的蛇头慢慢探进洞,然后后面的身体开始一点一点地蠕动,渐渐地,粗长的蛇身就钻进来两三米,前两次,大蛇都是在这个时候被迫退出去的,所以驼叔和张猴子已经准备送客了。

但让人意想不到的是,大蛇这一次好像没有受到任何震慑,蛇身钻进来两三米之后,竟然还在继续,只不过蠕动的速度特别慢。驼叔和张猴子本来懒洋洋靠在石壁上,这时候立即又紧张起来。

"怎么搞的!它不是进不来吗!"

十来米深的石洞,对这种庞然大物来说,眨眼间的工夫就能蹿过来,尽管大蛇蠕动得很慢,但我们三个人束手无策,眼睁睁看着它又向洞内爬行了一两米。整个石洞十米深,不到五米宽,几米长的蛇身一进来,就让人产生强烈的压迫感。张猴子一举枪,脸上的冷汗就像没关严的水龙头,对驼叔说:"驼哥,没办法了!拼吧!"

驼叔一直害怕这种口径的手枪给大蛇造不成致命的伤害,反而会彻底把它激怒,在石洞这种环境中,如果大蛇发狂,我们三个人会死得连渣都不剩。

大蛇试探着往洞里爬了几米远的距离,感觉前两次那种潜在的威胁好像消失了,动作逐渐加快,也就是几次呼吸的时间,粗长的身体又向前爬行了两米,跟我们只有三四米的距离。

"卫少爷!"驼叔和刚从桑拿房出来一样,擦掉眼眶旁边的冷汗,紧紧盯着面前的大蛇,对我说,"洞里很窄,这东西一下子回不过身,老子跟老张拿喷子招呼它,枪一响,你就贴着石壁向外跑!"

"那你们呢!"

"没时间啰嗦了!"驼叔把我朝石壁的边缘轻轻一推,对张猴子晃晃手里的枪,"老张!咱哥俩这次并肩作战,一,二,三!"

话音一落，他们两人就很有默契地一起开火，沉闷的枪声伴随着枪口喷出的火花打碎石洞中的沉寂，驼叔一口气开了四五枪，又重重推了我一把："走！"

如此近的距离，两人枪口激射出的子弹全部打到了硕大的蛇头上，大蛇明显比刚才狂躁了许多。我被驼叔一推，两条腿像上了发条一样，机械般贴着石壁就往洞外跑。驼叔为了吸引大蛇的注意替我掩护，在我跑动的同时，把枪膛里剩下的子弹全部打了出去。张猴子趁机换上一个弹夹，又是一连串的枪声。

大蛇的身体在石洞中扭来扭去，一下子朝我这边扫过来，我没勇气踩着滑腻的蛇身继续跑，所以借着跑动的惯性一跳，从左边跳到右边。一切都发生在电光石火之间，我顺着石壁的边缘跑出去六七米远，只要再有两步或者三步，就能冲出洞口。

驼叔和张猴子两个人十几二十发子弹全都打在蛇头上，本来动作一直非常迟缓的大蛇明显被激怒了，蛇身在石洞内扭曲的幅度越来越大，四五米的宽度根本不够它来回折腾的。驼叔他们打光了枪里的子弹，一人一边也开始朝洞外跑，大蛇只有一张嘴，如果咬住一个人，就暂时没工夫再对付其他人，驼叔和张猴子一左一右，像玩俄罗斯轮盘一样，赌大蛇会挑谁先下嘴。

就在我马上将要跑出石洞的时候，大蛇匍匐在地面上的身体猛然弓起，向右边一歪，重重撞击在石壁上。这一下虽然没有直接撞到我，但它后半部分蛇身一下子扫中我的腿，让我不由自主地摔了一跤。

还没等我从地上爬起来，粗长的蛇身在狭小的石洞内左右乱扫，而且留在洞外的一部分蛇身完全进入洞内，蛇尾蜷缩成钩状，卷住我的上身，用力甩了出去。我整个人啪地摔在左边的石壁上，感觉骨头都碎了，更要命的是，额头的伤口被石壁蹭了一下，胶布和绷带连同伤口上的血痂一起脱落，鲜血刷地冒出来，又把眼睛糊得睁不开。

我慌忙擦掉眼睛上沾染的鲜血，连伤口都顾不上捂，连滚带爬地向洞外跑。驼叔和张猴子面对的是一张巨大的蛇口，更加吃力，慌乱中，我悲哀地想到，就算我能侥幸逃出去，他们俩其中一个必然要永远留在这里。不管死在这

儿的是驼叔或者张猴子,我都不愿意看到。

心里这么想着,脚下的动作就有些慢,大蛇的狂躁好像在一瞬间就达到了顶点,蜷缩起来的蛇身把两边的石壁几乎都撞出裂缝,而且,巨大的蛇头猛然调转方向,丢下驼叔和张猴子,扭头朝我这边扑过来。

我完全失去了任何继续逃跑的意识,手里的手电狠狠朝蛇头砸了过去,眼前的光线猛然黯淡许多,只能看到粗长的蛇身像流水一样,嗖地滑出洞口。

我还没有反应过来,驼叔就用力把我拽到他身边,然后三个人重新退回石洞的尽头。驼叔一屁股坐在地上,微微喘着气:"他娘的! 幸好洞里的东西及时显圣,又把那大长虫给吓走了。"

前后一分钟时间都不到,我却跟脱力了一样,软绵绵地坐下来,心脏仍然剧烈地跳动。而且驼叔的话也让我感觉到,石洞里的未知物出现得没有规律,原本以为呆在石洞里会很安全,但现在看来,石洞也不是安稳的避难所。这次是凑巧,未知物及时出现,逼迫大蛇仓皇逃跑,如果它再晚出现个三两分钟,说不准我们都要挂在这里。

"这洞里到底有什么东西?"此时此刻,我真得很想弄清楚,石洞中隐藏的未知物究竟是什么,能让大蛇像见鬼一样夺路而逃。

"没有时间再来考虑这些问题了,呆在这里不太保险,老子觉得,还是想办法冲出去算了。"驼叔又翻出纱布之类的东西,替我包扎,"卫少爷,你悠着点好不好,一个人就那么点血,这么不停地流,谁受得了嘛。"

"驼哥,等等。"张猴子突然拦住驼叔,"别先替卫老板包扎。"

"不包扎,看着血哗哗地流?你安的什么心!"驼叔眼睛一瞪,又要发飙。

"不是不是。"张猴子连忙辩解道,"我不是那个意思,卫老板受伤,我也很着急的。只不过我猛然间有个想法,咱们来分析一下。自从咱们遇见那条大蛇以后,它就穷追不舍,一直追到这里,第一次第二次,它不敢进,咱们就猜想这洞里会不会有什么让它惧怕的东西,但第三次,大蛇就肆无忌惮,我觉得,这些情况和卫老板受伤有关系。"

"乱七八糟的,你到底想说什么?"

张猴子低头想了想，重新组织一下语言，接着说："我们进洞的时候，卫老板撞破脑袋，结果大蛇就不敢进洞，等驼哥你替卫老板包扎之后，它就没什么顾忌，直接闯进来行凶，刚才卫老板不小心触动旧伤，大蛇再次逃窜，我想说的，就是这个意思。"

我隐隐约约听明白了张猴子的意思，但驼叔还是有点糊涂，疑惑地问道："卫少爷受伤，跟大长虫进洞不进洞有一毛钱关系？"

"我觉得，有。"张猴子看看我，"大蛇怕的，好像就是卫老板的血。"

这个结论猛然听起来很扯淡，但只要仔细一分析，就会发现跟实际情况非常吻合。我刚进洞时不小心见了血，那条蛇就不敢逾越，后来我们在洞里僵持了一会儿，驼叔又替我包扎好伤口，大蛇立即纵身深入，直到我第二次血流满面，大蛇则奇迹般地败退出去。

不过猜测终究是猜测，无法完全确定，尤其是性命攸关的事情，一点纰漏就会带来致命的后果。

"老张，听起来好像你说的还有那么一丁点道理，但就算真是这样，也不可能让卫少爷在这儿滴滴答答地淌着血，防备大长虫进来吧。"

"我们来做个小实验，虽然有点冒险，不过一旦确认，就有办法彻底摆脱这条大蛇。"张猴子一边说，一边把自己外套撕下一条袖子递给我，"卫老板，趁着你的伤口还在淌血，把血都滴到这袖子上。"

"老张，你要干什么？"

张猴子等袖子上沾了许多血之后，在洞里找了一块碎石头，裹进衣袖，对我们说："那条大蛇肯定没走远，还在外面卧着，它究竟是不是怕卫老板的血，把这条袖子扔出去就知道了。"

"老子总是感觉有点玄，卫少爷吃五谷杂粮长大的，又没修过仙，他的血能辟邪？"驼叔伸头朝洞外看了两眼，"不过试试也好，万一是条出路，总比困死在这里强。老张，你去吧，老子支持你。"

"我知道，这样的事，舍我其谁。"

张猴子趴在洞口，用手电在四周扫视，那条大蛇果然贼心不死，一直盘在

离洞口不远的地方。张猴子一抬手把沾满鲜血的衣袖甩出去，准头还不错，裹着石块的衣袖一落地，骨碌碌就滚到大蛇旁边。

一直静卧不动的大蛇立即就像前两次闯入石洞时的情形一样，浑身痉挛地扭动了几下，扭头朝远处逃窜。

"有门！"张猴子兴奋地对我们说，"那大蛇惧怕的肯定是卫老板的血。"

驼叔也感觉很奇怪，扭头打量我："你吃雄黄长大的？"

一时间，我很难形容现在的心情。活了二十多年，我一直认为自己只不过是个游手好闲的普通人，仗着老爹有几个闲钱，每天吃吃喝喝地混日子。但自从来到这里，我发现自己身上隐藏的怪异现象，无法用常理去解释。

"大蛇怕卫老板的血，这就好办了，卫老板先不要包扎，咱们直接出去，那条大蛇避之不及，肯定不敢尾随的。"

说着，张猴子就用我的血朝自己身上抹，驼叔顿时明白他的意思，也跑过来，满脸堆笑："沾点仙气，百邪不侵。"

趁着我额头上伤口淌出的血还没有凝固，我们三个人就一起从洞口冲了出去，那条所谓的圣山守护神早不知道钻到哪里去了，张猴子唯恐武装得不够到位，又把那截衣袖也捡起来拿在手上。

一离开石洞，我们就加快速度，想把大蛇尽量甩得远一点，血液用不了多久就会凝固，而且我也不能一次一次把结痂的伤疤揭掉，疼死人。

很快，我们就从狭窄的道路上脱离出来，张猴子掏出指北针确认了一下方向，然后开始朝起点那边走。这地方这么大，而且地势复杂，谁都不能保证不会猛然遇见第二条大蛇，只有跟失散的人会合到一起，按原路退回，才是目前的首要任务。

我脑子里很乱，大概是发现了血液能够震慑大蛇，继而让我想起了铜门以及其他一些事情。我不由自主开始系统地归纳整理一些记忆里的细节，从昭通档口出事之后，我就好像被一根看不见的线牵引着，一步一步走向迷雾中。

到了现在，我也有点说不清楚，自己参与到这件事中，究竟是偶然，或是必然。

偶然，必然，虽然这两个词只有一字之差，但对我来说，意义却完全不一样，如果仅仅是偶然，这一切都好解释，如果是必然……想着想着，我就产生一种毛骨悚然的感觉。

张猴子和驼叔一前一后，一个负责带路，一个在后面留意是否有异常情况。大概半个小时后，驼叔在后面叫住我和张猴子，东张西望地说："不对，老子觉得不对。"

一路上我一直在走神，也没注意到什么不对劲的地方，张猴子就问驼叔哪里不对。

"按照我们现在行走的速度，这时候应该到了刚才遇见大长虫的地方，可老子怎么看着周围的环境这么眼生？"

"走到了？"张猴子迷迷糊糊道，"刚才被大蛇追得稀里糊涂的，具体跑出去多远，我心里也没数，再往前走走看看吧。说不定咱们回来的时候走得慢，还没有到地方。"

"少跟老子装糊涂，就算心里没数，走过的路还能变？半个多小时了，连那条河都没看见。"

驼叔嘟囔了一会儿，我也感觉似乎真是不太对头，再加上心里一直对张猴子微微有些怀疑，所以立即和驼叔一左一右把张猴子夹到中间。

"卫老板卫老板，驼哥，"张猴子慌了，"你们还信不过老张吗……"

"信得过你才怪！"驼叔不由分说，从张猴子身上搜出指北针，"不让你带路了，越带越偏，别等下找到出口，出来一看，都他娘的到西藏了。"

我和驼叔看了看指北针，张猴子带我们所走的方向还是正确的，所以驼叔也没有再挤兑他。张猴子表情沉痛："卫老板，驼哥，咱们三个也算生生死死共患难的兄弟，你们怎么这么不相信我？把你们坑了，我能有什么好处？现在跟大队走散了，咱们更应该抱成一团，风雨同舟，怀疑来怀疑去的，弄得我的心拔凉拔凉的。"

其实我跟驼叔怀疑张猴子也只是推测，一直到现在为止，倒真没抓住他什么把柄，我就对他说："驼叔是老江湖了，凡事谨慎，他看着势头不对，及时提

醒一下,也是怕后面出事,老张你不要往心里去。"

"是啊老张。"驼叔一听我夸他,走在前头面有得色,"有老子坐镇,出不了什么事,不是老子夸口,这一次要是你跟别的人掉进河里被冲下来,恐怕遇见大蛇就有大麻烦了。"

张猴子一脸苦笑,我从背包里找出一包没开封的香烟,打开了给他抽,驼叔也要了一根,叼着烟卷看看指北针,带我们继续走下去。

我们都以为现在走的方向是没错的,可能真的是尚未走到最初遇见大蛇的地方,所以看不到那条河沟,但接着又走了半个来小时,周围的环境越来越陌生,很明显是一块我们从未涉足过的区域。

"驼哥,这次可是你带的路。"

"老子心里有数。"驼叔不耐烦地训斥张猴子,但我看得出,他心里也很虚,偷偷地握着指北针,一个劲地看。

"要不要换个方向走走试试?"张猴子试探地问道。

"那不是离出发点更远了吗?"我寻思着,从我们遇见大蛇到进入石洞,可能跑了大概二十分钟的时间,以当时那种玩命一般的速度,确实让人估计不出很准确的路程。但接连快速步行了一个多小时,两者之间应该相差不会太多。

"再走一会儿,老子生来不信邪,就不相信顺着正确方向走不到原来的地方。老张,老子警告你,这次跟大队会合以后,什么狗屁建议你都不要再提,马上回铜门那边。"

驼叔唯恐再出错,把指北针捧在手里,在前面带路。就这样又提心吊胆地走了半个小时,我已经完全确定,我们迷路了。

三个人愣在原地,大眼瞪小眼地互相看了半天。我夺过驼叔手里的指北针,指北针没有问题,而且张猴子和驼叔选择的方向也完全正确,但怎么可能在正确的方向上走着走着就迷路了?驼叔说是不是张猴子买的装备是残次品,质量有问题,张猴子就使劲摇头。

猛然间,我想到了点问题,顿时紧张起来,在周围打量了一圈,对他们俩说:"会不会指北针出问题了?附近有什么磁石矿或者类似的东西,干扰了指北针?"

当初在云坛峰复杂的山体缝隙中时,我们就遇到过一次指北针失效的情况,具体是什么原因,一直没能搞清楚。而现在,指北针虽然没有明显地出现被干扰现象,但想来想去,只有这一个可能。如果真是这样,我们的处境就有点麻烦了。

"不要急,不要急。"张猴子一边说,一边拿出水给我们分着喝,我下意识就把手里的手电关了。三个人一共就那么点可利用的物资,现在又迷失了方向,不能不省着点用,尤其光源,在这种地方比食物还重要。

"现在咱们需要镇定,不能慌。咱们走得不算远,即便迷路,也没有偏离多少,想一想办法,说不准就会有转机。"张猴子站起身,用手电在四处照。我跟驼叔都急得想骂街,只有他一个人保持着乐观主义精神。看了没多久,张猴子连忙把我们拽起来,指着远处说:"你们看。"

远处黑咕隆咚的,手电光照得远了就扩散得厉害,模模糊糊一片,张猴子把手电固定在一个位置上,说:"卫老板,驼哥,你们仔细看。"

我的视力还凑合,但把眼珠子都瞪出来了,也不知道张猴子究竟要我们看什么,驼叔很不耐烦地说他眼神不好,让张猴子有话直说。

"我觉得,那边好像有一扇铜门。"

"铜门?"

我和驼叔立即被这两个字给刺激了,刷地站起来,朝前走了几步,一齐打开手里的手电,同时心里还在暗想着难道歪打正着地绕了一条近路,又回到铜门附近了?但转念想想又不对,这里的环境非常陌生,而且铜门距离我们很远,就算绕近路,也不可能一个多小时就绕回去了。

又加了两只手电,远处的情景就清晰了一点,如果要我自己毫无目标地乱看一气,我还是分辨不出铜门之类的东西,但张猴子一提示,我倒真觉得远处有个铜门的轮廓。

"走近了看看。"张猴子看见那扇若有若无的铜门就激动了,背起背包朝

前面大步走着。我和驼叔相互对望了一眼,也都站起来跟上张猴子。

张猴子走得很快,没多长时间,他就停下脚步,兴奋地转头对我们说:"好像就是一扇铜门!"

其实这个时候我也看出来了,铜门的轮廓越来越清楚,但可以肯定的是,这绝对不是我们前面遇到的那扇铜门,周围环境差别太大。也就是说,我们好像遇到了第二扇铜门。

张猴子还装模作样地征求我的意见,问要不要到那里看一下,其实看他的神情,恨不得长翅膀飞过去。身处在我们现在这样的境地,盲目地乱走,会带有一定的危险性,但看到铜门之后,我也有点忍不住了。驼叔立即跟张猴子说,如果找到什么好东西,必须平分。

几乎就在接近铜门的同一时间,我们看到铜门的旁边就是一条南北走向的暗河,但也不敢确定暗河的真正走向,因为指北针可能有点不靠谱。这扇铜门和第一扇铜门所处的位置截然不同,就那么孤零零地立在暗河的旁边。我大致看了几眼,铜门好像比第一扇铜门稍稍高一些。

铜门旁边的暗河水流很急,但并没有轰鸣的水声,我跟驼叔对河过敏,条件反射似的就想躲避它。张猴子站在铜门前凝视了一会儿,然后回头指指铜门:"卫老板,你看。"

宽厚的铜门上,一个凹陷的六指掌印清晰可见。

"其实我觉得我们并没有迷路,恰恰相反,我们走对了路。"张猴子退到一旁,把一整扇铜门都暴露在我面前。

这瞬间,我猛然产生了一种非常强烈的欲望,很想把自己的左手按入凹陷的掌印中,开启这道铜门,然后继续走下去,直到发现轮眼的那一刻为止。

这种欲望简直已经不受我的控制,我颤巍巍地伸出自己的左手,慢慢探向铜门,就像一个迷失了心智的寻宝者,在宝藏大门前激动地伫立,然后把开启宝藏的钥匙缓缓插入钥匙孔。驼叔赶紧在旁边拉我:"卫少爷,先等一下。"

这一拉,就把我从短暂的幻觉中惊醒过来,我收回左手,点了根烟,发现手掌还在微微颤抖。

"卫少爷,老子看这道门跟深渊旁边那道门是一样的,你忘了当时把手陷在里面拔不出来?还是稳当一点的好。另外,老张,老子觉得这票买卖的股权分配问题要重新调整一下,卫少爷出力出得多,开铜门,赶走大长虫都要靠他。"

在第一道铜门那里的遭遇我肯定不会忘记,当时确实惊慌失措,但事情一过,连我自己都意识到,那是开启铜门的一个很重要的程序。如果不流点血,铜门是无法打开的。只不过谁也说不清楚,血液和铜门之间究竟有什么关联。铜门后面的绞盘以及铁索和巨大的齿轮都说明,这是一套符合常理的简单机械组合,而不是一个魔幻故事。

简单地商议了一下,驼叔和张猴子就一左一右站在我身边护法,我深吸了口气,把左手稳稳地按进铜门上的掌印内。那种感觉就好像小时候撅着屁股等着打针,心里稍稍有些紧张,因为没法确定针头什么时候会猛地扎在屁股上。

最多半支烟的工夫,吸力和刺痛感接连传来,尽管已经有了充分的心理准备,但我还是忍不住打了个哆嗦。驼叔抓着我的手腕,问道:"怎么样?"

"跟上次一样。"

我总觉得经验是个很有用的东西,同样也是个很害人的东西,凡事都用过去的经验硬往上套,说不准就会吃大亏。不过还好,这一次手掌上的感觉和上一次一模一样,在手掌上的血液流失到一定程度之后,吸力逐渐减小,没费多大力气就把手掌拔了出来。张猴子早就在旁边严阵以待,我把手一抽回来,他马上止血包扎。

随后,那种很模糊又很奇怪的机械运转声就从地面下隐隐传来,我们三个人躲得很远,目不转睛地注视着铜门。铜门后一连串持续不断的声音让我们感觉到,所有控制铜门开启的部件完全运转开了。过了几分钟时间,沉重的铜门就如我们预料的那样,慢慢被粗长的铁索一点点悬吊起来。

铜门完全开启之后,我又一次看到了两个巨大的绞盘的影子和很多铁索。其实我更愿意看到铜门后面是一个小小的密室,轮眼就藏在密室里,拿了就

走，尽早离开这个鬼地方，回归现实世界。

从我们发现第二道铜门开始，注意力几乎全都集中在开启铜门上，但铜门真的顺利打开后，三个人同一时间就意识到一个问题，我们不能进去。第一道铜门骤然闭合的情景历历在目，谁都无法保证第二道铜门会不会重蹈旧辙。张猴子很不甘心，站在铜门外一个劲儿地朝里看，驼叔也颇为遗憾地说："算了吧，老子宁可不分红，也不愿让堵在里头出不来。"

"想想办法，想想办法。"张猴子自言自语着，突然迈步就朝铜门里边走。

"老张！你疯了？"我和驼叔连忙站在门边叫他，但都不敢跟他一起进，唯恐铜门毫无征兆地落下来。

"卫老板，第二扇铜门肯定跟我们的买卖大有关系，我们得一路找下去，你们两个先别进，我想办法把铜门搞定。"

"真是做买卖不要命啊你！"

张猴子却根本不顾我们的劝阻，中邪一样，进入铜门之后就开始打着手电四处忙活，把一块块大石头滚到绞盘附近。我和驼叔傻愣愣地站了最少一个半小时，张猴子累得一屁股坐在地上，满头大汗地对我们说："行了，我把绞盘卡住了，卫老板，驼哥，进来吧，铜门绝对掉不下去。"

驼叔在门口犹豫了一会儿，对我说："卫少爷，你在这里等着，老子先进去看一下。"

等驼叔慢慢进入铜门后，张猴子就打着手电给他介绍自己是如何破坏绞盘的，驼叔觉得没问题了，才招手让我也进去。

第二扇铜门后的情景和第一扇铜门几乎没有什么区别，唯一不同的是，地面上那块倒扣着的铜盘不知道什么原因，翘起了一半，用手电往下一照，入眼全是铁索和巨大的齿轮。

"卫老板，铜门已经搞定了。遇见第二道铜门，说明咱们的行动又朝成功迈进了一大步，你看，是不是抓紧时间接着往下找？"

看张猴子的样子，似乎非常着急往前继续走，像他这种精明人，在脱离了大队人马而且给养匮乏的情况下还要贪功冒进，就让我产生了怀疑。所以我没有立即答应他的建议，蹲在铜盘旁边，暗中琢磨着张猴子究竟打的什么主意。

按道理说，张猴子作为雷英雄的心腹，主持这次行动，寻找轮眼的热切心情可以理解。但他急成这样子，就非常可疑。我想了一会儿，对他说现在铜门已经打开了，而且绊住了绞盘，最好是暂时回去跟大队会合，然后再考虑继续往前走。

"卫老板，咱们要是返回去找师爷他们，就算找到了，给养也就消耗得差不多了，还得回第一道铜门那里想办法，而且人多了容易出麻烦。咱们三个人，心无旁骛安安静静地一路找下去，效率绝对要比大队快得多。"

"老张，你是不是有些话没跟我们说透？"

"怎么可能嘛。"面对我们质疑的目光，张猴子脸色也变了，拍着胸脯保证道，"老张不是那种人，该说的话，来之前都跟卫老板交待得清清楚楚，再说，这件事情是雷爷做主定下来的，我胆子再大，也不敢糊弄你们。"

"老张，你以为我想在这里多呆？这鬼地方让人心里发毛，但人不齐就冒冒失失一个劲儿地往前走，万一再有什么事……"

这句话还没说完，我就觉得铜盘下面的洞里穿过来一阵吸力，吸力并不大，但我恰好蹲在铜盘旁边，根本没有任何防备，一头就栽了下去。

铜盘下面的洞是垂直的，除了两根连接在绞盘上的粗长铁索外，还有其他一些负责牵引之类的部件，所以我一掉下去就条件反射似的伸手乱抓，立即抓到一根，但仓促间没有抓实，不过身体重心却调整过来了，手里的手电失手跌落下去，在若干齿轮间磕磕碰碰，几秒钟后才落到石洞的底部，这样一来就看得很清楚，垂直的石洞并不算很深，大概十五六米的样子。

我调整完身体重心后，接着又抓住另一个铁索，铁索很粗，一只手几乎握不过来，我立即把它抱在怀里，两只脚也盘上去。粗糙的铁索上全是锈渣，跟衣服摩擦发出的声音让人牙根子发痒。下滑了五六米，身体基本稳定住了，恰好身上的背包又卡在一个齿轮上，一下子就停到距离洞底六七米高的地方。

头顶照下来两道手电光柱，还有驼叔发颤的呼喊声，一直到这时候，我的心脏还在扑通扑通狂跳不止，简直要从胸腔蹦出来。我紧紧抱住怀里的铁索，

吐出落进嘴里的铁锈渣,对着上面喊话。洞里乱七八糟的铁索和齿轮挡住了驼叔他们的视线,不过听到我的声音,驼叔就在上面阿弥陀佛救苦救难菩萨什么地乱说一通。

"卫老板,我们放绳子拉你上来。"

紧接着,一根绳子晃晃悠悠垂到我面前。说起来很可笑,张猴子他们来之前做了非常充分的准备,有用没用的装备都带了不少,但到目前为止,那些精良的装备完全没有用武之地,我们用得最多的就是绳子。

看着面前粗糙而且原始的齿轮,我突然产生了一个很大胆的想法,我想到石洞的底部,去看看这些简单机械组合的源头。

这个念头一冒出来,就迅速膨胀到不可抑制的地步。人的好奇心是不可能因为吃了一次两次亏就消弭殆尽的,尤其是控制铜门开启的这一套装置,很让我琢磨不透,因为触发这套装置运转的契机,是我的血。

我朝驼叔他们喊了两声,就顺着怀里的铁索滑落下去,驼叔在上面急得乱蹦。一落到洞底,我就感觉一股相对来说比较清新的空气扑面而来,顿时一怔,这是个活洞?

我捡起地上的手电,马上就看到这股清新空气的来源,在我左手边,有一个一人来高的但是非常宽的长方形门洞,一些铁索和叫不出名的东西顺着门洞继续延伸出去,清新而潮湿的空气就是从门洞里飘出来的。而且,我还听到了水声。

在进入第一道铜门的时候,我就猜想过,这一整套装置的原始动力就是地下河的水力,而眼前的事实证明,我的猜测十有八九是正确的。我正打算握着手电朝门洞里走,驼叔就在上面哀求道:"卫少爷!老子求你!赶紧上来吧!别再惹麻烦了,老子这把年纪,实在是玩不动了。"

已经走到这一步,不看到谜底,我根本不会死心。所以我暂时不理会驼叔他们,直接就进入了门洞内。

门洞后三米左右就是个九十度的拐角,我一脚跨过去,看到眼前的情景,眼睛立即睁大了一圈。

西夏之眼
转轮古石 2

拾叁

猫腻

四書之part

湖南

乱七八糟的齿轮和铁索中,一条圣山守护神正死死盯着我,不停地吞吐发黑的蛇信。

这东西怎么跑到这里来了!

我的头皮一下子就炸开了,二话不说,一把撕掉额头上的绷带和胶布,把伤口上的血痂全部抠掉,剧痛钻心,鲜血再一次顺着脸往下直淌。我随手摸了一把血,对着大蛇就甩过去。

这一招非常管用,一直盘在这里的大蛇见了鬼似的竖起蛇头,飞快地从身旁一个圆洞中钻出去。就在它钻出去的一瞬间,我恍惚看到粗长的蛇身上,穿着一根铁链。

大蛇一动,地面上有一根铁链也跟着动起来,显然是穿在它身上的那一根。大蛇对我的血非常惧怕,钻出去之后可能还在不停地逃,而地上那根铁链也被绷得紧紧的,我发现,铁链的另一端,连在石壁上的一个圆环中。

铁链越拉越紧,带动着圆环咯咯作响,最后,圆环从石壁上猛地被拉出一截。很快,整个石室里静止的齿轮缓缓转动起来,带动着数根铁索开始运转。我回头看了一眼,门洞后的齿轮也已经开始转动,好像整套控制铜门开启的装置被触发了。

那条圣山守护神一钻出去,我的情绪就稳定了一点,但潜意识里对蛇的恐

惧是无法完全消失的，所以不由自主地就朝后退了一步，然后飞快地观察整个石室内的构造。这里可能是整套装置的枢纽部位，各种齿轮和一些叫不上名字的部件在飞速运转，连带着门洞后面以及石洞内的组合全部轰然而动。除了这些东西，石室上方有一根细长的管子，管子下面，有一个碗口大小的圆盘。

整个石室内大概就这么多东西，看完这些，我又专门看了看圣山守护神钻出去的那个圆洞，但不敢离得太近，害怕那玩意就守在外面，伺机给我雷霆一击。有些事情，并不说人占据了主动就不会害怕了。不过虽然距离圆洞还有最少八九米的距离，但我可以肯定，水流声和湿冷的空气都是从圆洞里透入室内的，也就是说，从圆洞钻出去的话，就能看到那条奔流的暗河。

这里应该就是开启铜门的枢纽部位，我相信石室中每一个认识或者不认识的部件，都有各自的用处，但让我感觉奇怪的是，这里为什么会有一条用铁链锁住的大蛇？

虽然这条大蛇的作用暂时还不敢肯定，但刚才我看得非常清楚，就是大蛇钻出圆洞，牵引身上的铁链，继而又牵引石壁上的铁环，才触发了整套装置的运转。

手里的手电被摔了一下，这时候忽明忽暗，我在电池的底座上塞了一点纸片，它才恢复正常。回想刚才的一些细节，再看看眼前的情景，我心里渐渐浮现出一个大概的轮廓，壮着胆子，非常小心地接近那根垂直的细长的管子，和管子下面的铜盘。

管子是空心的，可能是在铜里添加了一些特殊材料铸造出来的，或者是做了某种处理，在这样潮湿的环境下，还大致保持着原貌。它下面的铜盘则锈得厉害，覆盖着非常粗糙的铜绿。我用手指头在铜盘上搓了搓，跟我想象中一样，铜盘上有一层已经干涸的血迹。这层血迹虽然已经干了，但干涸的时间不会太长。

验证了这一点之后，我又迅速退回原位，心里那个大概的轮廓逐渐清晰起来。如果我推测得没错的话，设计这套装置的人简直可以称得上天才，而且想象力非常丰富，丰富到了能够创造出奇迹的地步。

石室中这根细长管子的长度无法准确估算出来，但从大体的位置上来看，应该和上方的第二道铜门位置相差不远，也就是说，管子可能是从铜门那里直插下来的。

一个多小时前，我在第二道铜门前把自己的左手按入铜门上的掌印中，被吸走的鲜血从管子一直流下来，滴落在铜盘内。石室中的大蛇对鲜血非常敏感，肯定会立即顺着圆洞逃窜出去，然后牵动铁链以及铁环，触发装置运转。

想通了这些，我先前的疑惑终于找到了答案，这就是只有我才能开启铜门的原因。

这是一套很离奇、很实用，而且有时间限制的精巧机关，或许那些铁索和齿轮绞盘等等还是保存上若干年，不至于锈得转不动，但石室中的大蛇一旦死亡，整套装置可以说就完全失效了，人在铜门外面，绝对无法用任何手段触发机关。

想着，我就为我们的好运气以及那条大蛇漫长的寿命感叹起来。这个至关重要的活部件不知道被锁在这里已经有多少年了，或许再过几年就会挂在石室里，到了那个时候，我把全身上下的血都放光，也无法再开启铜门。

过了没几分钟，轰鸣的齿轮转动声就停止下来，石室回复到原来的沉寂中，只能听到圆洞外模糊的水流声。

我顺着原路退回去，然后在石洞的底部呼喊驼叔他们，很快，头顶上方又亮起了手电光，驼叔露出个脑袋，气喘吁吁地说："卫少爷！刚才是不是你在下面动那些铁链齿轮什么的了？"

"先把我拉上去再说。"

驼叔和张猴子放下绳子以后，我把绳子绑在腰里，然后抱着一根粗长的铁索开始往上爬，有他们两个人的帮助，爬得非常轻松。等我从铜盘下钻上来的时候，驼叔跟张猴子都一脸郁闷。

"肯定是你。"驼叔坐在地上直喘气，"在下面乱动那些东西，老子跟老张没办法，只能拼命绊住绞盘，否则的话，铜门就得落下来，真是没事找事，累得我们半死。"

"抱歉抱歉。"我赶紧对驼叔道歉,同时心里大呼侥幸,刚才一进入石室,就看到大蛇,手忙脚乱的,把上面的情况全给忘了,幸亏张猴子提前做了防护措施,否则的话,凭他和驼叔两个人,根本无法阻止绞盘转动。

不过转念一想,要是张猴子不提前把绞盘绊住,我根本也不会进来。

我把在下面看到的情况给他们两个讲了一遍,驼叔的连心眉就皱到一起:"这样看来,形势就更加棘手了。那种大长虫不止一条,咱们一起看到一条,卫少爷又看到一条,说不准就会有第三条第四条乃至第八条第九条。就算卫少爷的血能辟邪,但他满打满算一百多斤,血也总有放光的时候,所以现在的当务之急,是立即跟其他人碰头,人多力量大嘛,老张,你说是不是?"

张猴子一直唆使我们继续往前走,所以才会费了一个多小时的工夫,累得和驴一样,搬石头把绞盘绊死。驼叔的话一出口,张猴子明显不情愿,又开始阐述他那套理论。但我这次心里打定主意,不管他怎么说,在大队人马没有聚齐之前,我是不会再往前走一步。这里的形势太复杂,时常就会发生一些超乎预料的意外,驼叔跟老张又不是仙人,出了事情搞不定,一个比一个跑得快,跟这俩人在一起,极度缺乏安全感。

"老张,左倾冒险主义害死人,你这种思想放到过去的话,是会吃大苦头的。做这一行的人都知道,出了事就要先保命再说,命都没了,还折腾个屁啊,所以说,现在立即动身往回走,去找其他人。"

丢下这几句话,我不管张猴子乐意不乐意,背起背包就往回走,驼叔也紧紧跟上来。张猴子愁眉苦脸想了半天,知道只剩自己一个人的话,什么都干不成,只好闷闷不乐地一路小跑尾随过来。

三个人的注意力全放在了第二道铜门上,现在一出来,就又感觉很麻烦。指北针完好无损,却一直找不到来路,谁也说不清这是什么原因。

驼叔拿着指北针在前面带了一会路,周围的环境仍旧陌生得一塌糊涂,他心里没底,也不敢吹牛了,回头跟我们商量。

我说不管方向正确不正确,但我们眼下肯定是走错了,否则不可能回不去,既然这样的话,只能顺着其余的三个方向依次试一试。

驼叔从衣兜里摸出一把子弹，仔细数了数，说："老子还有点存货，再走一会儿，就放两枪，这种地方，枪声能传得很远，如果那些王八蛋听到了，肯定会给我们回应。"

我们在原地停了一会，舍弃原来的方向，另选了一个相反的方向走去。每隔十分钟，驼叔就会空放一枪，当做求救信号。

这一次，情况似乎有所好转，虽然不能确定我们走对了路，但周围的环境让我有一点点似曾熟悉的感觉。中间休息了一次之后，驼叔歪着肩膀砰地朝斜上方放了一枪，然后潇洒地吹吹枪口的一缕青烟，关上保险，把枪往裤腰带上一插："开路。"

驼叔一路少说也放了十几枪了，但这一次枪响之后不到两分钟，我们三个人都同时听到一声非常飘渺的枪声，不过分辨不出枪声的方向。

"有反应了！"驼叔一阵激动，砰砰砰连放三枪，那边顿时响起很密集的枪声，似乎唯恐我们听不到。

"枪声是在前面！"驼叔判断道，我跟张猴子也连连点头。

顺着这个方向，我们快速朝前跑去，没过多长时间，就在很远的地方看到了几道模糊的手电光。

我们跟对方顺利会师，所有人都在。

张猴子的手下说，从我们三个人被水冲走了以后，他们就开始沿着河沟往下找，但是河沟先后两次分岔，分不清楚我们在其中哪一条，只能挨个找下去，一无所获之后，这些人都慌了，因为我和张猴子是这次行动的主事者，所以他们把人都集中在一起，不停地搜索。

这帮人的运气似乎比我们好一点，一路上并没有遇见圣山守护神。双方碰头之后，张猴子就来劲了，建议立即到第二道铜门那里，但我没同意。我也被折腾怕了，如果没有充足的装备给养以及人手，我不愿意再无谓地冒险。铜门的秘密已经被我摸到了，无论有没有炸药，我都能想办法把铜门打开，等回去拿到给养，安安稳稳地过来，风险系数会降低很多。我的态度很坚决，再加上驼叔助威，张猴子非常无奈地答应回去拿给养。

"卫大少。"和尚笑嘻嘻地走过来跟我攀谈,我跟他说了大蛇还有铜门的事,和尚对铜门开启的秘密也非常吃惊,表示将来他写回忆录的时候会把这件事当成重点写进书里。我偷眼看了看小胡子,他还是老样子,不温不火,面无表情地坐在一旁。

稍微休整了一下,我们就开始按原路返回第一道铜门,其实别的人也很担心怕被困在这里,所以大家走得非常快。

回到第一道铜门之后,我就考虑着该怎么解决问题。一般人都没有见过圣山守护神这样的大蛇,即便事前跟他们交代清楚,真地看到大蛇的时候,恐怕心理上还是无法承受,而且,第一道铜门这里的铜盘是完好的,在地面上扣得非常严密,不知道能不能弄开。

张猴子派伙计在铜盘附近搞了半天,铜盘很光滑,没有下手的地方,只能一点一点把周围的石头敲碎,然后用撬杠之类的东西把铜盘撬起来。我们带的装备虽然很全,但都是一尺多长的小撬杠,估计在如此沉重的铜盘上不好吃力。

两个伙计乒乒乓乓在铜盘旁边敲石头,其他人都坐着休息。人一多,心理上就有种安全感,我用背包当枕头,躺在石地上舒服地伸了个懒腰,眼睛一闭,差点睡过去。

朦胧中感觉有人推我,睁眼一看,驼叔咬牙切齿,脸色很不善。我以为他又跟小胡子闹别扭,赶忙坐起来,但小胡子靠着石壁正闭目养神。

"驼叔,怎么了?"

"他娘的!"驼叔从牙缝里挤出三个字,回头看了一眼,贴在我耳朵上说:"看看我手里的指北针!"

驼叔两只手各拿着一个指北针,外形都一样,应该是一同采购回来的。但两个指北针所指的方向正好相反。

"这只手拿的老张的指北针,这只手拿的是别人的指北针。"驼叔又从衣兜里掏出一个指北针,"你再看看,这个也是别人的指北针。"

三个指北针放在一起就非常明显了,张猴子的指北针和其余两个指北针所指示的方向不一样。

"老子无意中发现的，怕冤枉他，专门又偷偷多找了个参照物。"

我一下子就明白了，我们三个人跟大队走散以后为什么会迷路，因为张猴子在指北针上做了手脚，把我们引到了和正确方向相反的地方。

我心头的火顿时蹿了出来，亏得我还一直把他往好处想，但这家伙太不地道了，表面上看着对我很客气很尊重，但暗地里做的事让我想想就火大。再回想炸药的事，我立即就忍不住了，爬起来就要跟他去理论。驼叔按住我，警惕地说："胡子已经有点靠不住了，剩下的都是老张的人，明着翻脸，咱们要吃亏，你等等，老子先去阴他一下。"

驼叔跟没事人一样靠近张猴子，俩人说了几句话就一起朝远处走，我立即跟了过去。一直走出去很远，驼叔才停下脚步，我一看，他手里的枪正顶着张猴子的后腰。

"卫老板！驼哥！这是什么意思！"张猴子满脸不快。

"老张，先说说这是怎么回事。"我把两个指北针在他面前晃了晃。

张猴子也真不愧是个人才，看见指北针，面不改色，反而露出非常迷茫的样子。

我一看他这副表情，心里压着的怒火顿时爆发出来："还装！这个指北针你做了手脚！想把我们引到什么地方去？"

现在回头想想，心里就一阵后怕，要不是我在第二道铜门那里很罕见地坚定了一次，现在还不知道会被张猴子引到哪里。

"卫老板，天地良心，这指北针一直就放在我背包里，中间都没用过，直到咱们被水冲走之后，才第一次拿出来。是不是买回来就有什么问题？咱们都是一条船上的人，我怎么可能坑你和驼哥嘛！"

我气极了，真想暴打张猴子一顿，但随即就把火气强行压下来，对他说："既然你这么说，就当指北针买回来就是坏的，我不跟你计较。但是这次合作，到此为止，出了这道门，大家各走各的路，后面的事，你自己去跟雷英雄交待。"

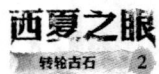

张猴子一下子就急了，鼻子眼睛差点挤到一块去，驼叔根本不听他解释，一个劲地骂。我实在不想再听张猴子的鬼话，就让驼叔看紧他。

"卫老板！买卖做到一半，就抽身出去，这是大忌！"

"放屁！你他娘的嘴里一句实话都没有，这就不是大忌？我不是你们道上的人，也别拿你们的规矩来压我！"

张猴子突然安静下来，低着头想了想，对驼叔说："驼哥，你回避一下，我有话跟卫老板单独说。"

"老张你脑子锈了？老子拿枪顶着你，你还来命令老子？"

张猴子看没法跟驼叔通融，又转头对我说："卫老板，这几句话，是临行前雷爷交待的，不到万不得已，我也不敢说出来。"

其实我知道，在这件事上，如果不是雷英雄授意，张猴子绝对没有那么大的胆子敢随便糊弄我。

"有什么话，说吧，驼叔是自己人，不会露出去。"

"雷爷交待过，这些话只能你一个人知道，我不敢说给第二个人听，卫老板，你要是信不过，就拿绳子把我绑了。"

我犹豫了一下，让驼叔暂时到一旁去，驼叔把手里的枪递给我，又恐吓张猴子："老张，你给老子老实点，老子的身手，你恐怕还没见识过，隔着十米八米的，收拾你就跟玩一样，最好少耍花样。"

驼叔转身走出去几步，我回头看看铜门旁边的人，他们都在敲石头，没人注意到这边的情况，只有和尚，有意无意地就朝我们看几眼。

"说吧，希望你能换点新花样。"

张猴子收敛起平时的神情，很郑重其事地对我说："卫老板，你说得不错，指北针是我做了手脚。"

我没想到张猴子突然就承认了在指北针上做手脚的事，心想着这家伙难道是避重就轻？还有暗藏的猫腻没被我们发现？

"卫老板，雷爷料到你可能会半路抽手，所以专门交待我了一些话，让我转告给你。"张猴子很无奈地看看我一直对着他的枪口，摇了摇头。

"你说你的话能让人相信吗？我记得上次你就跟我说了，你雷爷交待了一些话，到现在又来这一套，是不是后面再有什么事，还是这样？不要动不动就说你们雷爷如何如何，我和你们是合作关系，谁也不高谁一头。"

"卫老板，听我说完，你再下结论。前面有些事，我也是迫不得已。实话实说，雷爷早就知道这里有第二道铜门，而且，还有第三道。"

"你们来过了？"我不假思索地问出一句话，问完之后又觉得多余，雷英雄如果真的有办法弄开铜门，根本不可能专门找我合作。

"卫老板，我们确实在第一道铜门那里就被拦住了，这个是千真万确的。雷爷不仅知道这里一共有三道铜门，而且还知道，需要你把手按在掌印中，才能打开铜门。这些东西，都是手札里记载的。"

"既然知道，为什么不明说？"我问了一句，然后紧紧盯住张猴子。

"卫老板，这么跟你说吧，有些情况，雷爷跟我说了，有些情况，连我也不知道。雷爷就怕这次行动中间发生意外，导致你半路抽手，所以，他留了两句话，等你准备撂挑子的时候，让我转告你。"

我一直都以为雷英雄为了行动的顺利完成，会不遗余力地给我提供必要的帮助，包括装备人手以及详细的资料。但到了现在我才知道，他还是留了后手。

"雷爷说，不管付出多大代价，这票买卖一定要做下去。"

"然后呢？"

"没有了，雷爷就让我转告你这两句话。另外，还让我给你看一样东西。"张猴子手一抬，我马上把枪顶到他胸口，对这家伙，我实在没有任何信任感。

"卫老板，雷爷交给我的东西就贴身放着，我不伸手，怎么拿出来？驼哥还在不远处盯着，我能耍出什么花样？"

"算了吧！"我一点都没有松懈，驼叔吹牛是有一套，说隔着十米八米对付张猴子跟玩一样，但他那点老底，没人比我更清楚。

"卫老板，你自己拿，就在我贴身的上衣兜里。"

我一只手拿枪，腾出另一只手，先隔着衣服在张猴子身上摸了摸，他的上衣

兜里确实有东西。我小心翼翼地把东西掏出来，就在目光扫到它的时候，思维立即停滞了。

虎威牌。

这是我参与到这件事里之后第三次看到虎威牌，脑子顿时转不过弯来，雷英雄怎么可能会有这东西，难道说老头子的家里又有人死在这个地方？

但是联想到雷英雄托张猴子留给我的两句话，我就生出一种不祥的预感，连忙把驼叔叫了过来，让他看紧张猴子。

手上这块虎威牌从外观和手感上来看，应该是真的。

我掏出匕首，把银牌撬开，密密麻麻的小字中，我立即看到了卫长空三个字。

这是老头子的虎威牌！

卫家的虎威牌虽然到我这里就终结了，但老头子却很守祖上传下来的规矩，不管是过去流落江湖，还是后来坐镇江北，一年四季都把虎威牌带在身上。他不止一次跟我说过，人在牌在，人亡牌失。

而现在，这块属于老头子的虎威牌却落在了雷英雄手里，这中间意味着什么，我很清楚。

张猴子刚刚转达雷英雄那两句话时，我还认为是两句废话，但看到虎威牌，我就知道，不管我愿不愿意，都无法再抽身离去。

不管付出多大代价，这票买卖一定要做下去。

"卫老板，你现在该明白了吧，老张我也是身不由己，本来想着做做手脚，引着你顺利把事情做完，咱们不伤面子，皆大欢喜，但情况总是一变再变，不得已，我只能按雷爷的吩咐做了。"张猴子在旁边补充道，"这东西是什么，我不知道，但雷爷说了，事情做完之后，他会给你个交待。"

我忍不住用力揪住老张的衣领，他也不挣扎，就那么静静地看着我。我浑身上下的力气像是一瞬间流失殆尽，失魂落魄地一屁股坐在地上。驼叔不知道具体情况，还在那里一个劲儿地威胁张猴子。

雷英雄终于露出了第二张脸，他可能早就计划好了一切，张开一个圈套，等我自己往里钻。

就算我不肯钻,他也会用别的办法把我逼到这条船上。

我眼前晃动的全都是老头子布满皱纹和沧桑的脸庞、花白的头发,还有瘫倒在轮椅中的身影。

我还有别的路可走吗?

"卫老板,我也是跟着雷爷混饭吃,有些事情,希望你能体谅。"

"打开铜门,带够补给,剩下的事,你做主就行了,不用再问我。"说完这句话,我调头就走。

这个时候,任何愤怒和过激行为都是不理智而且无用的。

驼叔几步跟过来,疑惑地问道:"不追究老张了?"

"没什么可追究的,尽快把买卖做完,我不想再在这里呆下去了。"

我回到刚才休息的地方,张猴子的伙计已经敲碎了铜盘周围的石头,并且把铜盘撬开了一个容人勉强钻进去的缝隙,然后等候下一步的指示。我没心思跟他们废话,又弄破额头上的伤口,把流出的血集中到一个空瓶子里,张猴子恰好赶过来,立即挑出一个伙计,让他下去。

"下去以后怎么搞?"那伙计看着我手里装了一点鲜血的瓶子,非常不解。

我简单地说了一下下面的构造,还有那条圣山守护神。这伙计也是个猛人,但一听下面有一条水桶般粗的大蛇,神色马上就不自在了。张猴子心绪也不怎么好,在旁边连踢带骂:"妈的,叫你下你就下,哪来那么多废话,这瓶子里的血百邪不侵,大蛇看见就会逃,你怕什么!"

伙计壮壮胆子,稍一准备就拿了瓶子顺铁索往下爬,张猴子也不敢招惹我,自己点了根烟蹲在铜盘旁边等。最多十分钟时间,伙计就在下面传来消息,让人拉他上去。

"现在上来干什么!"张猴子把烟头扔了,冲着洞里高声喊道,"齿轮铁索马上就要动了,你现在上来找死?在下面先呆着!"

伙计断断续续传来两句话,他说下面并没有什么大蛇。

"没有大蛇?"张猴子一愣,转脸就看着我,"卫老板,下面没有大蛇?"

我也感觉很奇怪,第一道铜门当时开启得很顺利,说明一整套设施都是完好的,而且必须要有一条圣山守护神当做启动的契机。

如果下面真的没有圣山守护神的踪影,我只能猜测,它是在第一道铜门开启之后才消失的。

"难道是跑了?卫老板,咱们跟大队走散以后遇到的那一条,会不会就是原来锁在这里的?当时我就觉得有点不合常理,咱们好好地进了铜门,然后铜门自动落下来,可能就是大蛇挣脱铁链的时候拉动了铁环?"

"说这些没用。"我面无表情地说,"叫他到石室里拉动铁环就行了。"

水桶那么粗一条大蛇,全力挣扎的时候产生的力量大得惊人,所以张猴子传达命令之后,那伙计在下面把吃奶的劲儿都使出来了,也没能拉动铁环。没办法,只能继续往下派人,几乎把所有伙计全派下去,几个人才合力拉动了铁环。

铜门重新开启之后,我们立即沿着深渊上的通道返回河岸旁边的临时落脚地。

驼叔心里没谱,也不知道关于虎威牌的事情,又一次跟我商量,是否借这个机会跟张猴子摊牌。

我心说老头子已经落在雷英雄手里,别说摊牌,把脸皮撕下来都没用。而且,曹实和卫勉说不准一直都在老头子身边,老头子遇险,他们两个也好不到哪里去,等于三个人的命全在我手里捏着。

每个人都尽量带上充足的补给,只停留了一个小时,就再次越过通道和第一道铜门,向第二道铜门进发。

张猴子的目的已经明了,所以不用再小心翼翼地提防他,我很安心,因为第三道铜门只有我能开启。

我感觉这一次行动真的非常令人窝火,不但跟小胡子的关系无形中越来越远,而且还受到雷英雄暗中胁迫。

说实话,过去很多事情,都是由小胡子去搞定的,不论他究竟是好是坏,个人能力却毋庸置疑，跟他合作，会让我省很多心。驼叔虽然值得信任，而且这一次表现得非常仗义，遇到危险的时候没有丢下我就跑，但我们俩组合在一起，战斗力几乎是负数，后面再出现什么人为的意外，我简直不知道该怎么应付。

而且，小胡子明明已经知道我在有意疏远他，但仍然像没事一样。对于这种善于隐忍的人来说，平静里酝酿的可能就是风暴的前奏。

从这里到第二道铜门之间轻车熟路，我们走得很快，没有遇到什么阻碍，连那条游荡的圣山守护神也失去了踪影。进入第二道铜门之后，又是一片陌生未知的区域，每个人都很小心，因为前面所发生的事历历在目，在这种地方，疏忽就是死亡的代名词。

走了估计最多半个小时，我就感觉不对劲，周围的环境好像有点熟悉。而且，别的人也有这种感觉，最前面的两个伙计不由自主停下脚步，开始左右打量。

张猴子又巴巴跑过来请示，他还没开口，我就把他给顶了回去："什么事都别问我，我说了算吗？"

张猴子表情很尴尬，讪讪一笑，转脸就把气撒到别人身上，朝前面的俩伙计屁股上一人踹了一脚："发什么愣！小心点，继续走！"

再走下去，所有人心里的不安越发严重起来，因为我们很清晰地感觉到，周围的环境确实很熟悉，和从红石坳进洞之后所看到的环境惊人地相似。

"这是怎么搞的？"驼叔在四周仔细地看了看，"咱们绕回去了？"

其他人立即否定了驼叔的说法，最初的洞口到这里最少有几个小时的路程，进入第二道铜门以后，我们只走了一个小时，何况这一路基本走的都是直线，除非见了鬼，否则根本不可能绕回去。

尽管都感觉不对劲，但张猴子还是让大家继续走下去，当我们听到隐隐约约的水声时，神经马上就绷紧了，这里也有一条地下河！

我记得很清楚，我们从红石坳进入山洞，走了一段平路，然后就遇到地下河。

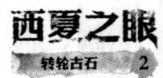

试想一下，这是个很让人害怕的诡异现象，一路走着直线，却从半途莫名其妙地绕回起点，没人能够接受这种事实。

张猴子刷地一下子蹿到最前面，把两个伙计挤到一旁，亲自朝前走了一段，身子不由自主就打了个哆嗦。

一个落差几米的小隔断，一条流淌的地下河，两旁陡峭的河岸……

"见鬼了！"四五个人同时张大了嘴巴。

张猴子站在原地看了半天，突然露出一副喜滋滋的模样，很兴奋地转头对我说："卫老板，你来看，这里的地势虽然跟我们刚进洞的时候很相似，但经过我的观察，还是发现了不一样的地方。"

"什么？"我一听，暂时把对张猴子的成见抛到脑后，三步并作两步跑过去。

"你看。"张猴子指着那个几米落差的小隔断说，"咱们第一次遇到地下河的时候，小隔断是直上直下的，但眼前这个，却是个缓坡，这就说明，两条河根本就不一样。我刚才就在想，这么有悖常理的事情怎么可能发生嘛。"

我脑子糊里糊涂，实在记不起来第一次遇见地下河时，那个小隔断是什么样子。

听完张猴子的话，总有点似是而非的感觉。但不管怎么说，他提出这个观点，让我们心里都踏实了一点。

我们和上次一样，准备好了绳子，驼叔一踏上陡峭的河岸，两条腿就和筛糠似的，张猴子专门派了两个伙计，一前一后照顾他，老家伙终于诚实了一次，说自己站在河岸上很害怕。

不过，走在陡峭的河岸上，两条河的不同之处就非常明显了，而且这条河的河岸要比第一条短得多，没过多久，地势猛然一低，河水顺着地势继续向前流动，露出一条非常宽阔的道路。沿这条路走五十米左右，第三道铜门赫然而现。

第三道铜门所处的环境跟前两道有很大区别，地下河就在铜门左下方流过，如果有橡皮艇的话，我觉得可以忽略铜门，从地下河直接穿过去。不过，我们始终没弄明白地下河里究竟是什么东西，胆子再大的人也不敢造次，所以，还是要老老实实从铜门通过。

"卫老板，这个……"张猴子指指铜门，眼睛都笑没了。

我没理他，一边朝铜门那边走，一边解开左手上包裹的纱布。这次进洞算是倒了八辈子血霉了，左手跟额头上的伤口就没消停过。

有了前两次开启铜门的经验，再把左手按入铜门上的掌印时，心里就很坦然，脑海里甚至还在臆想着自己的鲜血顺着铜门上的凹槽流入空心的细管，然后滴落在下面石室的铜盘内，刺激被锁在铁链上的圣山守护神，去牵动墙壁上的铁环。

没过多久，低沉的齿轮转动声就从铜门那边传了过来，我们守在铜门前面，看着它被绞盘上的铁索一点一点吊起来。铜门完全开启之后，内部的情景落入眼帘，地下河从铜门左下方穿流过去，所以进入铜门依然能看到奔流的河水。

"这是最后一道铜门了吧。"我冷着脸问张猴子。

张猴子咳嗽一声，压低嗓门说："雷爷说，手札上记载有三道铜门，这应该就是最后一道了。"

"那现在没我什么事了吧，我是不是可以休息了？"

"卫老板，千万别这么说。"张猴子的脸笑得和菊花一样，"这一帮人还是要听你的指令，你不带领大伙，谁心里都没底。"

我听他的意思，是要我继续跟着走，心说难道前面还有用得着我的地方？想着，不由得又冒出一股心火："你能不能痛快点，手札上还记载了什么，一次说出来行不行！"

"卫老板，我说句话，你可能不信，雷爷手里的手札虽然比较全，但还是缺失了几页，而缺失的，恰恰就是有关这里的详细资料，只记录了三道铜门的情况，否则的话，我们不可能对这个地方一无所知，没头没脑地瞎走一气。"

从我看到虎威牌开始，就知道自己已经失去了所有主动，张猴子说的话，不管我信或不信，都没有任何办法。

"继续走吧。"我看也不看张猴子一眼,淡然地准备继续前进。

"好,继续走,卫老板,你还是掌舵的,有什么话,吩咐下来,没人敢不照办。"张猴子一声吆喝,前面负责开路的两个伙计就开始朝前走。和尚趁这机会走到我旁边,笑嘻嘻地瞥了张猴子一眼,等他面对我时,脸上的笑容就不见了,轻声问道:"卫大少,是不是出什么事了?"

看着和尚,我心里感觉有点委屈,这么长时间以来,和尚对我一直非常照顾,对于他和小胡子,我内心深处始终有种丢不下的依赖感。虽然雷英雄私下对我透露谜底,让我对小胡子产生了怀疑,再加上在第一道铜门那里发生的事,导致我跟小胡子还有和尚的距离越拉越远,但当他专门跑过来询问的时候,我还是有点说不出的感觉。

不管怎么说,小胡子跟和尚毕竟和我是一条路上的,雷英雄出了损招,应该让他们俩有所防范。

我不动声色地掏出衣兜里的虎威牌,背着张猴子给和尚看了一眼,然后告诉他,这是老头子的虎威牌,是由张猴子替雷英雄交给我的。

和尚虽然看上去胖乎乎的很憨厚,但脑子一点都不含糊,我稍稍一说,他就明白是怎么回事,埋怨我道:"卫大少,你怎么搞的,出了这样的事,也不跟我们说一声。"

"说了也没什么用。"

"既然走到这一步了,暂时先忍着。"和尚一拍我的肩膀,"你放心,你有事,我们不会不管,一切等离开这里再说。"

这种话如果放到过去,我肯定深信不疑,但现在,除了驼叔,谁也不敢指望。

第三道铜门后面的空气很潮,从铜门左下方流过来的地下河没过多久就占据了几乎整条道路,到处都是茫茫的水面,人只能紧靠着边缘行走。而且情况越来越糟糕,半个小时之后,已经没有下脚的地方,就算把身体贴到石壁上,脚下的水还能淹过鞋面。

被冰冷的水泡着,感觉全身的热量都顺着双脚流失出去,浑身上下冻得直打哆嗦。

寒冷倒还不算什么，地下河中那隐藏的不明物才是最致命的。

这样一来，就连张猴子都有些犹豫，在这种地方，有的情况能凑合过去，有的绝对不能凑合，那是拿人命在开玩笑。

走在最前面的两个伙计回头问张猴子怎么办，他考虑了半天，咬着牙说："再往前走一点。"

"还往前走？老张你要疯，别拉着别人一起疯，水都到脚脖子了，再往前，准备冬泳？卫少爷，你说是不是？"

我无言以对，如果不是看到虎威牌，我死都不会往前走一步，但老头子只能指望我了，就算前面是火海，我也得硬着头皮钻过去。张猴子被驼叔挤兑了一路，这时候也有点忍不住，跟驼叔顶撞两句，又对前面的伙计说："你们两个，去前面看看。"

两个伙计没办法，一前一后踩着水花向前面走了点，对我们说，水还是那么深，但前方是一眼望不到头的水，路面全泡在水里，什么都看不到。张猴子想了想，又跑到我跟前做分析，他说这条路平时应该是露在水面之上的，只不过天降大雨，导致地下水系水位上涨，才把路给淹没了。

总而言之，张猴子想表达的意思就是这条路肯定没问题。

张猴子的人自然不敢多嘴，小胡子跟和尚也保持着沉默，只有驼叔一个人叽里咕噜地抗议，张猴子却连看都不看他，只等着我发话。

"我再跟你说最后一次，前面不管是什么情况，你觉得能走就继续走，别再问我。"

张猴子的脾气出奇地好，我不管怎么给他冷脸，他都没什么反应，回头继续让两个伙计一点一点地探路。

周围全是哗哗的踩水声，每个人都把绳子拽得很紧，唯恐突然被河里的东西一把拉下去。

走了很长时间，脚下的水倒是没涨，但这样下去，连休息的地方都没有，体力消耗多了，遇到危险会很麻烦。艰难地行进了两个小时，大家站在水里吃了

一点东西,又出发不久,探路的伙计就说前面有点变化,这两个伙计一个比一个嘴笨,说了半天也没说清楚具体是怎么回事。

不过听他们的语气,估计没有什么明显的危险,大家跟过去一看,地下河的河道稍稍偏转了方向,在道路的右边空出一条只有四五米宽的狭窄地带,和那种山体裂缝很像。地下河在河岸较低的地方渗出一部分水,流进裂缝中,不过站在我们这个位置看过去,裂缝并没有被水灌满,反而有一条非常明显的路。

现在这种情况,等于前面的路无形中分岔了,一条是茫茫无尽的地下河,一条是狭窄如同沟渠一样的裂缝。如果我们要继续往前走,就只能从裂缝里通过。

张猴子又准备找我请示,还没走过来,可能想到我刚才给他的那颗软钉子,就自己摸着下巴在裂缝跟前琢磨。

"你们俩,先下去看看。"

两个倒霉伙计很无奈地对视一眼,相互帮衬着下到了裂缝的底部,然后拿着手电在四周乱看。

"下面有很多石人。"一个伙计露出脑袋,给张猴子报告。

"石人?什么石人?"

"不认识,反正很多,下面的路都是一个一个石人铺出来的。"

更多的情况,伙计也说不出来,只是说下面还算稳妥。张猴子跳下去亲自检验了一番,就叫我们也跟着下去。

四五米宽的裂缝底部,积着不到一米深的水,但有一条很长的小路露出水面,跳下去之后,就感觉脚下的路非常牢固,确实是用很多两米多高的石人横着铺出来的。

一个一个造型奇特的石人密密麻麻铺在脚下,延伸到远方,人站在上面的感觉非常怪异。无数的石人,全部都是一样的面孔,一样的姿势,我认不出这种石人,正想问问驼叔,小胡子就在旁边说,这好像是党项羌人信奉的一种神。

西夏盛行佛教，但在党项羌人未建国前，他们信奉的是苯教和原始萨满教，小胡子说自己在某些资料上见过类似的石像，不过究竟是苯教还是萨满教的神，他记不清楚了。

"师爷真是博览群书。"张猴子给小胡子扣了顶高帽子，接着说，"这么多石像铺成一条路，工程量很大啊，我觉得，可能并不是单纯的容人通行。我猜想着，他们铺出路，是要运什么东西过去？"

"老张你就少说两句废话吧，多少年的事了，你还和专家一样在这里猜来猜去的，真想知道的话，老子造个时光机器把你送回去亲眼看看不就行了。"

"驼哥！这怎么能叫废话，这些痕迹跟咱们的买卖密切相关，很有必要做个合理的推断，长话短说，这条路有门，至少曾经有人从这里走过。"

张猴子的话并不是没有道理，四五米宽的裂缝，水也不深，如果人想过去的话，办法很多，但他们专门铺了一条路，是不是需要运送什么东西，现在还不敢肯定，不过肯定有铺路的必要。

反正已经走到这里了，再退回去不太现实，队伍稍一停顿，就接着朝前走去。

石人的缝隙里全都是水，两旁也有一米来深的积水，流动得非常缓慢，而且很浑浊，手电一照，稀里糊涂的一团，看着就有点瘆人。

顺着这条石人铺出的路走了六七十米，路面就渐渐升高，露出原有的地表，石人路的尽头，乱七八糟堆放了十几个没派上用场的石人，全都面朝一个方向，从它们身边经过的时候，就有种石人都在窥视我们的感觉。

等到地表完全露出水面的时候，裂缝也到了尽头，空间猛地拓宽了许多，路两旁的积水形成两个眼睛状的小水潭，头顶不停地有细小的水流落入水潭中。

手电朝前方照过去，那条地下河依然不停地流淌，不过，河岸的情况有所好转，不但没有水，而且比较平坦。

"总算找到一块干地方，赶紧上去，老子的脚都冻掉了。"

我也感觉自己有点顶不住，虽然这一两年经常东跑西颠，但底子太差，一路走过来,不但双脚又湿又冷,连嘴唇都青了。

张猴子看前面的情况有所好转,顿时精神抖擞,指挥人到前面找块比较干爽的地方,烤火取暖。

最前面的两个伙计被折腾得够呛,争先恐后地往前跑,就在完全离开裂缝通道的时候,其中一个伙计突然晃晃手电,指着右边那个小水潭,说:"那是什么东西?是笼子?"

"好像真是笼子。"另一个伙计仔细看看之后补充道。

小水潭的水面上,隐隐约约露出一只笼子的一角。

西夏之眼
转轮古石 2

拾肆

船

小水潭中的水非常浑浊，笼子只有一角露出水面，其余部分全都浸在水下。笼子应该是铁制的，铁条非常粗，露出水面的部分锈得面目全非。

　　对未知事物的探索好像是人类的本性，看见一个东西或者一件事的一角，就想把剩余的部分全拉出来看看。几个人都围在水潭边议论，张猴子可能找我请示都成习惯了，遇事就想往我身边凑，我根本不看他，老丫自嘲似的一笑，让人试着把笼子弄上来。

　　一个伙计用绳子绑了东西甩过去，连试了几次，终于在铁条的缝隙中卡紧，三个人拉着绳子往外拖。笼子很有分量，而且不知道在水下卡住了什么东西，费了好大劲，才把它从水里拖过来，三个人一发力，一半的笼体就露出了水面。

　　笼体浮出的那一刻，几个人都呆了，笼子里装满了凌乱的骨头，其中还有人的颅骨，已经被水泡散了，密密麻麻堆了半笼子。有个伙计数了数，说有五颗颅骨。

　　"真毒！五个人关在一起种荷花。"驼叔摇了摇头。

　　原本我们还想把笼子给弄上来，但看到里面的东西，立即没了兴趣，三个伙计一起松手，铁笼无声无息沉入水底，泛起一圈浑浊的水花。张猴子摸着下巴又要做分析，驼叔马上把他朝一边推。

"驼哥,你也是老江湖了,在这种地方看见死人,要尽量找找死因。"

"这些人已经投胎八辈子了,连他们自己都不想知道自己是怎么死的,你操这闲心干什么。赶紧上去,把衣服先弄干。"

所有人的注意力全放在右边的水潭上,这时候就听见背后扑通一声,我一回头,立即看到小胡子的身体猛然没入左边的小水潭中。而且,他下沉的速度非常快,很显然水下有什么东西在拽他,我顿时想起驼叔和雷纯的遭遇,脑子马上乱了,脱口叫道:"救人!"

"快救人快救人!"张猴子也跟着慌慌张张喊道。

我们俩只顾着喊,却根本没想到该怎么去救人,小胡子已经完全沉入水底,绳子肯定是不管用了,唯一的办法就是其他人下水拉他。但驼叔第一次落水的时候,在场的人都知道水下有东西,所以这时候没有人敢轻举妄动。

即便我和小胡子产生隔阂,但我也绝不情愿看他丧生水底。就在他整个人消失在水面的一刹那,我鬼使神差地回想起和他认识以后的种种场景,想起他对我的关照,想起他挽救我生命时神情中流露出的无畏。

虽然他肯定在一些事情上欺骗了我,但对于这样一个人,我没有理由坐视不管。不过眼前的情况却让我有心无力,我根本想不出任何一个办法去救他。水下那种东西的力量太大了,一个人两个人根本无法抗衡。就算张猴子肯派人下水,也无非是白白再让别人送命。

我趴在水潭边,大脑紧张地思索着,张猴子焦急地对我说:"卫老板,你先到前面的空地去!快!"

我知道张猴子是怕水下再有什么变故,把我也给拉下去,对于这次行动来说,可能我还有点用处,所以他绝不肯让我死在这里。正没主意间,和尚扔下背包就要往水里跳,我脑子很乱,但理智还在,赶紧死命拉住他:"不能下去!"

和尚跟小胡子之间是过命的交情,他看见小胡子落水,就急眼了,非要下水去救人,我拦都拦不住,就在这时候,哗啦一声,小胡子的脑袋露出水面,迅速吸了口气,还没等我们有任何反应,他好像又被水下的东西死死拽住,身不由己地再次没入水面。

"有希望!"我大喊了一声,伸手拿过一根绳子,小胡子的头脑和身手相当出色,遇到危险时的反应和生存能力也非常强,只不过我深知水下那种未知物的恐怖,却没想到小胡子仍然有一搏之力。

和尚也暂时打消了下水的念头,紧张地注视着水面。

不到十秒钟,小胡子的脑袋再一次露出水面,我连忙把绳子甩过去,水花一翻,他腾出一只手抓住绳子,上面的人早就蓄势待发,憋着一口气,三下五除二就把他拉了上来。

什么都来不及说,张猴子就急匆匆让我们离开这里,到前面地下河的河岸空地上,燃了两堆火。小胡子的心理素质非同一般地强,换别人遇见这种事,魂估计都吓丢了,他却还是平时那副老样子,擦擦湿漉漉的头发,开始烘烤自己的衣服。

"师爷。"张猴子这一路上跟小胡子相处得不错,所以安顿下来之后就过来表示慰问,末了,他问小胡子,刚才是怎么回事。

"以后都离水远一点。"小胡子边烤衣服边说,"水里有东西,我是被拖下去的。"

"拖下去的?什么东西?"

小胡子沉默了一下,抬头看了周围的人一眼,吐出三个字:"一只手。"

一只手的事情我早就听驼叔和雷纯说过了,但是驼叔当时怕扰乱人心,隐瞒了下来,所以别的人包括张猴子在内,只知道水下有东西,却不知道拖人下水的,是一只手。

这话一说出来,所有人全都蒙了,驼叔还小声嘟囔:"老子比你知道得早。"

"还有。"小胡子喝了一口热水说,"水下面,全都是笼子。"

我们只看见一只铁笼子,里面装着五具已经零散的尸骨,如果水面下全都是笼子,该有多少人死在这里?而且这些遇难者一定是被人硬塞进铁笼里,然后沉入水中的,不啻于一场屠杀。

也正是因为这些沉在水底的笼子,小胡子被拖下水后才有了借力的地方,和那东西僵持了几十秒钟,否则的话,他根本无法对抗那只手。

"师爷,水下的东西就一只手,没身子?"

"水太浑浊,看不清楚,只能感觉到一只手。"

"这就是了!"张猴子的一个伙计一拍大腿,"怪不得有一只手把师爷拽下去了,那水下死了那么多人,肯定是个不干净的地方,依我说,咱们也往前再挪挪吧……"

我也感觉脊背一阵发凉,尽管我并不相信神神鬼鬼这些东西,但水面下的铁笼子里,全是人的尸骨,身处在这种环境中,人的意念就有点动摇。

"放屁!"还没等那伙计说完,张猴子就一脚把他踢到一边,"给我闭嘴!下了半辈子坑的人,还信这种事?你是不是平时黄汤喝得太多,把脑子烧坏了?"

"就当我什么也没说。"那伙计挨了一脚,赶紧躲到一旁。

"谁再说水里不干净,我就把他扔到水里去探路!"张猴子警告众人,他唯恐这些风言风语会扰乱军心,本来我们走得就不顺,思想再出现问题,队伍就散了。

"老子觉得水里确实不干净,说实话,老子第一次掉进河里的时候,也感觉有只手……"

"驼哥,你不要拆我的台行不行。"

"好了,老子不说了,这年头,没有人爱听实话。"

在乱七八糟的议论中,我们烤干了身上的衣服和鞋,为了稳定大家的情绪,张猴子专门给众人补了一堂唯物主义理论课,说得慷慨激昂,他着重指出,鬼是不存在的,我们应该相信科学,坚持真理。

"收拾一下,准备出发。"张猴子对自己几个伙计,尤其是那个胡说八道的伙计吩咐道,"记好我的话,别再乱嚼舌头,真理是前人拿鲜血和生命换回来的宝贵经验,不容置疑,不是有个姓布的洋哥们儿,因为探索真理被烧死了吗?你们谁想现在去跟他谈谈,我立马就成全。"

众人都闭上嘴，老老实实背起背包，沿着河岸朝前走。其实到了这个地方，环境有极大好转，地下河虽然就在旁边，但河岸非常宽，而且平坦，走在上面丝毫不费力气。只不过谁都不知道这种有利地势能维持多远。

我一直在思考一个问题，红石坳的这个洞中之洞面积大到无法想象，塞进来一支部队都没问题，但轮眼究竟会藏在一个什么样的地方？一间石室？一个小洞？一只箱子？这也是个很让人头疼的问题。但转念一想，又觉得多余，我已经失去了和雷英雄坐地分赃的权力，考虑这些实在是没有必要。

在宽阔的河岸上行进速度要快得多，不到半个小时，远处的景观就发生变化，继续走下去，所有人都蒙了，眼前的空间突然无限扩大，长宽都在一华里左右，高度也有二百米，就好像地表下的一个巨型气泡。地下河顺着空间的缝隙静静流淌下去，空间的底部，竟然有一个直径一二百米的地下湖。

从周围的情景来看，这个巨大的气泡式的空间是我们的必经之路，如果想继续前进，就必须从这个空间通过。

我们又在旁边仔细看了看，发现两根粗长的铁索，从空间的边缘斜着延伸到空间的底部。

"这里肯定有人来过。"张猴子头也不回地对后面的伙计说，"用照明弹看看。"

伙计拿出照明弹，调整好发射角度，耀眼的白色光团急速飞行，在空间的正中位置达到最亮点。就在明亮的光线充斥着空间的时候，我们发现，空间底部的地下湖中，静静停泊着一艘船。

在地下若干米的地洞中，猛然看到一艘船，那种感觉不啻于在刚刚挖掘出的矿井中看到肯德基的包装袋，让人无比惊讶。我生怕是自己在黑暗中呆的时间过长，导致双眼产生幻觉，连忙揉揉眼睛。

这一次我看得很清楚，一艘船，就漂浮在地下湖的中心。

照明弹的白光渐渐黯淡下来，几个人从惊愕中清醒过来，气氛变得异常热烈，都在议论这艘船。根据我的经验，一件反常的事情背后，往往都会隐藏一些秘密，地洞中有一艘船，无疑是很反常的。

空间边缘的两根并排而下的铁索已经锈迹斑斑，不过抹掉上面的锈渣，依然非常结实，张猴子有点迫不及待，忙不迭地让人下去。两个伙计顺着铁索滑落到空间的底部，绕着地下湖整整走了一圈，然后告诉我们，下面很安全。

张猴子等的就是这句话，只在上面留了两个人，然后招呼剩下的人顺铁索下去。抱着铁索，几乎不用费什么力气，人就滑到空间的底部。等我们站稳了脚，先下来的两个伙计就带着大家围地下湖绕了一圈。

从理论上讲，这里应该是整个地下洞的尽头了，上面的地下河河水落入空间，然后流进地下湖，地下湖的水则顺着空间边缘一道只有三四十厘米的缝隙流出去。除了这三四十厘米高的缝隙，整个空间内再没有其他任何出口。

地下湖的左岸边，凌乱地堆着几个生锈的铁笼子，和我们在小水潭看到的笼子应该一样，不过里面是空的，笼子旁边是几根粗大的原木，糟得像泡沫塑料，一捅一个窟窿。

广阔的空间里大概就这么多东西，没什么值得注意的，所以我们的目光全部集中到了地下湖中心的那艘船上。

地下湖的水流很缓，这艘船漂浮在水面上已经若干年，纹丝不动，应该有船锚沉在水底，整艘船最多只有十米。我生长在北方，对船舶不熟悉，倒是张猴子看了半天后，说这艘船好像是大滩船。

"什么是大滩船？"

"大滩船是个俗称，是宋朝的一种内河船，古籍和史料中几乎没有什么关于它的记载，还是前两年，杭州那边发掘出了一些资料，然后仿造了两艘。当时雷爷正带我在杭州，所以顺便看了一下。不过真正的大滩船要比咱们眼前这艘大得多。"

"这么说，这艘船是宋朝的东西？"

"也不一定，船舶制造不是说三两年就变样了，一种船一旦定型，就会沿用很多年，中间最多改进其中的某个部件，南宋的船，可能到了元朝还在用，元朝的船，可能到了明朝也在用，单从一艘船上，看不出太多情况。"

"老子想上去看看。"驼叔一路上一直抱怨连连，但看到水里的船就开始两眼放光。

"驼哥，不要心急，上是肯定要上的，但关键是怎么上。"张猴子指指我们面前的地下湖，"地下湖的水是上面的地下河流下来的，里面有没有东西，说不准啊。"

地下湖虽然不算太大，对我们这些连个游泳圈都没有的人来说，却无疑是个巨大挑战，张猴子手下或许不乏水性很好的伙计，但地下河和地下湖是相连的，我们前后几次所遭遇的"一只手"难保不会出现在地下湖中。一旦下水，那东西不是三两个人可以搞定的。

"想个办法把船拖过来。"驼叔估计觉得这船上有油水可捞，立即就开始开动脑筋，张猴子苦笑着摇摇头，说，"驼哥，我比你还急，但是隔着这么远，靠我们几个人把船拖到岸边，恐怕不现实。"

"老张，我就说你没经验吧，老子虽然是北方人，但这里面的道理也懂得不少。水的浮力很大，别看这么大一艘船，只要有个用力的地方，咱们几个人一使劲就把它拽过来了。你没看过那个老毛子画家画的什么，伏什么河上拉纤的？就那么几个拉纤的，拖着一艘大船在河里走。"

"驼哥，说得轻松，岸边离湖中心最少几十米，怎么过去？"

"老张啊，"驼叔好像忘记了跟张猴子的恩恩怨怨，语重心长道，"干事业，付出和牺牲总是要有的，老子替你计划好了，你派个人下水，腰里绑好绳子，一路游过去，万一中间出了什么差错，咱们站在岸上把他拉回来。风险是有那么一丁点，不过总体还是十分保险的……"

张猴子听完驼叔的话，竟然还觉得很可行，摸着下巴考虑，他手下几个伙计盯着驼叔，眼睛都憋得通红。

"师爷，你怎么看？"张猴子转头询问小胡子。

"如果真的没有别的办法，就派人下水吧。"小胡子面无表情地抛出一句话。

我想了想，好像这真是目前唯一可行的办法，空间内没有一丝空气对流，而且船还下了锚，不可能自己漂到岸边。只能让人带着绳子下水，游到船上去，

把绳子固定好，然后岸上的人齐心合力把船拖到岸边。

如果地下湖风平浪静，从岸边游到船上，也不算什么难事，但无论地下河还是地下湖，水面下都隐藏着强烈的杀机，派人下水，跟直接枪毙他没什么区别。张猴子的几个伙计一个个脸孔发绿，唯恐点到自己。

其实看到这艘漂浮在湖面上的古船之后，队伍中每一个知情人都心中雪亮，我们所要找的轮眼，很可能就在船上。以张猴子和小胡子的做派，即便在这里扔上几条人命，也不可能放弃。所以张猴子紧张地思索了半天，就盘算着先派一个伙计下水试试。

"吴良，你带着绳子游过去，中间小心，我们在这里掩护你。"张猴子指着一个伙计说道，语气中很有驼叔的几分神韵。

这个名叫吴良的伙计顿时跟得了帕金森病一样，浑身抖个不停，连忙给张猴子解释，说自己在前面探探路还可以，但一下水游泳就腿抽筋。

"下去！"张猴子加重语气说，"平时你天天说自己是湘江边上长大的，一个猛子进水，能十分钟不换气，雷爷的规矩，用不用我再跟你重复一遍？"

吴良的身子又抖了一下，就默不作声地开始准备。这一行里的人一夜暴富一夜暴毙都是常事，提着脑袋换富贵，吴良现在可以硬顶着不下水，张猴子不会当场把他毙掉，但出去以后，他的下场会更惨。用曹实的话来讲，没有这种觉悟，在这一行混不下去。

我们正忙碌地准备着，留在上面的两个人突然一个劲朝这边打手电，还大声吆喝，我们以为出了什么事，赶紧丢下手中的东西。紧跟着，从铁索上滑落下来一条人影，不要命地跑过来，哭丧着脸，结结巴巴地说不出话。

这个人浑身上下湿漉漉的，而且有点面生，应该是留守在洞外的人，一看他的样子，我们就意识到，可能真的是出事了。

"怎么回事？"

"小……小姐……被人绑了……"

张猴子的脸色一下子变得惨白，抓着那人的衣领子就吼起来，几个伙计赶紧把他拦开。过来报信的人可能在路上被折腾得够呛，衣服全都湿透了，不知道是因为寒冷还是因为害怕，不停地打哆嗦。张猴子稍稍冷静了一点，让他把事情说清楚。

那伙计也稳稳心神，磕磕巴巴地把事情经过讲述了一遍。他说留守在洞外的人一直没有遇到什么情况，到了昨天上午，猛然就出现了一批不明身份的人，对方开始并没有露面，只是背地里打黑枪。

不过这批人打黑枪的目的好像只是某种警告，因为对方最少有一个神枪手，枪法非常好，但没有打伤张猴子的人。队伍一下就炸窝了，在红石坳和对方兜圈子，最后抓了他们一个人。

当天晚上，对方就采取报复行动，摸到山洞附近，本来他们可能是想随便抓个人换回自己的人，但雷纯不知道怎么搞的，半夜溜出山洞，结果被对方给抓了。出了这么大的事，守在外面的人都不敢做主，就跑过来报信。

张猴子身子一软，差点摔倒。我也意识到，这次行动可能会更加复杂，不管对方是什么人，能够找到红石坳，就说明他们和我们走的是一条线，都为了山洞中的轮眼而来，而且，眼下雷纯落在他们手里，等于捏住了张猴子的软肋。对于雷英雄来说，轮眼很重要，雷纯同样很重要。无论哪一边出了差错，张猴子都吃罪不起。

"回去救人！"张猴子晃晃脑袋，从牙缝中挤出一句话。地下湖中的船是死的，已经漂在水面几百年，但洞外的情况瞬息万变，所以稍稍一衡量，张猴子就决定先回去，想办法把雷纯弄出来。

"卫老板，你的人留在这里，我带人先回去。"

我听到雷纯被抓的消息，心里猛然有一种说不出的紧张，就好像印在脑海中某些最珍贵的记忆突然消失了。我是个很明事理的人，她父亲不管如何可恶，跟她并没有什么关系。

"铜门万一出了什么问题，你们都搞不定。"说完这句话，我就第一个朝铁索走去。驼叔也快步跟上来，小声跟我说："你要去救雷家小姐，老子倒是不反对。"

我刚刚顺着铁索爬上去，就看见和尚的大光头也从下面冒了出来，我想劝

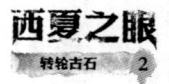

和尚留在这里等,但他拍拍手上的铁锈,憨笑着摇摇头。紧接着,小胡子也从下面爬上来,默默看了我一眼,什么都没有说。

这一瞬间,我感觉自己是不是错怪小胡子了,因为过去每次经历危险的时候,我身边肯定有他的影子。我很了解小胡子,如果不是我硬要跟着张猴子回去,就算雷纯死上一百次,他也不会出头。

我的心里又冒出一个曾经想过无数次的问题,小胡子,究竟是个怎么样的人?

张猴子一看我们四个人都要回去,也没说什么客气话,急匆匆地按来路往回走。全都是走过的熟路,所以中间几乎没有停顿,只在几个非常危险的地方浪费了一点时间。走到第一条地下河的时候,进洞来找他们的伙计忍不住嘟囔了一句,他说本来是他和另一个伙计一起进来报信的,但两个人都很心急,另一个伙计在河岸上没有站稳,失足掉了下去,被冲走了。

一口气走出石洞,明亮的光线刺得我眼睛生疼,外面那些人如临大敌,一个个荷枪实弹地在周围隐伏。张猴子又找人问了问当时的情况,和进洞来找他们的伙计讲述的差不多,雷纯半夜溜出石洞,可能是方便,毕竟周围都是男人,所以她走得稍远了些,只留下一声惊叫,等人赶出来的时候,雷纯已经不见了。

"都他娘的去死吧!"张猴子动了真怒,狠狠甩过去一巴掌,"对方是谁的人!"

"现在……还……还不知道……"

"不是抓了他们一个人吗?!去给我问!"

"能问……能问的话早……早就问了……什么都……都问不出来……"

"把人带过来!"张猴子阴沉着脸,凶得好像要吃人。

我在回来的路上已经暗中分析过了所有可能摸到红石坳的人,但因为种种原因,无法确定下来。按照事情的经过来看,对方并不是那种做事很毒的人,也没有主动伤人,而且,雷纯半夜被俘,纯属误打误撞,如果她一晚上老老实实呆在人多的地方,可能被俘的就是其他人。

阴沉脸,贺老海,还有不久前有意跟我做交易的肖阿福,都不是什么善人,如果有必要，他们会毫不犹豫地清除阻挡自己达到目的的所有人，如果真是他们派过来的人，我想我出洞的第一时间就会看到满地的尸体。

很快，两个伙计就把抓到的俘虏押了过来，一看到这个俘虏，我的脑子顿时乱了，感觉无比震惊而且不可思议。

竟然是他！

·系列推荐·

西夏之眼
敕燃马牌 1

神秘,是掩盖西夏千年的面纱

龙飞◎著

关于西夏的十大惊天秘闻

1. 星曜崇拜背后的隐秘真相是什么?
2. 敦煌石窟壁画的真正含义是什么?
3. 西夏开国皇帝李元昊为何秘密派遣400人队伍到中原?
4. 李元昊的太子学习辟谷术的背后有什么隐秘?
5. 惊现于西夏故地的先秦墓葬中藏有什么?
6. 昆仑山、贺兰山、神农架为何能发现西夏人遗骨?
7. 西夏人祖源之地贺兰山眼中藏有什么?
8. 1227年西夏被灭,党项羌真的销声匿迹了吗?
9. 俄国探险家科兹洛夫在黑水城遗址发现了什么惊动俄国皇室的机密?
10. 深入西夏的中国科考队为何会神秘消失?

翻开此书,你将得到答案……

图书在版编目（CIP）数据

西夏之眼之转轮古石 / 龙飞著.——北京：新世界出版社，2013.3
ISBN 978-7-5104-2863-0

Ⅰ．①西… Ⅱ．①龙… Ⅲ．①长情小说－中国－当代 Ⅳ．①I247.5

中国版本图书馆CIP数据核字(2012)第310195号

西夏之眼之转轮古石

作　　者：	龙　飞
责任编辑：	陈　琼　施玉环
封面设计：	八　牛
责任印制：	李一鸣　黄厚清
出版发行：	新世界出版社
社　　址：	北京西城区百万庄大街24号（100037）
发 行 部：	（010）6899 5968　（010）6899 8733（传真）
总 编 室：	（010）6899 5424　（010）6832 6679（传真）

http://www.nwp.cn
http://www.newworld-press.com
版 权 部：+8610 6899 6306
版权部电子信箱：frank@nwp.com.cn

印　　刷：	北京中印联印务有限公司
经　　销：	新华书店
开　　本：	710×1000　1/16
字　　数：	238千字　印张：16.5
版　　次：	2013年3月第1版　2013年3月第1次印刷
书　　号：	ISBN 978-7-5104-2863-0
定　　价：	28.00元

版权所有，侵权必究

凡购本社图书，如有缺页、倒页、脱页等印装错误，可随时退换。
客服电话：（010）6899 8638